Le voilier
qui perdit la tête

OUVRAGES DU MEME AUTEUR

AUX PRESSES DE LA CITE

Romans

Un royaume sous la mer,
Prix du roman de l'Académie française.
Frères de la Brume.
Un feu s'allume sur la mer.
Tempête sur la ville d'Ys.
Solitudes.
Quand la terre fait naufrage.
Trois jours à terre.
Tempête sur Douarnenez (et au Mercure de France).
La voile tendue.
Un homme d'Ouessant (et au Mercure de France).
Un recteur de l'île de Sein (et chez Stock).
La mouette et la Croix.
La faute de Monseigneur.
La cache éternelle.
A fonds perdus.
Laissez venir la mer.
Les Iles de la Miséricorde.
Le Phare.
La lumière enchaînée.
Le Grand Départ, Charcot et le « Pourquoi pas ? »
Ils étaient six marins de Groix... et la Tempête.

CHEZ D'AUTRES EDITEURS

Poèmes

Sur la lisière (La Caravelle).

Romans

Journal d'un salaud (Stock).
La fin d'un manoir (Stock).
Chemins de terre (Stock).
Celui qui cherchait le soleil (Stock).
Au bout du monde (Mercure de France).
Combat contre l'invisible (Fayard).
Le sursis n'est pas pour les chiens (Stock).

Nouvelles

Un homme à la côte (Stock).
Pas trop vite, s.v.p. (Mercure de France).
François Malgorn séminariste (Mercure de France).
Sous un ciel noir (Mercure de France).

Livres pour enfants

Un cirque à la mer (R. Laffont).

Essais

Portrait de la Suède (Hachette).
Saint-Antoine du désert (Hachette).
Le jour se lève sur la banlieue (Grasset).
Ce petit curé d'Ars (Fayard).
Le Technique contre la foi ? (Fayard).
Raisons d'aimer la mer (Wesmaël-Charlier).
Je te salue, vieil Océan (Plon).
N. D. du Folgoët (S.O.S.).
Un Breton bien tranquille (Stock).

Albums

Bretagne (Hachette).
Franche et secrète Bretagne (Arthaud).
Bretagne des îles (Hachette).
La Bretagne intérieure (Hachette).
Ports de pêche en Bretagne (Hachette).
Manoirs et châteaux des Côtes-du-Nord.
Ar Mor (Les Quatre Seigneurs).
Histoire d'un bateau (Editions G.P.).

Henri Queffélec

Le voilier qui perdit la tête

PRESSES DE LA CITÉ
PARIS

ISBN 2-258-00686-4

A mon frère Jean,
officier de marine,
à terre mon cadet,
mon grand ancien sur l'océan.
Il avait l'esprit de justice et son image m'accompagnait tandis que j'écrivais ce livre.

Sur un trois-mâts de la Marine
mon bien-aimé est matelot...

(Chanson de mer)

(Je n'ai entendu cette chanson qu'une fois. La mémoire n'en demandait pas plus. C'était sur le bateau de mon frère — le Hova *ou* l'Indomptable *? — mouillé à Brest dans la Penfeld, un jour d'automne.)*

Quand le vieux capitaine est tombé de son fort,
Laisserons-nous la voix apparemment mutine
Commander par tribord, et bâbord, et sabord.

(Charles PÉGUY, *L'Epave*)

Avec tous les petits enfants brestois de ma génération j'ai battu les routes, dansé des rondes, en chantant les paroles du Petit Navire.

Sur certains couplets j'ai bronché alors plus d'une fois. Ceux qui commencent par :

O bonne Vierge, ô ma patronne...

et :

Il eut beau faire, il eut beau dire...

... Là, les sanglots étaient proches. Quelle injustice abominable du sort. Laisser choisir pour victime le benjamin d'un équipage, non un loup de mer !... La gaieté repartait quand même. Je souriais, je riais pour jeter au loin :

Si cette histoire vous amuse,
Nous allons la recommencer...

... « Vous amuse *» ? Comment cela ? Le* Petit Navire *n'égrène-t-il pas une histoire triste ? Une famine à bord d'un bateau ?... Mais l'histoire se déroulait à la bretonne. Leurs auteurs manifestaient le sens de la « fortune de mer ». Non moins que la population des ports, ils savaient d'abord « trouver drôles » tous les événements imprévus que les ouragans, l'éloignement des bases, la solitude et la claustration peuvent provoquer dans la maison flottante de bois ou*

de fer toute minuscule sur l'océan. « Drôles », c'est-à-dire étranges, curieusement ficelés par les circonstances. Il y avait du sel dessus et l'odeur des algues. La tristesse ne viendrait qu'après.

⁂

Nous allons la recommencer... *La mer se gausse quand elle entend cette phrase. Ses histoires, à elle, recommencent toutes seules.*

La mer *une et multiple, la mer symbole immédiat de la foule et de l'infini pour l'œil et pour l'imagination, la mer* toujours recommencée *qui effarouchait Paul Valéry, ne désigne pas seulement l'étendue illimitée d'un flot, mais le renouvellement perpétuel des fantasmes océaniques. Quel inconnu, toujours, habite ces espaces ! Chaque découverte y annonce d'autres énigmes. La mer continue de commencer et de recommencer. Voyez les coquillages géants demeurés au secret jusqu'en 1978 dans le fond des eaux californiennes. Les drames et mélodrames de piraterie clandestine qui se jouaient il y a une année, quelque part en Grèce, Egypte, Yougoslavie et Liban. Les naufrages ténébreux de l'*Olympic Brawery, *de l'*Amoco Cadiz, *du* Tanio. *L'épopée sans fin des* boat people... *Voyez encore tant d'histoires et puis lisez ce livre.*

PREMIERE PARTIE

Et ce commis désabusé
m'ouvrant le rôle d'équipage...
Me vend mes titres de nomade
Et le navire entier, avec,
Lovés contre son étambot,
Dix mille milles de sillage.

(José Gers, *Moi du voilier*)

I

C'était avant le lamentable exode maritime de tant de familles vietnamiennes. Personne, à l'Occident, sauf peut-être des cartographes, ne se préoccupait d'un îlot rocheux nommé Poulo-Bidong.

Dans l'alanguissement d'un soir tahitien de septembre, avec au loin un bruit de ressac, j'écoutais mon voisin de table, un officier aviateur, me décrire les petites terres isolées des plus basses latitudes polynésiennes qu'il lui arrivait de reconnaître en mission de surveillance : l'archipel, distendu, des îles Australes. Sur *Tubuaï* s'étaient reposés un temps les mutins du *Bounty,* en route pour *Pitcairn.* Mais *Rapa* l'intéressait davantage. Sur le 27° Sud, dernier lieu habité avant le pôle. Les falaises dures et hautes lui rappelaient la Bretagne. Il changea de sujet. Conrad, me dit-il, n'est pas mort. Nous frôlons par ici, à chaque instant, des histoires farouches comme les siennes. Et c'est ainsi que...

... dans une des îles de la Polynésie française, quelque part au noroît de Tahiti, débouche un matin par la passe principale du lagon une chaloupe à la misaine déchirée. Elle est montée par des gens qui hurlent ou gémissent. De terre, on hurle aussi, on vient au secours. On tire la chaloupe sur le sable. Les étrangers, des Jaunes, réussissent à faire comprendre qu'ils appartenaient à un bateau de pêche formosan. Coup de chien ou erreur de navigation dans la brume, ils n'expliquaient pas — en tout cas il y avait eu naufrage. Capitaine, mécanicien, maître d'équipage, et cinq ou six de leurs camarades matelots avaient péri... Les îliens réconfortent les pauvres bougres.

Vivres et vêtements, les autres acceptent tout. L'argent, pareil. Un médecin a débarqué d'une île voisine, il les soigne. Il ne les trouve pas trop mal-en-point. Il les autorise à gagner Tahiti par un avion spécial, qui vient les chercher sur le petit aérodrome d'une troisième île. Décorés de colliers de fleurs et de coquillages, embrassés, réembrassés, ils s'envolent comme des divinités amies. De Tahiti, les autorités françaises alertent Taïwan. Lequel, aussitôt, confirme le non-retour à son port d'armement du chalutier dont les naufragés ont donné le nom. Et il envoie toutes instructions utiles pour le rapatriement de ses sujets. Départ des Formosans, une semaine plus tard, sur un cargo néo-zélandais. Celui-ci, dans cinq jours, doit les remettre à un collègue coréen gagnant Formose.

... Un enième naufrage a été enregistré dans l'histoire du monde — rien de plus.

... Mais le rideau se lève pour le début d'un deuxième acte. Les yeux de l'aviateur s'attendrissent tandis qu'il cherche des mots à la fois précis et dignes du coup de théâtre.

Sur les brisants du lagon, à marée basse, dans l'île où le médecin résidait, deux pêcheurs découvrent et recueillent, plusieurs mois après, une bouteille. Pas n'importe laquelle. La véritable « bouteille à la mer ». Sale, déformée, garnie de concrétions sauvages, close sur des documents que l'opacité du verre ne dissimule pas tout à fait. Elle est remise en grande pompe au médecin, tel un don mystérieux de l'océan à une île. Le médecin hésite : il n'exclut pas, lui, sans le dire, l'acte d'un mauvais plaisant. Il se décide à la faire ouvrir, en présence d'une dizaine de témoins, par cassage du goulot. Des feuilles de papier qui sentent la saumure et l'iode sont retirées, dépliées avec précaution : une lettre de cinq pages en caractère chinois, une lettre en anglais de quelques lignes. Le médecin ignore le chinois. Tout comme les îliens qui l'entourent. Le document anglais reçoit donc toute l'attention. Il est à peine lisible. Il a été rédigé à la va-vite. Le médecin prend sa loupe comme pour examiner un abcès.

S'il interprète bien, le capitaine d'un bateau chinois a écrit le message. Il invite les honnêtes gens qui trouveraient la bouteille à transmettre au ministère des Pêcheries de Taïwan le long document rédigé en langue chinoise. Il les en remercie d'avance, au nom de la Justice et des Peuples des Iles. Des crimes ont été commis, qu'il faut punir.

Le médecin replie les papiers et il les réintroduit dans la bouteille. Il fait appeler Tahiti par radio. Les autorités maritimes de là-bas, que pensent-elles de ce qui lui tombe dessus ? Une bouteille à la mer, c'était bon pour l'époque des trois-mâts, des convicts d'Australie ! Mais dans le troisième tiers du XXe siècle ça ne tient pas debout, voyons ! « Expédiez-nous ça », se borne à répondre Tahiti. La bouteille, confiée à un cotre, va donc se rendre au petit aérodrome où les pêcheurs formosans avaient embarqué. Le rapprochement ne trouble guère le médecin. Il serait grotesque de retrouver partout la trace des mêmes Chinois, une race qui comprend plus de huit cents millions d'individus ! Bouteille et naufragés ont d'ailleurs abordé à deux îles différentes, séparées par soixante milles de houle. Une blague, bien sûr, c'est une blague. Plus il y réfléchit, plus il s'en persuade. Il ne soupçonne pas les deux pêcheurs îliens. Mais un navigateur saugrenu. Par exemple un de ces plaisanciers européens ou américains qui s'entichent depuis peu de solitude océanienne...

Un détail l'arrête : l'allure de la bouteille. Visiblement, depuis des mois celle-ci tenait la mer. Si un farceur l'a jetée à l'eau, l'océan a favorisé son entreprise.

Et puis il n'y pense plus...

... Tandis qu'à Papeete les experts des Affaires Maritimes, citoyens du XXe siècle qui avaient d'abord plaisanté eux aussi d'une bouteille rocambolesque, ont paniqué soudain. Lorsque le traducteur a relevé sur le document chinois non seulement le nom du chalutier formosan auquel appartenaient les naufragés de passage ici voilà plusieurs mois — et avec ses caractéristiques et sa position approximative — mais le nom de plusieurs desdits naufragés. Leur capitaine, c'est lui qui dessine les caractères subtils mais chargés de sens, les accuse expressément. Et de préparer la perte de son navire, et d'avoir jeté à la mer le mécanicien, empoisonné le maître d'équipage. Il s'est enfermé dans sa cabine. Ils savent qu'il a deux revolvers sous la main. Mais il ne dispose que d'une demi-heure pour écrire : le sabordage par les mutins a commencé. Que le destin suive son cours ! Il se hâte, il lancera la bouteille par le hublot. Courants et houles, tâchez de la conduire où il faut pour qu'un homme de mer sensé la ramasse.

Les experts se concertent. La thèse de la mauvaise farce a perdu sa séduction. Encore qu'ils ne puissent rien affirmer, les choses se passent comme si la sacrée bouteille chinoise disait juste... Tahiti s'empresse d'obéir à l'homme qui prétend l'avoir lancée. Il avertit Taïwan par radio qu'il achemine par la poste, en recommandé, à son ministère des Pêcheries, un pli qui pourrait contenir des nouvelles d'une extrême gravité.

L'expression est-elle trop forte ? Le silence couvre bientôt l'histoire. Chaque île océanienne mène la barque de sa vie, chaque archipel, chaque lagon, chaque requin, chaque houle. Des jours filent dans la masse du passé et des jours encore et des jours. Des pluies, des arcs-en-ciel, des reflets sur les rades, des cris de mouettes, des sifflements de merles des Moluques, des chansons, des danses. Et des errances de plaisanciers et des trajets de caboteurs. Les amitiés et les amours, le travail et le plaisir, et l'essentiel cours des changes, retiennent les individus et les groupes. Rires et rêves d'enfants peuplent les maisons et les cabanes.

... Taïwan, en plus, a rompu ses relations diplomatiques avec la Polynésie française. Les télécommunications fonctionnent si besoin est. De part et d'autre, on s'en sert le moins possible.

Le rideau ne se lèvera pas sur un troisième acte.

... En cette soirée de septembre sèche et douce, le bruit du ressac au loin et tout près une baie dans les feuillages avec le parfum des fleurs, l'histoire se termine pour moi comme si l'officier aviateur venait devant le rideau s'exprimer au nom de la troupe. Il ignore, chacun ignore, ce qui a eu lieu, par le menu, à Taïwan. Les autorités formosanes ont lavé le linge formosan en famille. Aucune grande agence de presse ne s'est offert un *scoop* avec des événements qui n'auraient guère intéressé l'opinion internationale. Cependant, comme presque toujours, il s'est produit des fuites. Un navire, plusieurs navires, ont parlé.

Tahiti le lointain a fini par apprendre — et il a pu répandre la nouvelle dans les petites îles où l'histoire avait commencé — que Taïwan s'était donné la peine de vérifier les affirmations du message en chinois. Il avait été en mesure de le faire. Ce qui, rétrospectivement, expliquait sans doute la présence épisodique et discrète dans les îles de plusieurs personnages indécis, possesseurs de passeports bizarres, durant une période. Là où l'on craignait des constructeurs-promoteurs il fallait plutôt voir aujourd'hui des enquêteurs de police. Opérant selon des méthodes à eux, cela les regardait ! Ils ne procéderaient jamais plus étrangement que la bouteille solitaire vagabondant en haute mer sous les soleils et les étoiles, les pluies et les tempêtes, et déposée sans qu'elle se brise sur les dents de scie d'une barrière de corail. Où elle serait trouvée par deux piroguiers avec le même flegme joyeux qu'un foulard ou une paire de bottes oubliés au crépuscule sur une digue.

Une mutinerie avait en effet éclaté sur un chalutier de leurs pêcheries formosanes. A la suite de quel complot ? Pour quelles raisons, ou quels prétextes ? Mauvaise nourriture ? La politique ? Les femmes ? Un coup de bambou ? La révélation le taisait. Peut-être même la curiosité n'allait-elle pas aussi loin. Par une résignation de principe. Le résultat final comptait, non les anecdotes du drame. Il y avait eu mort d'hommes, voilà ce qu'on livrait donc à la rumeur publique, et mort d'un navire, coulé par des mutins. Et du fond de la mer où son corps s'était disséminé, amalgamé à des poissons, des algues et des crabes ou à des molécules d'eau, la voix d'un capitaine avait crié justice. Elle avait été entendue à retardement. La bouteille avait fait office de sac postal ambulant égaré puis retrouvé. La bouteille avait été ouverte comme on décachette une enveloppe. Plusieurs des naufragés que la gentillesse d'une île avait décorés de colliers de fleurs et de coquillages, une autre île les avait pendus. Vilement. A la terrienne. Pas aux vergues d'une jonque. A un gibet très fonctionnel.

Dans la cour d'une prison ou sur une place publique ? Et combien d'exécutions ? Cela encore, les brises polynésiennes n'en savaient rien ou ne s'en préoccupaient pas. Par une inflexion de voix ou une lueur dans les yeux, les colporteurs de nouvelles donnaient seulement à comprendre que Taïwan avait pendu moins de dix matelots. Un chiffre supérieur eût peut-être semblé intolérable. Si lugubres qu'eussent été les dernières heures d'un chalutier formosan assassiné par main d'homme, et au milieu de quelque massacre que ce fût. Les meurtriers, après tout, exerçaient la profession de pêcheurs. Ils enlevaient des poissons à la mer pour le bien des autres hommes et ils ne se souciaient pas dans leur vie quotidienne de casser les navires, de tuer ou noyer des compagnons. Il aurait fallu quelque sinistre tempête dans leur caractère pour qu'une fois (n'était-ce pas la nuit ?), ils saccagent et tuent. Etoiles, malgré leur forfait vous vous lèverez à l'heure dite. Vous, marées, couvrirez ou découvrirez le récif de corail. Le soleil descendra dans l'ouest. Les rougeurs du couchant n'évoqueront pas des blessures, mais les fleurs du flamboyant ou de l'hibiscus. Et les moustiques danseront au-dessus des herbes.

II

... Que le marin de Formose
et la rose de Dublin.

(*Le marin et la rose,* poème chanté
par Colette Renard)

Je le sais, nous avons changé tout cela : il faut maintenant dire, non plus Formose, mais Taïwan. J'ai, dans ce qui précède, utilisé le nom. Les îliens de là-bas ont leur langue. Ils sont juges du toponyme qui désigne leur pays, quand même ce serait une île ayant marqué l'histoire... Comment des Européens, quant à eux, oublieraient-ils *Formose ? Formosa,* la belle. Une île qui attendrit le cœur tel un sourire de femme. Les navigateurs portugais qui ont peu à peu transformé en un nom de lieu un adjectif, « belle » recouvrant pour eux tout un grand espace îlien (Taïwan-Formose a plus de 35 000 kilomètres carrés, elle est aussi étendue que les Pays-Bas), n'avaient jamais pensé à consacrer une injure, mais une louange.

Il se dresse quatre îles de par le monde, qui accrochent ainsi la beauté à leur raison sociale géographique : Formose ; la bretonne Belle-Ile-en-mer ; la canadienne Belle-Isle, entre Labrador et Terre-Neuve ; l'italienne et lacustre *Isola Bella,* perle des Borromées.

Quatuor disparate, mais si émouvant pour les amis du poème des peuples et des paysages.

Il paraîtrait blessant de renier une création des siècles. Gardons Taïwan pour nom officiel, continuons à chérir Formose. Toi qui as mérité jadis que l'on résume ton nom par un salut à la beauté, souviens-t'en. Ne sacrifie jamais la grâce de ton ciel et de ton relief à une industrialisation effrénée.

⁂

A défaut de pouvoir en connaître davantage touchant la fin du chalutier formosan que sa fièvre de pêche a poussé vers les eaux de la Polynésie française (quel nom chinois d'abord, plein de *k* et de *w*, portait-il et que signifiaient ces syllabes, était-ce le patronyme d'un armateur, une devise de la sagesse confucienne, ou le nom d'une île ou d'une étoile ?), j'ai remonté le fleuve de ma mémoire. Juqu'à cette année de l'enfance où, pour la première fois, j'ai rencontré dans un livre une bouteille-à-la-mer. Cela se passait au cours de la première guerre mondiale, à Morgat. J'avais six ou sept ans. J'avais emprunté l'ouvrage à la Bibliothèque des Bonnes Sœurs de Crozon. Il s'appelait *Les enfants du capitaine Grant.* Les adultes prononçaient avec respect le nom de son auteur : Jules Verne.

Autant de lecteurs et de lieux de lecture, autant de livres. Si je m'étais confondu avec les personnages principaux du roman, à savoir les deux enfants du capitaine, je les gagnais à moi dans le même temps, leur confiais mon cadre de vie. C'était l'époque où chaque matin, sur la plage fraîche du Portzic, je descendais le premier « faire la laisse de haute mer ». Le talus ondulant des algues allait d'un bout à l'autre, des Pierres Blanches aux Pierres Bleues, le long du sable ou des galets selon la hauteur de marée. Je ramassais là toute sorte d'épaves. Du bois à brûler. Des bouchons. Des boîtes vides. Des bateaux de liège, surtout, des jouets gratuits, taillés par les pêcheurs morgatais pour des fils et des petits-fils — leurs jeunes propriétaires les avaient laissé fuir dans l'imprévu des vents et des courants. Ils avaient dix à quinze centimètres de long, ces bateaux, mais je les voyais immenses. Je les aimais comme les champions de la mer verte et bleue dont chaque nuit j'entendais le flot.

Les lecteurs de Jules Verne se souviennent que c'est par une bouteille jetée à la mer que le capitaine Grant, bloqué dans son île des bouts du monde loin des routes de navigation, donnera un jour de ses nouvelles. Cette bouteille du capitaine, j'en avais fait mon affaire. Jules Verne proposait une version, moi petit Morgatais la remplaçais par ma certitude. Qui avait découvert la bouteille ? Les enfants du capitaine. Où l'avaient-ils recueillie ? A Morgat, un matin où ils étaient venus par extraordinaire m'accompagner au Portzic, emmitouflée dans les goémons. Je la voyais, cette bouteille, je sentais son odeur d'abîme, j'entendais le clapot de l'eau de mer qu'elle contenait jusqu'à mi-hauteur et où baignaient des papiers mystérieux. Tôt ou tard, j'en étais sûr, à mon tour je la retrouverais. Tout seul. Un matin que je n'y penserais pas. Il suffisait de le croire et d'attendre.

... Il m'aura fallu arriver, comme dit Villon, « *à l'entrée de vieillesse* », pour constater mon erreur. J'ai voulu relire *Les enfants du capitaine Grant.* Les écailles me sont tombées des yeux. Je me suis repris à plusieurs fois pour accepter les premières pages. Hélas, jamais Robert et Mary, les enfants du capitaine, n'avaient trouvé eux-mêmes la bouteille fatidique. Jamais celle-ci n'avait été trouvée sur une laisse de marée encore fumante et pétillante. La bouteille avait été bel et bien extraite, durant une partie de pêche, des entrailles d'un « *balance-fish* » ou requin-marteau hissé à bord d'un grand yacht. Tout bonnement, dirais-je. Alors qu'une telle trouvaille, en fait, était fantastique. Seulement elle me privait de mes enchantements originels ; m'obligeait à une infidélité envers les privilèges de la plage du Portzic.

Allons, le Breton, calme-toi. Au cours de l'été 79, à deux reprises dans mes errances, j'ai rencontré une bouteille apportée au rivage par la mer. Sur le sable d'une crique de Kerlouan, devant Karrek-Hir, et sur une plage de Belle-Ile, Porz-Bellec. Aucune des deux épaves n'eût mérité qu'on la recueille. Aucune n'était en verre sombre ni ne portait de concrétions. Aucune ne dissimulait le secret d'un homme ni d'un navire. Toute bouteille des laisses de marée n'est pas *ipso facto* une féerie.

Alors que la bouteille retirée gluante des bajoues d'un requin par les matelots de Lord Grenarvan, le 26 juillet 1864, dans *Les enfants du capitaine Grant,* va témoigner pour un drame. Elle contient des textes étrangement mutilés qui sont des appels au secours. Elle est une préfiguration littéraire de la bouteille véritable jetée à la mer, un grand siècle plus tard, par le capitaine formosan. Et les précautions prises lors de son ouverture annoncent le débat vécu par le médecin d'une petite terre polynésienne devant l'épave qu'on lui apporte et qu'il estime anachronique.

« *Y avait-il là le secret de tout un désastre ou seulement un message insignifiant confié... par quelque navigateur désœuvré ?* », se demande le Lord.

L'aviateur de Papeete qui m'offrait l'histoire du chalutier formosan en avait pesé la valeur ; mais il laissait beaucoup de choses dans l'ombre. Il ne s'était pas enquis sur la nature de la bouteille utilisée pour coffre testamentaire par un capitaine aux abois. Lord Grenarvan, lui, donnait cours à sa curiosité. Il scrutait l'objet... Un bout de fil de fer rouillé pend au goulot. Les « *parois très épaisses (capables de supporter une pression de plusieurs atmosphères)* » trahissent « *une origine évidemment champenoise* ». Et l'observateur songe à part soi qu' « *avec ces bouteilles-là les vignerons d'Ay ou d'Epernay cassent des bâtons de chaise sans qu'elles aient trace de fêlure* ». Il approuve sur le champ la conclusion émise par son voisin : « *Une bouteille de la maison Clicquot.* »

Des critiques littéraires veulent que l'exemple de Christophe Colomb ait inspiré Alfred de Vigny dans son grand poème *La bouteille à la mer.* Au retour de son premier voyage, Colomb fut assailli par une tempête et il crut que son vaisseau et lui allaient périr. Il enferme alors l'histoire de ses découvertes « indiennes », déjà longuement rédigée, dans un tonneau, qu'il jette par-dessus bord. Que Dieu et les courants la conduisent vers un rivage ! Vigny connaissait-il ou non l'épisode, le capitaine dont son poème trace le destin accomplit des gestes qui s'apparentent à cette conduite. Le gouvernail de son brick n'obéit plus, les mâts sont brisés, l'eau monte dans la cale et les écueils sont tout proches, mais l'homme a pris le temps de sceller une bouteille où il a enfermé les cartes de ses découvertes et de la balancer parmi les vagues furieuses. Il garde le sourire : il songe

> *Que d'une île inconnue il agrandit la terre...*
> *Que Dieu peut bien permettre à des eaux insensées*
> *De perdre des vaisseaux, mais non pas des pensées,*
> *Et qu'avec un flacon il a vaincu la mort.*

Le capitaine Grant, le capitaine de Formose, assignent à leurs bouteilles un rôle qu'on peut assimiler à celui d'un S.O.S. Dans le sillage de Colomb, Vigny évoque une mission différente : la bouteille qui signifie EUREKA ; qui protège du néant les découvertes de l'exploration humaine.

Il est un point technique essentiel sur lequel Vigny ne transige pas — la robustesse de la bouteille, garantie une fois de plus par l'origine champenoise :

> *Il tient dans une main cette vieille compagne.*
> *Ferme, de l'autre main, son flanc noir et terni.*
> *Le cachet porte encor le blason de Champagne ;*
> *De la mousse de Reims son col vert est jauni...*

Ah ! ce capitaine romantique, fidèle à la réputation de l'homme qui va mourir, il est un univers de mémoire ! Au contact du verre épais il entend les vieux toasts, l'hilarité brillante d'un Quatorze Juillet célébré au grand large — pourquoi non plus ne reverrait-il pas le lancement d'un navire ? Une bouteille de champagne marque nécessairement la cérémonie — une que la marraine doit briser sur la coque... Preuve que lesdites bouteilles, si elles supportent une pression de plusieurs atmosphères, demeurent cassables.

La bouteille confiée à la mer va cependant à un élément ductile où elle flotte et pourra se mouvoir, assurant à son contenu la même protection qu'un navire...

Celle qui aborda, dans le troisième tiers du xxe siècle, sur les brisants d'une petite île océanienne, pour crier le besoin de justice d'un capitaine formosan, je me refuse à parier, malgré la caution de Jules Verne et de Vigny, qu'elle était champenoise.

Les Européens tendent à imaginer que du côté de la mer de Chine un navigateur doit toujours s'attendre au pire : aux typhons ; aux abordages les plus sanglants. Dans tels secteurs extrême-orientaux, peut-être le soupçon est-il juste. Le capitaine formosan avait sûrement des armes dans sa cabine. En quoi il ressemblait, je suppose, à des milliers de capitaines, des milliers de « maîtres à bord après Dieu », dont les responsabilités sont lourdes et qui se prémunissent contre des dangers inconnus.

... Mais une bouteille de champagne vide, prête, pour dénoncer des crimes, à filer par-dessus bord avec son exceptionnelle solidité, je doute qu'un capitaine formosan, au départ de son port de pêche, en ait disposé une dans un tiroir secret. Les chalutiers de Taïwan sont aujourd'hui bateaux ultra-modernes. Très *sophistiqués,* selon le terme qui fait fureur. Leurs équipages, à la chinoise, sont deux fois plus nombreux qu'il ne serait indispensable — on se garde ainsi contre le chômage — et trois fois moins bien payés que les Occidentaux ; mais sur le chapitre des installations techniques et en particulier des engins de pêche et des liaisons par radio, bateau de Taïwan vaut bateau de Bremerhaven, de Mourmansk ou d'Hiroshima.

Le capitaine qui ne disposait plus que d'une demi-heure pour la rédaction et l'envoi de son dernier message aura pris la première bouteille un peu forte qui lui tombait sous la main. Par définition, ce Formosan était un buveur de thé, thé de Chine évidemment !, infusant dans une théière de porcelaine *made in Hong Kong,* mais au moins pour la réception des hôtes — le pilote, l'officier de santé d'un port étranger — il tenait sous clef plusieurs alcools. Nous ne nous aventurons guère en devinant whisky et gin. La bouteille qui se rangea sur des coraux polynésiens pour y frapper les yeux fureteurs et simples de deux petits pêcheurs avait dit mille fois plus de chances d'être une *White Horse* ou une *Schiedam* qu'une *Pommery* ou une *Taittinger.*

Un diable me souffle : « Pourquoi ne serait-ce pas une bouteille de Coca-Cola ? Une grande ! » Hélas ! Il faut peut-être descendre à cette idée. Se résoudre à joindre l'image d'une boisson de couleur et de goût pharmaceutiques devenue le symbole universel du *gadget*-pour-gosier, avec un mystérieux drame de la mer.

Qu'en penses-tu, Blaise Cendrars, Suisse des monts du Jura qui eus pour la bourlingue marine le plus violent des coups de foudre ?

Il faut se résigner peut-être...

Soit.

Eh bien, Coca-Cola, dont je n'ai jamais accepté de boire une goutte, c'est peut-être toi qui as prêté une de tes bouteilles innombrables à un capitaine formosan pour y enfermer son message. Il ne l'a pas recapsulée. Il l'a refermée par un bouchon de liège taillé à la va-vite. Docile, elle se sera abandonnée pendant des mois au jeu des retournements des courants de la mer et des vents... Et la voilà enfin dans le giron d'une lourde vague, à dix mètres d'une barrière de corail, et qui se soulève avec l'onde. Elle pourrait se briser du premier coup, mais le flot ne la projette pas, il la roule et l'enroule dans ses paumes. Il la pousse et la glisse. Il l'insinue dans un petit creux du récif. Et il l'en retire, il la dépose, avec toute sa liquide prudence et jusqu'à l'écoulement de sa dernière goutte, sur un méplat, où elle va bientôt exhiber un scintillement de concrétions végéto-animales dans le soleil... Une épave. Mais douée de puissance de vie et de mort. Des gaillards qui en cet instant quelque part sur mer ou dans une grande île éprouvent avec une joie silencieuse le sang irriguer leurs muscles, vont payer à cause d'elle. Mourir avant l'heure que leurs corps avaient prévue.

⁂

Un poème mentira-t-il ? Des roses de Dublin peuvent-elles encore s'éteindre à la seconde où des marins de Formose qui ne les ont jamais vues et n'ont jamais songé à elles rendent leurs âmes barbares ?... Et pourquoi non ? Les fleurs sont indulgentes aux enfants perdus qui travaillent dans les houles. Une rose ne réserve pas la profondeur de tout son charme fragile pour la boutonnière de Brummel, pour le boudoir de ses amoureuses. Elle se laisse tomber et pourrir au-dessus de la fosse commune où, avec Mozart, l'on enfouit lourdement les criminels. La belle chanson de Colette Renard ne triche pas.

III

La violence n'est pas l'apanage des eaux extrême-orientales ni océaniennes. Mutinerie, piraterie, se pratiquent sur toutes les mers. Les ports de Lagos et de Beyrouth n'ont rien à envier ici à Bangkok ni à Hong Kong.

Pour ne rien dire... des ports français. Tels incidents qui ont éclaté sur le paquebot *France* entre sa mise en cocon et sa cession à un armement norvégien n'ont jamais été tirés au clair. La discussion reste ouverte. En l'absence d'éléments sûrs dans un conflit des plus embrouillés, nous ne saurions porter une appréciation. Mais, juridiquement, il semble qu'il y ait eu mutinerie.

⁂

Tandis que l'officier aviateur de Papeete en finissait avec la pendaison des mutins formosans et que je revoyais la bouteille du capitaine Grant couchée dans les goémons de Morgat, une histoire qui avait aussi agité mon enfance me demandait à surgir. Je n'ai pas contrecarré son mouvement. Loin de là. Une histoire liée à un très ancien Brest. Un qui avait précédé celui de ma naissance. Un Brest d'avant la guerre de 1870, d'avant la lumière électrique et les autos, d'avant le tout-à-l'égout et le téléphone.

Bien qu'il eût commencé à se doter d'un port de commerce aux ambitions transatlantiques, gagné sur ses grèves, et bien que la ligne de chemin de fer Paris-Brest fût sur le point d'être achevée, Brest demeurait la ville-forteresse taillée dans un relief dur, à l'embouchure d'un ria sinueux, pour épauler la flotte de guerre et la rade. Tirée au cordeau dans les beaux quartiers en pierre de taille. Sordide ailleurs, mais jacassante. Avec des escarpements, des escaliers casse-cou, des venelles où le ruisseau, coulant-stagnant en plein milieu, servait de dépotoir. La « cloche du port » et des bruits de sabots rythmaient le travail des jours, et aussi des sonneries de clairon, des canonnades. Les rues Saint-Yves et des Sept-Saints étaient des rues à lupanars. Les bâtiments d'un bagne où l'on moulait pour la postérité la tête des pensionnaires dominait l'arsenal. Un canon spécialisé tirait un grand coup sauvage, un seul, aussitôt qu'une évasion était découverte. Il s'appelait le *tonnerre de Brest.* Connu de Dunkerque à Hendaye, de Collioure à Menton... Et le petit pain d'un sou coûtait un sou.

L'affaire du *Foederis Arca.*

Je m'apercevais toutefois que cette vieille histoire sinistre, je la connaissais presque uniquement par les confidences, d'ailleurs répétées tant de soirs, après la prière et avant le sommeil, de ma grand-mère maternelle. Comment le petit enfant que j'étais n'aurait-il pas ajouté foi aux récits d'une femme qu'il aimait et respectait et qui avait vu de tout près, dans des circonstances terribles, les principaux personnages de l'histoire ? Le matin où sa voiture de laitière, bloquée par la foule — selon les journaux trente mille personnes s'étaient dérangées pour le spectacle, anxieuses je l'espère d'assister à la conclusion d'un drame plutôt qu'à une série de décapitations — avait été longée par la voiture des condamnés à mort, debout cheveux au vent, la nuque rasée, face à des aumôniers plus pâles qu'eux. De beaux hommes.

Chère grand-mère, non seulement tes souvenirs personnels s'enjolivaient dès que tu les traduisais en mots, mais ce que tu avais appris dans l'honnêteté de ton foyer, concernant le drame du *Foederis Arca,* était quelque peu un tissu d'erreurs. Toi et les tiens acceptiez sans barguigner la grandiloquence des commérages. Je ne te fais aucun reproche. Ma mémoire n'avait-elle pas affabulé non plus après lecture des *Enfants du capitaine Grant ?* N'avais-je pas transporté sur une plage de Bretagne une scène qui s'était déroulée loin de là et selon une ligne toute différente ?

Le drame du *Foederis Arca,* drame de la mer et drame des hommes, n'est pas aussi simple que tu te le figurais, ma conteuse. Tu le résumais en images d'Epinal. Il y avait des braves gens et des crapules. Il y avait le crime et le malheur. Il y avait la longue impunité, la révélation, le châtiment. Parce que tu venais de la campagne et ignorais la vie à bord des bateaux, tu avais introduit sur le *Foederis Arca* un personnage qui n'existait pas mais que tu trouvais nécessaire : la femme du capitaine, contrepoids de la rudesse des mâles, consolatrice naturelle d'un petit mousse orphelin qui eût été sinon trop malheureux — à la fin tu te découvrais sur les bras une victime supplémentaire et pouvais donc pleurer davantage.

Drame de crapulerie ? Certes. Mais d'abord drame de la faiblesse.

Le drame du *Foederis Arca* est un drame selon l'esprit de Conrad. Un drame qui requiert pour se dérouler un seul voyage en mer — sauvagement interrompu. Un drame qui est d'abord un drame du commandement, un drame de la faiblesse d'un capitaine. Lorsque Alfred Richebourg prend le commandement du beau voilier le *Foederis Arca,* il est pour la première fois le maître, après Dieu, à bord d'un navire. Capitaine au long cours depuis quelques années, il n'avait jusqu'ici exercé que comme second. Il a ses idées sur la conduite des hommes. Il s'est caché sa faiblesse par des raisonnements. Tel qu'il part, aujourd'hui, avec des théories et des lorgnons d'intellectuel, on sent qu'il va rencontrer la fameuse « ligne d'ombre » appréhendée par les héros de Conrad. Chacun d'entre nous la rencontre à son heure. Lui qui fanfaronne sans s'en douter, qui surestime la confiance dans les êtres, il va l'atteindre, cela crève les yeux ! en quelques journées de mer, maintenant qu'officiellement il a charge de matelots et d'un navire avec sa cargaison.

Conrad n'a pas inventé la « ligne d'ombre ». Sous différents noms elle est connue par les médecins comme par les moralistes, par les poètes comme par l'opinion publique. Premier grand signe avant-coureur, dans une vie, de l'existence d'un crépuscule du soir. Première violente prescience de l'insuffisance des ressources humaines physiques et morales dans la bataille avec les choses. L'individu a trouvé son maître mystérieux. Appelé à « lutter avec l'ange », il n'a pas boudé son ardeur, mais elle a fini par craquer.

Joseph Conrad a expérimenté longuement, violemment, cette ligne d'ombre, dans sa propre existence d'homme de mer. Capitaine frais émoulu, ayant sous les pieds *son* navire, le beau voilier de ses rêves bien charpenté et bien gréé, monté par un équipage multiracial, il est immobilisé dans le golfe de Siam, en plein milieu, par un encalminement. Qui se répète et se continue jour après jour. Les belles et nombreuses voiles se sont affaissées, privées du lait des vents, herbage à sec. Sur la mer brûlée de soleil le bateau n'est rien de plus qu'une pocharde au ruisseau, incapable de se relever. La chaleur orageuse, que la nuit n'écarte jamais, est terrible. La provision d'eau potable diminue, approche la cote d'alerte. Et puis... et enfin... celle qu'on redoutait sans la nommer, celle qu'on s'efforçait de croire vieux péril dépassé par la science occidentale, rejeté dans un exotisme folklorique, fond sur l'équipage. La fièvre jaune. Toutes griffes dehors. Autant d'hommes, pour elle autant de proies en puissance... Sur quelles horreurs cela va-t-il finir ?

Pour Conrad au moins, la conclusion des événements n'avait pas été la fin dernière. Il avait survécu. Il était reparti pour la suite de son destin sur terre et sur mer. Il avait conduit à leur port, malmenés ou en bon état, d'autres navires. La ligne d'ombre qu'il voyait s'allonger en avant de lui, il l'acceptait comme une exhortation à la sagesse et au dévouement. Il allait, il œuvrait, sans céder à aucune frayeur.

Né sous une autre étoile ou trahi par un manque de dynamisme, Alfred Richebourg, lui, n'en reviendra pas. Sa ligne d'ombre, c'est la mort. Il culbute. On notera seulement qu'il avait trente-trois ans. L'âge du Christ au Calvaire. Sur les souffrances de sa dernière heure en mer passe un reflet de la Passion d'un Dieu.

DEUXIÈME PARTIE

Un dernier phare s'est noyé,
Les étoiles me sont rendues,
Mon âme bat comme une voile
Dans les énormes mains de Dieu...

(José GERS, *Moi du voilier*)

« *Caractère un peu faible, très aimant, très doux, très sensible.* »
(Jugement sur Richebourg par un de ses camarades)

I

Le *Foederis Arca.* L'Arche d'Alliance. Un des surnoms imagés, très vénérables, donnés à la Vierge...

En portant le Christ, le corps d'une femme avait abrité le texte, fait chair, de l'Alliance entre Dieu et son peuple. Ainsi glorifiait-on cette femme dans des litanies, après l'avoir appelée *Domus Aurea,* Maison d'Or ; avant de l'appeler *Janua Caeli,* Porte du Ciel.

Le blanc trois-mâts qui à sa façon, tels des millions de marins hier et aujourd'hui dans les pays chrétiens, avait reçu le prénom de Marie, le blanc trois-mâts barque s'était mis en route pour gagner Veracruz. Il l'atteindrait, Dieu le veuille ! sans escale.

Vera Cruz, la Vraie Croix !... De Cette au golfe du Mexique, dans le fond duquel, à l'embouchure de la Cotanxtia, son port de destination se cachait derrière un banc de récifs (ouvrir l'œil, jeter la sonde), il suivrait passé Gibraltar une route qui ne serait pas sans ressemblance avec le premier voyage de Christophe Colomb. Il approcherait des petites terres dont les noms l'entretiendraient en mysticisme : aux Açores, *Santa Cruz das Flores, Santa Cruz da Graciosa ;* aux Canaries, *Santa Cruz de Tenerife.* Voire, dans l'archipel du Cap-Vert, *São Antaô* [1] et *São Vicente.* Il n'irait pas jusqu'à les reconnaître. Il les saurait « par-là », dans leur gisement. Avec leurs rades foraines, leurs arbres, leurs maisons et leurs rires. Toute la réserve de leur chaleur d'accueil chantante et colorée.

1. Saint-Antoine.

⁂

Il avait appareillé et mis sous voiles dans le port de Cette, de bonne heure, le 8 juin 1864, par soleil rouge, petit temps marin. Tout « arche d'alliance » qu'il se nommât, et tout en partant pour un port de la Vraie Croix, il ne battait pas le pavillon des Etats Pontificaux et n'entreprenait nullement un pèlerinage marial.

Pas plus que le *Regina Coeli,* voilier nantais, quand celui-ci louvoyait devant telles côtes africaines, dans l'attente d'un certain fret à bras et à jambes... La Vierge était une Grande Dame. La plus grande et la meilleure ayant jamais vécu. Les bateaux ne bouderaient jamais sa protection. Mais la mer et le métier de marin garderait leur salacité sauvage. Le trafic entre les ports ne s'embarrassait pas d'orémus. Il était à l'image des besoins et des ambitions quotidiens des hommes.

Immatriculé au Havre, rude ville de négoce, le *Foederis Arca* était un navire marchand, de cinq cents tonneaux de jauge. Il était descendu en Méditerranée caréner et faire sa revue d'équipage à Marseille avant la course américaine, puis quérir à Cette une cargaison proche des lieux de production. Les marchandises, dûment enregistrées et rangées dans ses cales, et qui le remplissaient à bloc, ne se rapportaient guère à la piété. Quatre cents tonneaux de charbon des mines cévenoles. Quatre cents caisses d'alcools francs : vermouth et absinthe, cognac et rhum. Des fûts et des barriques de vin rouge : du catalan et du languedocien. Trente caisses de liquides, notés simplement « spiritueux », embarqués pour la pacotille.

Le *Foederis Arca* était bel et bien affrété pour le voyage par le gouvernement français, qui l'utilisait ainsi en bateau mi-charbonnier, mi-pinardier. Il participait au ravitaillement, au réconfort physique et moral du corps expéditionnaire qu'il avait fallu envoyer au secours de Maximilien d'Autriche, l'empereur artificiel précipité d'Europe sur les cactus mexicains. Les nouvelles de là-bas étaient rares — la presse parlait beaucoup moins de cet embrouillamini que de la tonitruante guerre de Sécession américaine, avec ses péripéties et ses batailles meurtrières — et ces nouvelles étaient obscures. Bien que les troupes françaises fussent composées de durs à cuire, de connaisseurs de djebels et d'embuscades, elles semblaient peiner de plus en plus dans le climat et les intrigues d'un guêpier.

Se renseigner sur l'évolution d'une guérilla confuse n'était pas la mission du *Foederis Arca.* Les deux officiers et son équipage assuraient le chargement et le transport du fret, comme ils veilleraient à son déchargement. Ils pouvaient se dire seulement que les militaires leurs compatriotes devaient avoir outre-Atlantique le gosier sec ; que l'arrivée du trois-mâts serait la bienvenue pour eux... Pour le reste, nuit et soupçons. Les peuples s'agitent encore plus que la mer et selon des rythmes beaucoup plus secrets. Voyez les Etats-Unis d'Amérique. Ils ont bonne mine avec leur doctrine de Monroe, eux qui se font la guerre, et quelle guerre, à eux-mêmes ! Les Etats-Unis désunis ! *The Dislocated States of America.* La bannière étoilée gisait dans le sang.

Le *Foederis Arca* n'était pas un bateau de guerre. Il accomplirait une *touchée* dans un port. Il ne s'enfoncerait pas au Mexique. Il passerait, repartirait, sans fret ou à peine chargé, pour d'autres tâches professionnelles.

Veracruz était loin. Cela viendrait après des quantités d'aubes et de manœuvres, de bourrasques et de soleils. D'ici là, peut-être le destin avait-il jeté un signe avant-coureur des intrigues mexicaines par l'embarquement quasi forcé, la veille du départ, d'un certain Orsini. Tel était le nom inscrit sur des papiers en règle. Un Corse. L'Inscription Maritime de Cette avait demandé autoritairement qu'il fût accepté à bord. Le nom d'Orsini, affirmait le matelot Carbuccia, né à Ajaccio, abondait sur son île. N'empêche que c'était le nom, pareillement, du conspirateur italien qui avait essayé, six ans plus tôt, de tuer l'empereur Napoléon III. Coïncidence ? Elle sonnait mal. D'autant que cet Orsini, lançant l'explication pour solde de tout compte, avait déclaré, menton haut, qu'il se rendait au Mexique « pour affaires ».

Le nouveau venu — ou l'intrus ? — acquittait comme voyageur transatlantique le prix de son passage (transport et nourriture). L'Inscription Maritime avait fixé la somme au plus juste. Qu'il fût homme d'affaires, affairiste, ou agent secret, et quelles que fussent les protections dont elle laissait entendre qu'il jouissait, on lui avait installé un hamac dans le poste avant, tout comme à un matelot. Richebourg se proposait de l'inviter une fois ou deux, pas plus, dans la salle à manger de la dunette. Sinon, l'Orsini prendrait ses repas au roof, sur un coin de grosse table, en compagnie des hommes. Il circule tant de personnages sur la mer, que vent apporte vent remporte, ils sortent de l'ombre ils y retournent ; et les océans continuent de grouiller et de masser les terres.

Sur un bateau dont l'effectif complet, officiers compris, était de quatorze hommes, un homme de plus, même s'il ne devait pas se mettre en avant, comptait dans le paysage et les pensées. Avec ses préoccupations impénétrables, le bougre d'Orsini ajouterait encore à l'inconnu obligatoire du voyage sur mer. Il personnifierait l'errance et la solitude. Ou, qui sait ? le péril.

... Lui aussi, en attendant, avait quitté la France. Il voguait en direction du Sud avec les marchandises et les provisions de bord, comme avec les rats et les cancrelats familiers du *Foederis Arca.* Le ciel et la mer et la haute futaie des voiles, et la cambrure du navire s'emparant du vent pour avancer, proposaient à son regard, s'il acceptait de les contempler une seconde, le plus beau des spectacles.

⁂

Et la gymnastique d'un équipage en sus !...

Lénard-le-casquetté refoule un rot. Sacré vermouth... N'oublie pas, Jeannot, que tu es un gaillard. Que tu es le maître d'équipage... Il jeta un coup d'œil en arrière vers Richebourg, puis il siffla. Long coup viril, arrachant la peau de l'air. La bordée de quart, déjà prête, grimpa dans les haubans. Les mains et les genoux étaient souples. Une mouette abandonna une vergue et se mit à planer.

Le capitaine chercha Aubert des yeux. Le second devait être sur les cartes, préparant la route compas en main avec des minuties de couturière. Une robe de bal qu'il lissait fil à fil... Richebourg pivota et considéra l'arrière. Chicot, un des deux novices, tenait la barre. Un jouvenceau, visage de grand ciel aux yeux bleu naïf. Richebourg s'abstint de lui sourire. Il leva la tête vers la brigantine, à laquelle flottait un tricolore tout neuf et, se serrant les mains, se fit craquer les phalanges. Il commandait à un bateau, à des hommes. Avec eux, il traversait les mers.

Descendu dans sa cabine, il enleva ses lorgnons et se frotta les sourcils. Il se grommelait des choses derrière les dents. Aubert, il en revenait toujours à Aubert, un second qu'il avait nommé non sans la volonté secrète de choisir en lui comme son complément. Un homme de taille moyenne, mais bâti en hercule, envoyant des coups de gueule à réveiller les morts. Voilà ce qui convenait pour tenir un équipage. Pour cristalliser la rogne qui, après un temps de mer, ne peut pas ne pas naître chez les matelots. Lui, capitaine, il apaiserait. Il incarnerait la compréhension et le calme.

Les chamailleries avaient commencé à Cette même, durant les opérations d'un chargement qui avait duré beaucoup trop pour être catholique. Elles avaient manqué dégénérer en bagarre. Elles ne s'étaient pas éteintes avec le départ. Richebourg s'en inquiétait. Pour régner en capitaine, il voulait profiter des divisions naturelles sans ajouter à leur nombre !

« Quand même, songeait-il, Aubert va trop loin avec Lénard. Inutile de suspecter le bosco une fois pour toutes. On peut le surveiller, non se méfier de lui à un tel point. Si Lénard a décroché une médaille de sauvetage, il ne l'a pas volée. » Il tapota de la main gauche un air de tambour contre la table et il écouta la mer toute proche glisser le long de la coque avec un son profond et doux sur lequel passaient des craquements. C'était certain, il n'avait pas fait un mauvais choix avec Aubert. Il fallait, quoi, le contrer par intervalles. Un second (lui-même en avait su quelque chose durant des années !) brûle de passer premier. Même s'il n'en pas encore le droit puisque Aubert était seulement maître en cabotage, il lui manquait les diplômes. Cela ne faisait que le rendre plus impatient. Plus anxieux de se plaindre et d'en découvrir les motifs.

Le bateau avançait. Il fendait la mer avec la sûreté des vieilles routines. Il n'était pas vieux, mais il aimait sa besogne. Il taillait sa place dans la neige bleue transparente du flot sans le blesser, puisque les déchirures du sillage se refermaient d'elles-mêmes : c'était le naturel magnifique des muscles féminins après un accouchement.

L'homme tressaillit. Voilà qu'il pensait aux femmes et à la terre. Il ne se l'interdisait pas. Question de mesure...

Il saisissait dans un tiroir une photographie ratée — elle avait été prise à contre-jour — dont il savourait le caractère secret. La fiancée. SA fiancée. Sa *Foederis Arca* de la terre. Son arche d'alliance entre lui et les éléments... Avec ses bandeaux plats, ses joues rebondies, ses yeux immenses. Et toute l'armée des crinolines tournicotantes et virevoltantes... Il posa un baiser sur le petit visage obscur, immobile au centre du carton, îlot magique. Il s'étira. Combien de mois avant le retour. Avant de frôler la longue blancheur de cette main promise et de humer ce parfum. C'était lui qui avait retardé le mariage. Elle le pressait, elle l'appelait *mon* Alfred, *mon* Fred, *mon* Fredo — il avait joué l'homme qui ne comprend pas. Il se félicitait de son calcul. Il était sûr d'elle et de lui. Quand il reviendrait, il serait LE CAPITAINE. Il aurait exercé un plein commandement sur un trois-mâts qui aurait traversé l'Atlantique aller et retour en naviguant parfois dans des parages que la guerre de Sécession rendait pleins de périls. Elle fondrait de fierté en l'apercevant. Elle se jetterait dans ses bras comme une vague dans une crique.

Il attrapa un cahier. Il avait résolu pendant le voyage de tenir un journal sous forme de lettre ininterrompue à la fiancée lointaine. S'il était un heureux capitaine, maître d'un beau bateau remis à neuf, il était en vérité, comme capitaine, un homme seul.

Dormant seul entre les draps de sa couchette. Formant tout seul des pensées essentielles. Seul comme une île. Un pigeon voyageur. L'immédiate présence des voisins de dunette n'y changait rien. Aubert, il l'appréciait sans trop l'aimer. Lénard, il le défendait puisqu'il l'avait choisi, mais enfin ce n'était qu'un maître d'équipage illettré au caractère douteux — et Richebourg, seul à seul, avait pu regretter le choix. Passons. Il se lissa les moustaches. Pour le troisième voisin, aucun nuage. Le petit mousse Dupré, toujours si timide, consciencieux au possible. Une petite perle maigriotte. Non seulement il empêcherait le gamin d'être le souffre-douleur de l'équipage, mais il l'aiderait à monter dans la hiérarchie. Graine de capitaine, pourquoi pas. Les hercules finissent plutôt seconds... Seulement Dupré avait onze ans. Cet âge ne se prête pas aux confidences d'un adulte.

« *Ma bien-aimée* »

commença-t-il et il considéra l'effet des trois mots sur la page blanc-gris, perdus comme un canot dans une rade.

S'abandonnerait-il à une effusion ? N'en avait-il pas assez fait, déjà, en traçant « *Ma bien-aimée* » ?... Il poursuivit :

« J'exerce enfin. Me voilà capitaine pour de vrai. Non plus selon un diplôme, mais selon les faits. Selon un bateau qui me porte et que je porte à ma façon — j'en ai la conduite. Je suis maître à bord du *Foederis Arca.*

A Marseille, où j'ai mené les formalités de recrutement, puis à Cette jusqu'à la veille du départ tant qu'il restait une caisse ou un tonneau sur le quai, je n'ai pas senti pareille satisfaction. Désormais, je le sais, je peux me regarder dans un miroir : j'y verrai un vrai capitaine au long cours. La logique est observée. Je suis un capitaine comme l'océan est océan. Et comme vous êtes ma bien-aimée. »

Le cœur de Richebourg battit plus vite : les derniers mots qu'il vient d'écrire l'impressionnent. Il ne s'en serait pas jugé capable. Une peur se glissait en lui. Quand on est trop heureux, il l'avait entendu dire à des capitaines, une menace rôde.

Pour exorciser un mauvais sort, il évoquerait donc un incident fort pénible.

« ... L'histoire Pagès m'avait troublé. Le maître d'équipage en fonction qui me fait soudain une scène comme quoi ça ne pouvait pas continuer, il ne tolérait pas que les hommes boudent ses ordres — je ne l'ai pas retenu, le sacripant : il aurait fichu la zizanie à bord et se serait ligué avec Aubert contre moi. Séance tenante je l'ai remplacé par Lénard, le plus âgé de ces matelots dont il ne tolérait plus l'indiscipline. Vlan. Ça lui apprendrait, à ce Pagès, à jouer les pessimistes. La confiance, pour un bateau, est aussi nécessaire que le vent. Lénard un « meneur », du roman-feuilleton ! Son livret matricule ne porte que des notes élogieuses.

J'ai liquidé aussi le cas Béranger. Autre histoire grotesque. Ce Béranger, le mousse en titre, un fiérot de quatorze ans, avait pris le Mexique en aversion. L'Ecole des Mousses de Cette couvrait de fleurs un certain Dupré, eh bien engageons celui-ci et débarquons l'autre.

Des imbéciles avaient chambré le Béranger à propos d'un Veracruz où les officiers de santé faisaient mal leur travail. Les maladies honteuses tom... »

L'écrivain s'arrête cette fois sans s'admirer. Il n'a pas laissé de rougir. Dans quels détails s'engage-t-il ? Ceci est une lettre à une jeune fille ! Il rature ses dernières lignes.

... On avait frappé, sèchement, à la porte. Après les pas, il reconnaissait la rapidité du toc toc. Aubert.

— Entrez !

II

Il ne se levait pas : il était le capitaine. Aubert, en franchissant le seuil, avait retiré sa casquette. Comme il avait éteint et rangé dans une boîte de métal le cigare qu'il terminerait tout à l'heure.

On aurait dit qu'un malaise était entré dans la cabine. Richebourg vérifia, machinalement, qu'il avait fermé le cahier — il y avait d'abord serré la photographie. Il se jurait qu'en écrivant à sa fiancée il ne dérogeait pas à ses devoirs de capitaine.

— ... Monsieur...

Aubert avait regardé son supérieur bien en face, brusquement il se tournait vers le hublot... Un trois-mâts rouge aux voiles bleues croisait le *Foederis Arca.* Une sirène aux seins plantureux se contorsionnait à la proue. Du linge multicolore séchait aux drisses.

— ... Le *San Bartolomeo,* de Gênes. Nous nous sommes salués au pavillon.

... Une musique indécise frappait l'air. Une mandoline... Les matelots du collègue s'amusaient. Ou si c'était leur méthode italienne pour honorer un collègue français ?

— Quand nous passerons au large de Barcelone, alors il faudra être aux aguets.

Le second ne fit aucun commentaire. Trouvait-il la remarque stupide ? ou encore désobligeante ? Il enchaînait, tout de go, sur ce qu'il avait à dire. Le bateau qui marchait présentement à cinq nœuds et demi. La visibilité qui demeurait excellente. Le loch ceci, le mât d'artimon, cela. Et puis... c'était comme s'il réparait un oubli... et le son de la mandoline s'éloignait, à l'image d'une espérance mais le *Foederis Arca* comptait beaucoup plus que le *San Bartolomeo,* il les entourait, il était leur maison de mer, et Richebourg ne perdait pas une parole :

— Ah ! Notre Orsini a dit à Thépaut — je tiens la chose de Lénard — que si lui, Thépaut, avait à se plaindre de la nourriture, il aurait tort de s'en abstenir. Comprenez-moi : « de s'abstenir de se plaindre ! » « Fais du raffut », il paraît que ce furent les termes d'Orsini.

— Nom d'un chien saperlipopette, Aubert...

Richebourg avait failli se dresser. Il se passait la main sur le front, il calmait sa voix.

— ... Oui... Ce que je veux dire, oui... C'est : « Laissez donc là les ragots. » Nous ne sommes plus à quai, l'appareillage est derrière nous. Nous naviguons, nous faisons route. Nous sommes un bateau en mer, même si nous longeons encore un rivage français à vue.

Le second respirait fort, immense contre la porte fermée, sous le plafond aux poutres athlétiques. Richebourg trouvait qu'il ressemblait à un grand animal privé d'espace. N'y avait-il pas du mépris dans l'attitude ? Richebourg enviait cette vigueur, cet éclat. Des épaules à l'équerre, taillées en torse de congre — du bronze d'homme, ce type, ou du marbre, on ne savait plus que dire —, des ailes qui se débarrassent de tous adversaires, supportent toutes adversités !... Dans le même élan, soudain, il retrouva la paix. Sur le *Foederis Arca,* le maître à bord incarne la réflexion, l'autorité sereine ; le second, la vigilance, la bonne santé. Tout s'ordonne comme il faut.

— Est-ce que vous vous expliquez, Aubert, cette histoire de nourriture ?

Il avait parlé en espaçant les sons, la mine lointaine... L'homme qui plane.

— Pas très bien, monsieur Richebourg. Mais c'est intolérable ! Je vous répète que...

— Pardon ?

— Excusez-moi, capitaine : je suis sûr de ce que j'avance. Je dis que le cuisinier Mitler en prend à son aise ! Il est par trop sale. Ce n'est pas qu'il soit fâché avec le savon de Marseille, il ne se doute même pas que le savon existe. En le frottant cinq minutes, on remplirait de crasse un magnum.

— Ce ne serait pas plutôt un jéroboam ?

« Voilà que je l'ai irrité. » Aubert, songeur, se reculait déjà... Moins vite, bonhomme. L'humeur de Richebourg s'était rassérénée. Comment le vexerait-on en attaquant son bateau inattaquable ?

— Plaignez-vous à Lénard. Les plats que Dupré nous apporte

de la cuisine, apprêtés par Mitler, ne méritent aucun reproche. Je ne saurais supposer que Mitler néglige les plats des hommes. Ce sont ses camarades, que diable ! Et je pose en principe que, sur tout bateau, un équipage a le droit et même le devoir d'être correctement nourri. La dignité naturelle le veut, comme le bien du service.

Le second, éberlué, se ridait le front pire qu'une reinette. Il comptait, sur le parquet, les œils des planches. Dommage que son frère aîné Justinien-Napoléon Aubert, capitaine de l'*Hiram* quelque part sur l'océan, n'eût pas entendu ces propos ! Il aurait tenu son collègue pour un fou. Ce que l'autre n'était pas quand même ! Mais ce Richebourg vous servait des raisonnements d'imbécile ! « *Je pose en principe que...* » et quoi encore ? Aubert renifla. Il écoutait, loin et près, craquements légers, chuintements d'eau, frissonnements et secousses de voiles et de vergues chevauchées par la brise, toute la rumeur détaillée de bonne allure à la vague et de robustesse d'une coque et d'un gréement. Si flatteuse pour l'oreille des navigateurs. Il se défendait de s'y complaire.

Ah oui. En mer comme le long du quai, il détestait les affirmations creuses. Un navire de bois et de toile, chargé de marchandises matérielles, peuplé d'hommes jeunes, forts, poilus, membrus, se fout des principes. Pour ne pas s'écarter de la route et finir son voyage, il lui faut des volontés acharnées, un régime de coups de gueule. Pas de symphonie sans chef d'orchestre ni premier violon ! Ah ah, parce que tu « *poses en principe* », tu imagines que bougres et choses vont t'obéir ? Bordel ! Putain de la Bonne Mère ! Tu te mets le doigt dans les lorgnons ! Je sais des choses à ton propos, sacrebleu ! Sur la *Reine du Monde,* hein, là-bas dans le Sud, alors que tu étais second, tu as eu le dessous avec un maître d'équipage et il a fallu te débarquer. Les ennuis professionnels arrivent à tout le monde, mais il ne faudrait pas que tu plastronnes.

Pauvre faible Richebourg, tu restes fier d'avoir fréquenté un philanthrope célèbre sur un bateau où tu étais lieutenant. Les idées humanitaires, montre-moi comment tu les appliques. Pénètre donc sous les peaux et dans les muscles. As-tu regardé de derrière tes lorgnons le nez, la bouche, les mains de Mitler ? As-tu flairé son haleine le matin, le soir, à midi ?

— Parfait, capitaine.

Il avait jeté ça du bout des dents, la situation lui semblait des plus imparfaites ! Mais il brûlait de fuir et fuir la zone de faiblesse que cette cabine marquait sur un bateau. Fermer une porte veule, allumer une vraie pipe. La fin du cigare serait pour demain. L'Arche d'Alliance ? L'Arche de Discorde !

— Un instant, Aubert. Pour le premier jour de navigation vous accorderez la double à l'équipage. Vous compléterez le repas du soir par des anchois. Largement servis.

Le second réussit à incliner la tête.

— Entendez-vous avec Lénard pour l'exécution de cet ordre.

« Et pour faire monter les hommes dans la voilure si c'est nécessaire ! », ajouta le second en lui-même. Il ouvrait la porte et se sauvait. Dans le couloir, il se frappa la tête du poing à deux reprises. Nom d'un chien. Nom de Dieu. Arriverait-on jamais à Veracruz. Et pourtant quel beau bateau. Il sortit de la dunette et marcha vers le mât d'artimon comme vers un frère en élan vital. Il effleura, tâta le fût. Racontez-moi que la sève a fini de grimper dans ce tronc écorcé et vous serez un menteur.

La double, les anchois — certain capitaine se doutait-il de ce qui se passait au roof et dans le poste ?... Et lui-même, Aubert, que savait-il au juste ? Lénard était un fourbe aussi vrai que le mât d'artimon était un fort.

III

Le soleil était encore haut. Il ruisselait, il bouillonnait. Il s'étirait ou se rétractait comme une anémone de mer. Il s'écoulait, se rassemblait, se dispersait toujours...

Mieux valait baisser les chapeaux contre les yeux. Eviter même de regarder les brasillements du flot ; les mille poissons d'argent doré que la lumière faisait bondir, courir, sur les mottes et les talus du clapotis... Deux mers cuisaient contre un gril. Bleu cramoisi à bâbord. A tribord, bleu délavé de pervenche. Chaque instant voyait la naissance du monde. Les formes et les couleurs perler comme des gouttes neuves. Sacrée Méditerranée. Autour de laquelle trois continents se réunissaient, guirlande énorme.

Le mousse Dupré s'était blotti dans l'ombre maternelle de la brigantine. Du bras droit, il encerclait l'artimon. Il s'imprégnait, heureux, ignorant qu'il admirait. Il chantonnait un air appris il ne savait quand. Et qui se rapportait, ou ne se rapportait pas, au spectacle. Cet air avait le droit de vivre sur le bateau comme le goéland de passage.

Si j'étais hirondel-le,
Si je savais voler !...
J'irais à Sainte-Hélè-ne,
J'irais me reposer...

J'irais sur la monta-gne,
J'y bâtirais mon nid...

Il se tut... Il venait de se rappeler. Il doutait désormais que le chant pût convenir à un trois-mâts barque fendant la grande bleue. C'était un chant pour les petites filles. Celles qui ont des nattes avec des rubans dessus. Armandine et Eugénie. Quand il sautait à la corde avec elles — et mieux qu'elles ! — elles reprenaient tout le temps les mêmes couplets. Il entendait les « Une double ! » qui suspendaient le poème. Il mâchonna une algue sèche qui sentait le lichen et il la cracha.

— ... Tu ne chantes plus ?...

Il regarda, près de lui, qui chuchotait.

Un matelot avait rampé en avant du roof. Charles était son prénom, et Pierre son nom ; et son surnom Pierr*ic*. A la bretonne. Une Bretagne traînait sur le *Foederis Arca,* bateau du Havre, parce que c'était un bateau. Mulâtre, Pierric était né à la Guadeloupe. Il avait le teint de certaines poteries de village. En parlant, il oubliait les *r* comme s'il lui manquait des dents.

Dupré avait reçu la consigne de ne frayer qu'avec les novices : Leclerc et Chicot. Pas les matelots en titre. Au moins durant les premières semaines... Leur violence de langage l'attirait et l'écartait à la fois.

Il se détacha du mât, prêt à déguerpir, et il évita de répondre. Il souriait simplement.

Pierre sourit à son tour... et il disparut.

Le *Foederis Arca* se changea d'un coup en une épaisse forêt bruissante, pleine de caches et de peuples... Le mousse Dupré se retira dans la dunette. Il avait à frotter les chandeliers et les accoudoirs de cuivre et à cirer des bottes. Puis à mettre le couvert. Ne pas oublier une bouteille de bordeaux.

La mer. Les mers... Il monterait un jour à la pomme des mâts. De là-haut, disait-on, le bateau devenait tout petit. Le capitaine comme une fourmi. Etait-ce possible.

⁂

Trois idées dérivaient comme elles pouvaient dans le crâne de Lénard. Qu'il était le maître d'équipage. Qu'il faisait beaucoup trop lourd. Qu'il avait trop bu. C'était du granit qu'il portait sur la tête. De gros fers à repasser, brûlants, se promenaient dessus. Des marteaux cognaient dedans.

... Une idée, nom dé Dieu, devait rester maîtresse : je suis le maître d'équipage, je porte la redingote, le sifflet... Même qu'il s'en revenait, convoqué ès qualité, d'un entretien avec Aubert. A propos de voiles de rechange et des mains sales de Mitler. Sachant que son haleine fleurait le vermouth, il croquait de l'ail et il tournait la tête, quitte à souffrir. Pas une fois il n'avait regardé le second. Il ne voyait que la porte, le plancher. Il s'attendait qu'Aubert l'engueule sur son maintien. L'autre avait dû se dire : « Peine perdue. »

Maître d'équipage, il avançait vers le roof, la maison de jour des matelots, dans l'odeur de toile et de mer chaude qui s'étendait sur le pont. Pourvu qu'ils ne fussent pas éméchés, Et puis va te faire foutre. Dans tous les cas, ils lui donneraient à boire. Il avait trop bu, donc il avait soif. Qui a bu boira — peu importe si c'était trop ou non.

— *As-tu vu la casquette, la casquet-te*
As-tu vu la casquet' du Pèr' Lénard ?

braillait Thépaut, les yeux exorbités, à la porte du roof...

— Tais ta gueule, murmure le bosco, le sang aux pommettes. Vise là-bas. Si vous faites les andouilles, l'état-major nous tombe dessus.

— L'état-major ? de la merde !

... Sur les talons de Lénard, il entrait dans le roof.

Malgré le courant d'air, des effluves d'une chaude tabagie, des relents de nourriture poisseuse et de sueur, rôdaient en force dans la cabane.

Orsini, à un bout de la table que tous les couteaux avaient tailladée, terminait sur le pouce une ruine de fromage corse — un chèvre dont Carbuccia lui-même n'avait pas voulu. Nu jusqu'à la ceinture, chemise en torchon autour des reins, Oillic sommeillait, avachi sur une caisse. Pierric s'était couché tête au mur, il avait enlevé ses bottes et il contemplait ses orteils.

Daoulas et Carbuccia se curaient les dents avec de la semence de cordonnier. Ils attrapèrent dans un coin une seille de vin rouge et un long plat ébréché garni d'anchois. Ils les brandirent sous le nez des arrivants. Lénard repoussa le tout. Tapi derrière la grosse vitre grise qui faisait face à l'arrière, il regardait en catimini. Richebourg, debout sur la dunette, gesticulait en montrant le roof. Il semblait hilare. Il devait dire à Aubert, en retrait d'un pas : « Ils s'amusent ! Ils ont raison ! »

— Toi, grondait Daoulas dans le dos du bosco, tu es un sacré bonhomme. Il faudrait te couper en deux. Tu es une moitié avec les matelots, une moitié contre. Tu as l'air comme ça de biner Aubert et tonton Richebourg, mais ils te chieraient dans la main droite tu dirais merci. Et tu avancerais la gauche.

— Tais-toi !

— Tu m'fais pas peur. Aux poings ou au couteau je t'attends tous les jours. Ta redingote c'est de la frime. Tu saurais plus monter comme nous aux cacatois. A peine si tu saurais border la grand-voile. T'es plus qu'un galonné de malheur qui couche à la dunette et n'est bon qu'à répéter des ordres. Ouah ouah, ouah ouah. Ton sifflet, un de ces jours moi je l'envoie à la baille. Pour que les poissons jouent avec.

— Si tu faisais ça, imbécile, Aubert te porterait dans le cahier des punitions. Il retiendrait sur ta paie dix fois un sifflet neuf.

— ... Tu vois, hein, qu'tu es pour Aubert ! ... Allez, à la santé des pauvres matelots.

Il avait rempli un gobelet dans la seille et il le vidait en cinq sec. Y laissant quand même des gouttes, qu'il répandit sur le plancher avec sérieux. C'était à la santé des morts. En particulier ceux de sa famille et tous les marins péris en mer. Ce qui faisait une multitude.

Oillic ouvrait les yeux. Sans mot dire, il bondissait. Il saisissait le vin et les anchois. Par le hublot de bâbord il précipitait contenants et contenus dans la mer. Puis il se frotta les doigts. Ainsi périssent les cadeaux de la dunette !

— Nous avons mieux que ça pour nous saouler, décréta-t-il l'air sombre, en homme dont la dernière saoulerie n'est pas loin et qui est déjà sur le seuil de la prochaine. Dans le poste, cette nuit, j'en connais un qui sera de service pour rafraîchir les frères.

— Et les anchois ? Mitler va piquer une crise.

— Ça ne le changera pas. Et, si tu veux mon avis, les anchois vivants de la Méditerranée nous disent grand grand merci. Il y a chez eux beaucoup de parents, ils ont récupéré comme ça des cadavres de filles et de fils. La mer, pour eux, c'est la terre.

Dans le silence puant où tressaillait parfois un bruit de coque, de mât ou de voile, sinon de vague, les hommes réfléchissaient. Personne, sans excepter Oillic, ne comprenait trop bien. Des visions de poissons célébrant au fond de la mer un enterrement avec cercueil et chant du *Libera* s'ébauchaient et se détruisaient... Mais ce qui avait eu lieu avait eu lieu. Les anchois et le vin rouge octroyés par Aubert avaient filé par-dessus bord.

... Thépaut intervint le premier. Il traça dans l'air, au couteau, un signe de croix.

— *Amen,* grommela-t-il sans plaisanterie.

Puis :

— Bravo, mon frère ! J'ai pas encaissé, j'encaisserai jamais le tour de cochon de tonton Richebourg à Cette. Quand il voulait nous faire coltiner du charbon le dimanche, nous autres qu'on est des matelots qu'on a le dimanche pour se reposer.

L'assemblée approuvait. Quand Oillic, soucieux de reprendre l'initiative, eut déclaré que le véritable ennemi du matelot c'était Aubert, pas Richebourg, et qu'il ne toucherait jamais à un cheveu de celui-ci, elle approuva encore. Elle virait de bord — sur un voilier quoi de plus normal ? Son soleil ayant changé de place, elle trouvait que le capitaine prenait des décisions en dents de scie, qu'il portait des lorgnons, mais n'était pas le mauvais type. Si elle n'avait pas disposé d'une meilleure tête de Turc, il lui en eût fourni une. Mais avec Aubert elle tenait ce qu'il lui fallait ! Ce salaud.

Gueuleur, fouineur, pire que cent policiers. Il n'avait rien déniché d'essentiel, n'importe ! Il fouinait, c'était un crime. Il leur flanquait des cauchemars. A eux des costauds, des fils de la vague ! Ils ne travaillaient plus sur le *Foederis Arca,* mais sur le *Foederis Aubert.* Eh bien, puisque leurs droits n'étaient pas respectés, ils se déliaient de leurs engagements.

Depuis une minute Lénard sentait peut-être que les choses allaient trop loin et trop vite. Rien n'était mûri... Tapant sur l'épaule d'Orsini, il demanda, patelin, s'ils ne scandalisaient pas leur compagnon de voyage.

L'homme aux mystérieuses affaires piqua son canif dans la table. Les connaisseurs apprécièrent le coup de main...

— J'en ai vu, j'en verrai d'autres !

Il haussait les épaules.

— Moi, mes amis, j'ai un compte avec votre capitaine. Il n'a pas été régulier avec Antonio Orsini, Antonio Orsini n'oubliera pas. Un affront, ça se lave si on est un homme. Je laverai celui-là.

Il prenait un air sauvage. Il était de taille à répondre ce qu'il voulait, mais il ne désirait pas qu'on l'interroge davantage.

L'affront auquel il faisait allusion, c'était que Richebourg lui eût refusé les honneurs de la dunette ; qu'il l'eût remisé dans le poste et dans le roof parmi des ivrognes. *Ah ! filio di putta, carne, carne nigra !* Le petit avorton de Dupré se prélassait tout seul dans une cabine à couchette et un Antonio Orsini, ami de banquiers et d'industriels, se contentait d'un hamac, accroché entre ceux d'un Oillic et d'un Thépaut ! *Merda ! Merda !...*

Ce n'était guère le genre de plainte à confesser dans le roof. Posément, solennellement, il repliait son canif, réenveloppait le reste de fromage.

— A propos de laver...

Lénard se félicitait de son astuce. Elle permettait de remettre le second sur la sellette. Orsini avait dévié le débat.

— ... Savez-vous ce qu'Aubert vous demande ? Il vous faudrait, à trois ou quatre, ceinturer Mitler. Le déshabiller nu comme un ver. Frotter sa couenne comme le pont avec une brosse à chiendent...

Dans un autre climat ils auraient ri de bon cœur. Ils étaient trop excités, ils avaient trop bu. Des « Hou hou » montèrent. La crasse de Mitler était une chose. La dignité en était une autre. Si Aubert voulait nettoyer le cuisinier, qu'il ne se décharge pas de ce soin sur des matelots, qu'il manie la brosse lui-même ! Ils n'étaient pas des esclaves. Hein, Pierric, l'Américain français, tu ne diras pas le contraire !

Lénard souriait. Cette nuit, dans le poste, après des libations nouvelles, ces gens s'effondreraient. Ils partiraient dans un gros sommeil. Leur mécontentement ne s'effacerait pas. Il continuerait de croître. Mais en faisant la part des obéissances routinières. Il attendrait, pour éclater dans son ampleur, que des jours passent ; que naissent les occasions décisives.

Le maître d'équipage sortit du roof. Aux jumelles, sur l'horizon, il considérait la ligne grisailleuse de la côte. Malgré l'éloignement, la terre européenne était toujours la terre soupçonneuse aux millions d'yeux invisibles. Et tous ces bateaux de pêche, voire ces transports à vapeur ! Il fallait gagner des mers sans rivages ni navires, des mers complètement marines, habitées seulement de poissons et d'oiseaux illettrés. D'algues et de courants aveugles et muets. Une force irrépressible pesait sur son bras. Il enleva sa casquette. Malgré lui, il saluait la mer. La fantastique étendue qui dissimulait avec un tel art les profondeurs de ses profondeurs.

... Derrière lui, Thépaut avait recommencé de chanter :

Je l'ai-per-du
Dans la-grand'Rue...
Je l'ai-r'trou-vé
Dans la-rue-de-Crêt !...
Ah ! le joli coquilla-a-ge...

Tout Brest, toute la nonchalance des escales, habitaient pour lui des mots qu'il avait hurlés vers les étoiles, en déambulant bras dessus bras dessous avec des compagnons d'un soir, parmi les vieux quartiers chauds pleins de traquenards et de rires.

IV

Vissé aux planches et luisant sous le vernis comme cheval bien étrillé, le mobilier rustique rafraîchissait le regard, il évoquait une habitation de la terre. Si le long cadran à balancier n'était pas là, une pendule qui s'emboîtait dans son abri et s'ornait d'un groupe de Mars, Vénus et Neptune, le remplaçait avec bonheur. Son mécanisme faisait un petit bruit sec, détaché, toujours identique. La coulée des secondes telle que dans les rues d'Alençon, dans les fermes poitevines, elle suit son chemin. Deux cactus nains assuraient la présence des plantes grasses ; une petite chaise provençale, du siège bas pour les grand-mères.

Alors que la gluante méduse jaune et rouge du soleil n'avait pas disparu dans l'horizon et que de grandes traînées de lumière s'accrochaient dans les voiles du *Foederis Arca,* c'étaient deux officiers au long cours qui dînaient au milieu de ce châtaignier, de ce merisier ou de ce chêne, non un ménage de citadins. Le buffet qui eût trôné si aisément dans un intérieur de Pithiviers, de Montdidier ou de Carmaux, se promenait à l'occident de la Méditerranée avant de tâter de l'Atlantique, de la mer des Caraïbes. Au fait, vous n'auriez trouvé nulle part des bibelots, ni des livres du XVIIIe siècle à reliure de cuir. Même pas un Jean-Jacques Rousseau, même pas une tabatière. Des sextants, un loch, un planisphère, des recueils d'instructions nautiques, les remplaçaient.

Un rideau vert avait été rabattu contre le hublot de bâbord. Mais à tribord, derrière le verre puissant emprisonné par son cerclage de cuivre, le flot révélait sa multitude violette. Elle montait et descendait légèrement, comme le ciel qui se débleuissait, avec le faible roulis.

⁂

Les deux hommes avaient sauté le repas de midi. Barre de chocolat, tranche de pain, une pomme, un bol de café à la chicorée, rien de plus... Richebourg entendait que le dîner fût confortable. Faisant une entorse à sa sobriété, il avait tiré d'une réserve personnelle un grand cru de bordeaux. Et, encore plus remarquable, offert avant la soupe cinq centilitres de gin. Ils avaient trinqué en riant, des verres minuscules rendaient l'opération délicate ! et une euphorie, une volubilité, les avaient gagnés sur-le-champ. Aubert avait cru, à deux reprises, que le capitaine allait proposer le tutoiement. Il avait senti ses préventions sur le point de fondre...

Et la connivence avait fui. Tandis qu'ils savouraient une soupe au fromage, aux croûtons grillés et aux herbes, il y avait eu des silences. Le bruit faussement discret de la pendule devenait presque insupportable. L'on bénissait un pas là-haut sur la dunette, ou une menue plouffée de vague, d'exister.

Dupré posait le plat de poisson — probablement le dernier poisson frais du voyage. Il se retirait sur le pont près de ses amies les voiles.

Richebourg avait préparé son affaire. Il servit le « coup du docteur ». Le bordeaux sentait le soleil d'automne, les labours, les buissons couverts de mûres, toutes ces réalités de terre terrienne dont ils ne tâtaient qu'à de longs intervalles, car ils appartenaient à la mer. Pas de nostalgies ! Veracruz d'abord. Il revit les bandeaux, les joues vermeilles de sa fiancée et il se félicita d'avoir eu le courage d'y renoncer pendant plusieurs mois. Les séparations, la belle enfant, il fallait qu'elle en prît son parti ! Nous ne serons pas souvent à quai l'un de l'autre !

— ... Aubert, j'ai tout à l'heure épluché les livrets matricules des hommes. Je les connaissais. J'ai voulu en avoir le cœur net.

Il taisait qu'il avait démonté aussi, graissé et armé les pistolets anglais cachés dans son coffre. Lieutenant, il en possédait un. Capitaine en titre, il avait estimé qu'un deuxième s'imposait. L'ancien capitaine du *Foederis Arca,* Tragin, avait trois pistolets — on verrait plus tard ! Deux pistolets, un pour chaque main, devaient suffire...

Pourquoi, si près du départ et de la côte, s'était-il préoccupé de ses armes ? Les pirates, il y en avait toujours dans certaines eaux. Pas dans ce secteur !...

La chose ne regardait que lui, maître à bord.

— Sauf deux, les matelots n'ont jamais encouru de punitions avec inscription à la clef dans leurs différents embarquements. Ils n'ont reçu que des notes élogieuses. Les deux qui ont été punis disciplinairement l'ont été une seule fois ; et encore pour des motifs qui me semblent bénins. Oillic par exemple. Je prends son cas et je vous donne mon explication d'homme à homme. Il mesure plus d'un mètre quatre-vingt-dix, il a besoin de remuer que diable, de gueuler, de vivre. Et naturellement, s'il y a un peu de vilain, c'est lui qu'on épingle à cause de sa taille. On le remarque.

Aubert leva la main. Richebourg, qui n'avait pas fini de parler, préféra s'interrompre. On ne prétendrait pas qu'il tyrannisait !

— Je me suis laissé dire par des capitaines, capitaine, qu'une indulgence était de mise pour les débuts de la carrière des matelots.

— Sans doute. Mais nous avons ici des hommes de vingt-deux, vingt-trois, vingt-quatre ans, ce ne sont plus des apprentis marins !

Le second se rida le front, il ne répondit pas. Il avait envie de se rogner un ongle, une manie qu'il avait toujours ignorée ! Ce Richebourg, avec ses raisonnements, le mettait au supplice. Il se revancha contre le loup, frotté d'ail et de citron, que Mitler-le-sale avait, par la Madone ! réussi en chef de grande maison.

Le capitaine réfléchissait, bouche ouverte. Il devinait qu'il n'avait pas persuadé son voisin. Et pourquoi donc ? La raison qu'il trouvait désorientait son honneur. A Cette, durant les opérations beaucoup trop longues du chargement, n'avait-il pas été conduit à sévir ? A sévir dur ? Comme le bateau perdait son temps le long du quai, il avait ordonné à Aubert (qui approuvait) de faire travailler les hommes un dimanche. Les gaillards avaient refusé. Plusieurs étaient descendus se saouler à terre. Qu'ils eussent ou non des livrets matricules vierges, il les avait sacqués ! Ils avaient eu l'air de s'en ficher comme de l'an quarante, mettant par-là en fureur leur maître d'équipage d'alors, Pagès, qui s'était retourné vers lui.

Agacé par le souvenir, le capitaine se levait. Histoire de se donner du mouvement. Il écartait le rideau vert de bâbord. Tel un flot ruant dans l'écluse, la lumière du soleil pénétra. Il jeta un coup d'œil sur l'astre lui-même, rond et rougeaud, qui se rassemblait avant le départ. Il eut l'impression de contempler des yeux moqueurs.

Il reprenait sa place. Dans sa serviette, il essuyait ses verres de lorgnon. Il revoyait la fiancée au visage rond comme le soleil, et moqueur lui aussi. Comme les zouaves engagés au Mexique et qui se sentaient oubliés. Il pétrit du pain. Rien ne modifierait plus la décision dangereuse à laquelle il s'était rallié dans le port de Cette : promouvoir un Lénard, le chef des violents, maître d'équipage.

... Soit. Il était le capitaine d'un bateau en mer et qu'il avait pour tâche de conduire à Veracruz et il l'y conduirait. Avec Lénard pour bosco. Aubert pour second. S'il venait, deux minutes plus tôt, de manquer son discours, il en improviserait un meilleur ! Méthode napoléonienne. Vaincu à midi, vainqueur à deux heures trente. Ce n'était pas pour rien que le destin, des mois durant, l'avait maintenu dans la familiarité d'un Arago, un de l'illustre famille, penseur-voyageur qui ne se trompait pas en matière d'humanité ! Il serait digne de ce privilège. Le soleil et la fiancée ne se moqueraient plus.

— Je n'ai pas été suffisamment clair.

Dupré tapait à la porte ses coups modestes.

— Entre !

Le gamin obéissait. A mi-route de la table, il s'arrêta. Le capitaine n'avait pas mangé une bouchée de son poisson !

— Tu peux enlever. Apporte vite la suite et sauve-toi...

Pour occuper le temps, Richebourg servit du bordeaux. A Aubert seulement. Un cancrelat se hasardait vers des miettes, il le saisit sans violence et il le jeta ou le posa sur le plancher.

... Dupré arrivait avec un rôti de bœuf, un pot de moutarde.

— Prends du chocolat dans le buffet, pas trop ! puis sauve-toi.

***

— ... Aubert, je parle d'homme à homme. C'est une chose sérieuse d'habiter à quinze sur un bateau de la taille du nôtre. Nous sommes, inévitablement, solidaires. La hiérarchie est stricte, je n'ai rien contre elle. Vous et moi nous ne devons pas nous mêler aux matelots. N'empêche que...

L'estomac creux après la longue journée marine, Aubert mangeait machinalement. Il ne prenait aucun plaisir à la nourriture. Ce que disait le capitaine semblait noble et juste, pourtant il n'y adhérait pas. Il ne reconnaissait pas le véritable *Foederis Arca* ni son équipage charnel dans la description soignée que distillait un indécis. La veille, sur un coup d'ennui, il avait posté pour son frère Justinien-Napoléon une lettre rude. Il y qualifiait son capitaine d'*excellent garçon,* mais qui n'aurait pas dû prendre un métier maritime ; et les matelots, d'un *tas de fatras.* S'il avait manqué au sens de la nuance, il ne regrettait pas son abandon. Justinien-Napoléon ferait la part des choses. Il connaissait le zèle de Théodore, son amour forcené de la tâche accomplie. Un trois-mâts qui se rend de Cette à Veracruz n'est pas une cocotte en carton naviguant sur une cuvette. Des dangers de toute sorte le menacent dans son gréement, sa cargaison, son équipage.

Richebourg s'exaltait. Lui non plus ne nuançait pas. Il définissait l'équipage une troupe d'hommes jeunes, portés par la jeunesse à la turbulence, mais fiers de leur métier, un métier où ils excellaient. Les pauvres, à Cette, ils s'étaient sentis perdus. Coltiner dans le charbon leur paraissait déchoir. Alors ils avaient chahuté. Bu. Joué les mauvaises têtes. Mais le fond de leur tempérament n'était toujours pas mauvais, il était même très bon. Le service à la mer, le travail dans les hautes voiles arrangeraient tout.

Braves mots, éléments dociles ! Richebourg souriait. Sa barbe voltigeait. Il se découvrait marin-né, ayant toujours vécu sur des bateaux. Il ne savait plus que son père avait été greffier, sa mère institutrice, ni qu'après leur mort il était venu à la marine par la volonté de son tuteur. Jeté comme mousse, à seize ans, sur la corvette à voiles *La Bayonnaise !...* Ce soir, il faisait face en pleine vigueur à l'immensité des océans, à l'unité du monde. Les recettes, les solutions, étaient là dans son langage net. Pour obliger des hommes à secouer leurs ronchonnements, à retrouver leur enthousiasme de grimpeurs de vergues, il avait besoin de tempêtes ? Eh bien les tempêtes accouraient. Avant Gibraltar, ou tout de suite après, un, des coups de chien, malmèneraient le navire. L'on n'entendrait plus parler des mains sales de Mitler, du bœuf qui est trop gras ou pas assez, du bosco dont les injures n'ont pas le sens commun, il n'y aurait plus ici que les grands enfants du *Foederis Arca* se déchaînant pour lutter contre la mer...

— ... Excusez-moi, capitaine. Je reviens.

La pendule avait sonné la demie de huit heures. Un instinct avertit Aubert, qui s'engourdissait. C'était le moment de l'inspection vespérale dans le poste. Pour une fois, il se réjouit. Il s'évadait. Il allait toucher le réel. L'immensité de l'air et de la mer, la petitesse du bateau, l'architecture de la masse des voiles. Frapper le pont. Humer. Ecouter... Il partit à vives enjambées. Même entrer dans le poste ne lui pesait plus. Tout homme fait son métier. Un second doit descendre parmi les matelots. « Les officiers ne se mêlent pas aux matelots », un blagueur ce Richebourg !

Il sourit à Dupré, assis dans des cordages. Celui-là ne comptait pas dans les « fatras ». Il s'approcha et sous la chevelure rêche il lui gratta le crâne. « Alors, chenapan ! » Il cligna de l'œil. « Même pas malade pour le premier jour en mer ? A quoi sert d'avoir un mousse ! »

... Le silence qui salua son entrée dans le poste le désenchanta. Quelle hargne dans ces yeux complices. Lénard avait retiré sa casquette. Il considérait son supérieur entre ses paupières mi-closes, l'air fielleux d'une bête soumise qui attend que ça change. Aubert s'arrêta devant Oillic — le géant soutint le regard. Le lieu sentait la vinasse. Mitler, dépenaillé, ronflotait ou rotait en oscillant. Par acquit de conscience Aubert avança, effleura deux ou trois des hamacs décrochés, demanda au bosco de lui ouvrir un coffre... Rien à signaler.

— Bonsoir, messieurs.

Personne ne renvoya le salut... Même Chicot. Qui se tenait dans l'ombre. Qui ne pouvait pas, ou qui ne voulait pas, faire bande à part.

Lénard accompagnait Aubert sur le pont. Les quarts de nuit à fixer. Qui serait de barre. Qui serait de garde aux bossoirs. Qui allumerait les feux...

— Bosco, se décida l'officier, donnez-moi votre parole qu'à votre connaissance les hommes ne cachent rien.

— Vous savez bien, monsieur, qu'il leur est impossible de cacher quoi que ce soit.

Il élude, pensa Aubert.

— La double, les anchois ont-ils été bien accueillis ?

— Tout à fait bien.

— ... Bonsoir.

— Soir.

Au lieu de rejoindre le capitaine, le second se mit à marcher entre roof et dunette — dix pas dans chaque sens. L'exiguïté du bateau ajoutait à son mystère. Invraisemblable ! Il paraissait aussi secret que la mer. Aubert en était sûr, quelque chose se tramait. L'envie le brûlait de courir vers le poste pour une inspection extraordinaire, il s'en défendit. Cela, dans le moment, n'eût servi qu'à exaspérer les gaillards. C'était en pleine nuit, sans préavis, qu'il eût fallu se jeter dans la mateloterie... Idée à creuser. Lentement. Car les risques étaient considérables.

A Cette, il avait compris que l'aveuglement de son chef n'était pas total. Richebourg avait quand même une expérience. Il se doutait, pertinemment, que les tournées dans les cafés du port n'expliquaient pas toutes les ivresses. Le passage du vin et des alcools entre un quai et un bord offrait à des hommes assoiffés par la chaleur une tentation et des occasions beaucoup trop grandes. Sans compter l'attrait du fruit défendu ! Bon, bien. Il eût fallu prendre les coupables la main dans le sac. Ou les forcer à des aveux. C'était trop demander à un humanitariste. Aubert, volontiers, eût mené l'enquête, il s'était fait rabrouer ! En termes voilés, mais fort intelligibles, on l'invitait à fermer les yeux. Comme deux vis d'un panneau de cale avaient un jeu pas catholique, il avait émis l'hypothèse que des visites indésirables s'opéraient dans la cargaison, le capitaine avait éclaté de rire.

— Vous auriez dû entrer dans la police !

Aubert, atteint dans son honneur, s'était mordu les lèvres au sang pour ne pas rétorquer : « Et vous, puisque vous boudiez le métier de votre père, vous auriez dû vous faire pâtissier ou marchand de draps ! » Un second a pour mission de *seconder* le capitaine. Il lui facilite le commandement des hommes et de la mer. Il veille à l'ordre jusque dans les détails, une tâche que l'officier en premier n'a pas directement à connaître... Seulement il ne faut pas briser un zèle qui n'est subalterne qu'en apparence. Les bâtiments n'arrivent à destination que grâce à une série de strictes observances.

Il se planta contre la lisse. En rejetant les épaules vers l'arrière pour approfondir sa respiration, il eut le sentiment bizarre d'être un goéland. Il sourit. Des traînées rouges se décoloraient sur la palette abandonnée du couchant comme sous l'effet d'une recherche. Un air vif sortait, comme les chauves-souris, avec le crépuscule. La coque du bateau se frottait sur la mer avec les grâces d'un chat entre les jambes de son maître. Il serra les mains, les grandes mains qu'il avait reçues de Dieu, contre le plat-bord. Il serait désastreux qu'il arrivât un malheur à une merveille.

Sans avertir le capitaine, il avait montré à Lénard le panneau de cale litigieux pour que le bosco vérifie régulièrement le serrage des vis. Que s'était-il passé ensuite ? Tout le temps que durait le chargement, il fallait ouvrir sans cesse ledit panneau pendant le jour. Quand Aubert était occupé ailleurs, va voir si ces Messieurs ne pratiquaient pas la fauche ! Et puis il ne pouvait pas se transformer en gardien de nuit. Les excités disposaient de tous les outils voulus pour ouvrir et fermer en silence.

Hier soir, sans ostentation, sans se cacher non plus, il avait scellé le panneau avec de la cire. Il serait très difficile, désormais, en cas de visite, de ne pas laisser de traces ! Pour autant que son examen eût été correct, il s'était assuré ce matin que personne ne s'y était risqué.

Il heurta des poings sur le plat-bord. Il revoyait l'insulte claire des yeux d'Oillic. Il sentait encore peser sur sa nuque le silence goguenard et méchant de tout un groupe. Ah oui, il eût mis la main au feu que l'équipage continuait à se servir dans la cale. Une autre issue existait vers les liquides trop aimés, une issue sauvage, pour laquelle aucune clef n'était nécessaire.

Un homme était au courant, il l'eût juré avec la même force : Lénard. Mais celui-là n'était qu'une planche pourrie. Plus Aubert repensait les événements, plus il se persuadait que Richebourg avait commis l'erreur la plus grave en laissant partir Pagès. Pour rester à bord, l'ancien maître d'équipage exigeait le renvoi de Lénard, de Thépaut et d'Oillic, peut-être de Daoulas, eh bien il fallait accepter ! Ces brutes eussent été sans peine remplacées avantageusement.

— ... Alors, Aubert, pourquoi ne revenez-vous pas ? Vous regardez la terre. Vous savez bien que nous autres marins ne devons pas penser à elle. Dans quelque temps, d'ailleurs...

... Richebourg se tenait là, casquette sur la tête, jumelles en bandoulière. Il écartait les bras comme pour dessiner l'ampleur de l'océan. Tout le fier espace, peuplé de grands vents réguliers, où le *Foederis Arca* se taillait une route entre houache et sillage parmi la grande houle verte et bleue.

— Ce n'est pas à la terre que je songe, monsieur, mais à nous.

— A vous et à moi ?

— Au bateau. Au *Foederis Arca.*

Il effleurait le bon plat-bord comme il eût caressé en cavalier l'encolure de sa bête. Ce n'était pas lui le maître après Dieu, il ne commandait pas, mais en tant que second il se sentait farouchement appartenir à la merveille mystérieuse mi-édifice, mi-animal, qui s'appelait son bateau. Et qui portait un nom. Inscrit en toutes lettres éclatantes sur la coque.

Richebourg se fourrait des doigts hésitants à travers la barbe. Il tripotait des poils. Il paraissait leur demander conseil.

— Vous n'allez tout de même pas recommencer des inquiétudes ? C'est fini. Je vous ai dit le fond de ma pensée tout à l'heure. Vous êtes un marin en mer. Observez comme le bâtiment est heureux. Comme il glisse. Faites comme lui.

Aubert prit le temps d'une réflexion. Il pesa la sécurité du bord, la faiblesse de Richebourg, le danger des soupçons, Chicot et Dupré, Oillic et Lénard, les zouaves attendant la cargaison du *Foederis Arca*...

— Très bien, capitaine.

Il avait conclu à l'inutilité d'une plainte. Richebourg avait beau ne pas donner l'impression d'un homme têtu, ses tergiversations ne laissaient aucune prise à un interlocuteur. Il était opiniâtre dans son refus de ne pas accepter l'appui d'une force extérieure. Aveuglement ? Orgueil intellectuel ? Ou les deux ?

— Etes-vous sûr, insistait l'autre, de ne rien garder pour vous ? N'auriez-vous pas encore une de ces mauvaises idées ? Je reconnais, hum, que parfois, c'est vrai, certains des hommes, par forfanterie, semblent passer les bornes.

Aubert se refusait à répondre. Pour que son client n'eût pas l'air de solliciter une nouvelle question, il s'obligea de sourire. Un sourire plat. Il n'avait pas saisi la perche que tendait Richebourg parce que, désormais, il ne croyait plus dans la sincérité de ces offres. S'il avait par malheur avoué son anxiété, il eût été sermonné comme un officier aux ordres sommaires et brutaux dépassé par la haute politique d'un bord.

Il n'y couperait d'ailleurs pas tout à fait.

Pierric passait auprès dans la pénombre. Il allait relever Leclerc à la barre. Isolé du poste avant, il avait dépouillé le cynisme. Il n'avait plus que l'allure d'un matelot qui s'apprête à veiller sous les étoiles et qui a fermé tous les boutons de sa chemise pour ne pas attraper froid. Dans le regard, plus rien d'agressif. Plutôt comme une petite plainte animale ou enfantine. En guise de salut il tapota son chapeau de paille. Il marchait en écartant bien les pieds, au rythme de la danse légère du bateau.

—Vous n'allez pas me dire que celui-ci ressemble à un criminel, ironisa, pesamment, Richebourg.

« Va-t-il encore me citer Arago ? » songea l'autre, partagé entre moquerie, colère, indifférence.

Le capitaine levait les mains en direction des mâts. A défaut de nommer son Arago, il donnait cours à la philosophie humanitaire.

— Voyez-vous, monsieur Aubert, sur un bateau comme le nôtre, le peuple, dans la personne des matelots, a en propre un fier, un grand domaine. Ni vous ni moi nous ne grimpons dans la voilure. Nous laissons l'exécution de toutes les manœuvres à l'équipage. Nous nous réservons pour les tâches intellectuelles que l'établissement de la route nécessite. Réfléchissez : de ce fait même, nous confions ou nous remettons à nos matelots la possession, avec l'usage, de tous les hauts du navire. Les cacatois, les perroquets, la grand'voile, etc., c'est à eux. Ils exploitent les qualités et les instruments de marche du *Foederis Arca.* Ces gens qui, pour la plupart, sont des illettrés, se glissent entre nous et l'énergie des vents pour obtenir des concours qui échapperaient sinon à leurs officiers.

Le novice Leclerc débouchait maintenant de l'arrière. Un Cancalais. Il arrêta son sifflement du *Père Bugeaud* et, enlevant sa coiffure, il grommela un bonsoir. Mais Aubert trouvait qu'il hâtait le pas comme pour fuir leur voisinage. Entre les deux novices il n'hésitait pas : il préférait Chicot.

Richebourg ne fouillait pas ainsi. Le bonsoir, auquel il avait répondu gaiement, le réchauffait. Il jeta vers son compagnon :

— Ce Pierre Leclerc promet d'être un excellent élément.

Suivant des yeux son excellent élément, il apercevait près du roof une nouvelle silhouette : le grand barbu Auguste Tessier, le matelot charpentier, qui avait pris son quart de veille. Il se rengorgea.

— Ce n'est pas sous prétexte qu'un homme est originaire comme moi de la Loire-Inférieure, que je n'ai pas le droit de dire qu'il a les plus grandes qualités professionnelles. Des Tessier, à Bordeaux comme à Marseille, ils ne pleuvent pas.

N'empêche que tout à l'heure, dans l'air et les reflets vineux du poste avant, le sieur Tessier, tout charpentier qu'il fût, ressemblait moins à un saint Joseph qu'à un Oillic...

Un goéland invisible cria.

Sur l'horizon, les nuages du couchant jouaient à composer un vrac de marchandises multicolores : ballots de paille, ours en peluche, caisses d'armes, meubles, sacs de minerai, qui grimpaient les uns sur les autres, s'éventraient, se dissipaient, renaissaient, se déformaient encore. Témoignage posthume du soleil disparu, la volonté d'un faisceau de lumière orange se plaquait contre la mer.

Comme tant de vaisseaux à travers les âges depuis l'errance massive et solitaire de l'Arche, le trois-mâts *Foederis Arca* voguait, poussé par des vents, de la même manière que si une main l'eût tiré. A chaque instant, sans tapage aucun, il progressait. Pour chiffrer la distance qu'il avait à parcourir, le nombre de milliers de milles nécessaires se comptait sur les doigts d'une main, et pas tous encore ! Il aboutirait sans épuisement au terme de son voyage transocéanique. Il était fier marcheur, radoubé et toilé avec le plus grand art...

Aubert se reprocha de céder aux enchantements de l'heure. Ce qu'il avait vu et senti dans le poste avant ne serait jamais supprimé. Le beau navire qui proposait au ciel l'architecture somptueuse et vibrante, une et multiple, de ses hautes et basses voiles, transportait la sauvagerie d'alcools délétères et de fantasmes humains.

Il se félicita d'avoir fait partir pour son frère une lettre un tant soit peu alarmiste. La petite boîte vert olive où il l'avait postée, ne payait pas de mine. Malgré son excellente vue il ne l'avait pas remarquée tout de suite, fixée comme distraitement sur un mur sale entre une boulangerie et un café. Ce décor n'empêcherait rien. La boue des lagunes ne repousse pas non plus les voiliers clairs. Dans la tranquillité professionnelle de sa tournée, un facteur aurait levé la boîte dès ce matin. Vers le temps même où le trois-mâts frémissant hissait l'ancre. Où les petits pêcheurs de la nuit débarquaient leur pêche. Où les marchandes des quatre-saisons dressaient leurs pyramides. Et dans un air qui brasillait déjà, les dévalantes sonneries de cloches s'amusaient à hâter le pas de la vieille clientèle sombre des premières messes.

Pas plus que l'insolence d'un Oillic ou d'un Thépaut, la petite enveloppe, dont le profil barbu de Napoléon III ornait le timbre comme il ornait les pièces de deux sous, ne serait supprimée. Elle se trouvait peut-être en cette heure enfouie dans l'obscurité d'un sac, pêle-mêle avec des centaines de compagnes, entre une quittance de loyer et une missive amoureuse, mais elle existait. Une administration aux rouages subtils avait pris son destin en main. Elle irait ses routes...

— Retournons à table manger un fruit, monsieur Aubert. Libérons le petit Dupré, qui a besoin de beaucoup de sommeil. Il desservira demain.

Et si un grand vent se déchaînait ? Le second chassa l'idée. Les deux hommes regagnèrent l'intérieur de la dunette aussi sagement que le crépuscule était crépuscule et la brigantine n'était pas la femme d'un brigand, mais une voile aurique enverguée à sa corne d'artimon.

TROISIÈME PARTIE

Notre âme est un trois-mâts cherchant son Icarie...

(Charles BAUDELAIRE, *les Fleurs du mal*)

I

Justinien-Napoléon Aubert jeta le journal avec une violence qui prenait garde à ne pas déchirer. Quand il se leva pour marcher dans la pièce, il évita encore de piétiner les feuilles. L'exaspération qui aurait dû le faire frissonner comme une vague de travers, il la maîtriserait. Clairvoyance d'abord. Les ressources de l'esprit d'enquête.

... Il ne s'inquiéta guère s'il n'était pas un monstre, lui qui ne commençait pas par pleurer et crier alors qu'il apprenait en certitude le naufrage et la mort d'un frère cadet, le plus cher des amis. Les rumeurs qu'il avait entendues depuis deux jours et qui avaient Brest pour origine le préparaient à leur façon. Surtout, dans la flambée d'orgueil qu'il éprouvait ce matin à rejeter le récit accepté pour Evangile par des officiers de marine de guerre et des jounalistes, il se démontrait qu'il ne déraçait pas. Il était de la lignée des mâles et des capitaines Aubert. Taillé pour commander aux difficultés qui viennent par la mer et les hommes. Pour décider quand les autres se défilent. Il revoyait les épaules de Théodore, il entendait sa voix herculéenne.

Il serrait les poings dans ses poches... L'honneur Aubert, l'honneur de Théodore Aubert, l'honneur des officiers au long cours, étaient en jeu. Il refoula un sanglot. Il ramassa et plia le journal. Le drame qui s'était déroulé à bord du *Foederis Arca* et dont il ne pouvait dire encore les épisodes risquait demain de se reproduire sur l'*Hiram* — pourquoi non ? Et sur l'*Adélaïde,* la *Jeune Henriette,* la *Belle Gascogne,* le *Guadalquivir,* le *Cherbourgeois,* la *Tramon-*

tane, le *Gâtinais,* tous les autres. Le *New York,* le *Jules-Durand,* le *Soleil d'Austerlitz.* N'importe lequel des voiliers valeureux qui partaient pour l'inconnu des voyages lointains, chargés à plein de marchandises et des passions d'un équipage. Qui peut répondre à l'avance de la furie des vents de mer ? de la violence d'un matelot ? des courants ? des épidémies ? des pirates ?

... Il vérifia qu'il avait rangé dans son portefeuille la lettre de Théodore. Il refoula un nouveau sanglot en apercevant l'écriture... Trois mois de cela. Le cachet appliqué sur le profil de Napoléon III portait la date du 8 juin. L'on était au 6 octobre. Et maintenant, dans ce petit bureau du Havre, le nom écrit à Cette :

CAPITAINE JUSTINIEN-NAPOLÉON AUBERT

éclatait tel un appel au secours.

« JUSTINIEN ! »

... Théodore criait du milieu des océans comme jadis quand ils jouaient aux gendarmes et aux voleurs sur les plages de Honfleur ; ou lorsqu'il fallait se dépêcher pour le repas, pour la messe. JUSTINIEN ! JUSTINIEN !

Le capitaine de l'*Hiram* voyait le second du *Foederis Arca,* perdu seul dans les vagues, épuisé, assommé, mais soutenu dans le désespoir par une certitude : un homme veillerait sur la défense de son nom. La cargaison sacrée du patronyme que le mâle reçoit à la naissance. Aubert, leur nom lourd et agile à tous deux. AUBERT. Le grand capitaine leur père, qui s'était retiré à Marseille avec sa pension d'invalidité parce que après tant de voyages humides il y trouvait pour ses os plus de chaleur que sur la côte normande, criait aussi...

Justinien ne pleurerait pas. Dans le fond de la gorge une soif de vengeance le brûlait. C'était moins fruité, mais plus grisant, que la plus forte des eaux-de-vie de grains. Réfléchir, tenir bon, jusqu'à l'expiation des coupables. Car la lettre était formelle. Il pouvait la réciter sans lire. « L'équipage n'est qu'un *tas de fatras.* » L'expression reposait dans le portefeuille. Réelle comme un arpent, une maison, un mât. Les notaires les plus méticuleux l'authentifieraient. « *Je ne suis pas sûr de revenir de ce voyage...* » Théodore s'emportait souventefois quand il parlait ; quand il écrivait, en Viking il pesait chaque terme.

Justinien avait hissé la casquette. Il ouvrit la porte. Il savait bien où rencontrer des hommes qui n'avaient rien de « *fatras* », des capitaines de sa sorte, lourds d'expérience, de volonté. Il recueillerait les opinions. En avant !...

Le quartier Saint-François grouillait de matelots multicolores issus de vingt pays et de six cents navires, toutes sortes de monnaies en poche, ou dans la coiffe du chapeau, qui cheminaient par groupes, de leur démarche chaloupée. Beaucoup se donnaient le bras. Des prénoms volaient, des jurons et des chants. D'un seuil jaillit une mégère dressant haut le balai de crin — le mousse qui se sauve là-bas n'a-t-il pas lancé un caillou à son chien ? Une pouffiasse en châle rose engueule un client qui a réglé le quart d'heure d'amour avec des pièces fausses. Sous le nez d'un sergent de ville, un coiffeur vide au ruisseau un seau de cheveux et de poils de barbe qui formeraient barrage — et alors ? Et les épluchures, là-bas, et les dorades pourries ?

Capitaine chargé de mission, Justinien fonçait là-dedans, sûr de lui et de sa douleur et de sa fière famille. Il n'instruisait pas le procès de l'humanité, ni de la voirie de la ville du Havre. Les ports étaient les ports. Des lieux francs, farouches, ouverts sur les grandes routes du monde, sur ses maladies et ses merveilles.

Une peau de banane tomba devant ses chaussures. Arrivant d'où elle voulait ! Il l'écrasa. Comme il l'eût fait au Cap-Haïtien ou à Montevideo. Il faillit cligner de l'œil à un rat qui sortait d'une bouche d'égout et y replongeait. Puis offrit largement à ses narines le parfum qu'il reconnaissait, du café colombien grillé sur un balcon.

Une porte ballante à claire-voie. Un écriteau, BAR, au-dessus d'une plaque : « WOMEN PROHIBITED. » Un homme à manteau de drap, chapeau melon comme à Londres, un petit sac dans chaque main, sortit en poussant la porte de l'épaule. Une odeur veloutée de cigare l'accompagnait. Le fracas d'une voiture de brasserie à quatre chevaux massifs ne le faisait pas tressaillir, ni un instant plus tard le hurlement poussé au fond d'une ruelle.

Justinien Aubert attendit que l'homme se fût éloigné sur le trottoir de gauche pour entrer. Comme dans une cale ou un souk, l'air sentait la plante et la marchandise, la graine et le meuble, les hommes. *Dolcissimo.* A petites doses. Il franchit dans l'éblouissante pénombre un rideau de paroles espagnoles et allemandes, salua du geste un capitaine russe et il déboucha, tapie dans une alvéole à deux chandelles, devant la société qu'il recherchait. Sans un mot ni une poignée de main, il s'assit sur un tabouret. Il y eut un silence. Puis un appel de la caissière pour le garçon : « Philippe, le gin de monsieur Justinien ! » Puis le capitaine charentais commandant *La Reine de Saba* se penche vers le nouveau venu : « Tu sais que ça chauffe aux Etats-Unis ? Cette fois, c'est à peu près sûr, le Nord va gagner. Un baleinier de Nantes — il était là tout à l'heure — a parié mille francs sur sa victoire. »

Justinien apprécie la délicatesse des camarades. Par pudeur, ils jouent les ignorants.

— ... Merci, Frédéric.

Et sans transition :

— Avez-vous lu *le Journal du Havre* ?

Dans ses quarante-six ans et avec sa barbe blanche, Jules Rabeyrolles, Bordelais commandant le *Richard Cœur de Lion,* était l'aîné de la société. Il répondit pour tous. La voix grave et chantante. En effet, ils avaient lu. Ils présentaient leurs souhaits de bon courage. Si Justinien l'acceptait, ils seraient heureux de faire dire à l'église Saint-François, par un prêtre breton ancien marin, une messe pour l'âme de Théodore et pour la famille Aubert. Et aussitôt ils se levèrent. Tous les cinq, par trois fois, ils embrassèrent le camarade et collègue. Les joues, les barbes, les favoris, sentaient le tabac et les planches, le savon de Marseille et les embruns du grand large. Tout ce que ne humerait plus Théodore le vigoureux, Théodore la victime.

Tandis qu'ils se rasseyaient, un capitaine grec passa, un perroquet vert feu et rouge perché sur l'épaule. L'oiseau, terrorisé par un chien, se taisait. Un Indien qui jouait au trictrac tourna la tête et sourit...

— Merci à tous et à chacun... Votre idée d'une messe me fait du bien. Elle fera plaisir à mon père... Mais vous avez deviné que, pour l'article, je ne peux pas en rester là.

Rabeyrolles considéra lentement son groupe :

— Qu'est-ce que tu veux dire ?

— Le récit publié par *le Journal du Havre* ne tient pas debout.

Deux, trois capitaines, eurent une toux nerveuse. La douleur fraternelle n'égarait-elle pas le compagnon ? Personne n'eût osé le contredire. Ils respectaient son désarroi... Théodore Aubert avait disparu en plein Atlantique dans l'engloutissement de son navire. Mort solitaire et soudaine, mort fidèle à une grande tradition maritime. Elle les guettait demain. Plusieurs avaient perdu un ou deux proches dans des conditions semblables...

— Qu'est-ce qui te permet, mon pauvre ami, d'être aussi net ? demanda, enfin, Rabeyrolles. Je crains que nous n'hésitions à penser comme toi.

Justinien but son verre de gin. Il s'essuya lèvres, moustaches. Regarda sur la cloison un portrait de l'Impératrice. Ecarta une bohémienne aux jupes interminables, une illettrée que le « WOMEN PROHIBITED » n'avait pu retenir de se glisser, elle prétendait lui lire les lignes de sa main...

— Ma mère m'a mis au monde, vous le savez, tout près d'ici ; à Honfleur. Je parle en marin à des marins. Eh bien le récit du journal est choquant pour tout marin. Avec la mer, bien sûr, nous ne finissons jamais d'apprendre — attention quand même ! Je dispose en plus de deux présomptions capitales. Oui, capitales. Comme les exécutions capitales.

Les collègues de Justinien écarquillaient les yeux. Mourir en mer était une image belle et triste. Mais la guillotine !...

Rabeyrolles se fit l'interprète du malaise. Avec douceur, il renvoya vers Aubert son conseil d' « Attention quand même ! »

— Tu as l'air, mon pauvre ami, de réclamer l'échafaud pour des survivants qui ne sont que de pauvres naufragés. Des gens qui méritent la gratitude, puisqu'ils éclairent tout de même un peu la fin de ce malheureux *Foederis Arca.*

— Eclairer ? Tu appelles ça éclairer ? Une foutue brume, oui. Encore une fois, Rabeyrolles, j'ai mes armes.

Premièrement, Théodore Aubert, la veille du dernier appareillage, avait posté pour Justinien une lettre qui jouait désormais le rôle d'une bouteille à la mer. Théodore le solide et le bon vivant s'y plaignait à la fois de Richebourg, le capitaine du *Foederis Arca,* et de l'équipage, et il confessait une espèce de peur.

Le capitaine de l'*Hiram* jeta un regard circulaire :

— Ecoutez-moi bien, messieurs, mon frère écrit ceci : « *Je ne suis pas sûr de revenir de ce voyage.* » Puis : « *Je n'attends pas grand-chose de bon de cette traversée.* » Imaginez-vous qu'à sa place vous auriez écrit de telles phrases sans des motifs considérables ? Et voilà qu'en effet le bateau et mon frère disparaissent et que les survivants...

— Aubert, je te redis : « Attention quand même ! » Les survivants ont été interrogés à leur débarquement de la corvette *Monge* par une commission d'officiers de marine. Ils ont été interrogés chacun séparément — j'y insiste car j'ai tenu à relire le passage. Onze interrogatoires, onze explications pareilles, onze séries de réponses qui ont pleinement satisfait les spécialistes.

— .... Non pas ! La marine de guerre n'est pas la marchande. Ecoute, Rabeyrolles : je pèse mes mots. Bien sûr, je défends l'honneur de mon frère. Mais je défends aussi tout autant, ou du même coup, la vérité. Sans exagérer, je défends toute la marine marchande. Vous, moi, tous les capitaines présents au Havre en ce jour d'octobre. J'affirme ceci : « Sur le *Foederis Arca,* sur ce malheureux *Foederis Arca,* nous ne savons pas tout. » Mon devoir est d'aller plus loin que cet article. Votre devoir sera de m'y aider.

Il avait prononcé « toute la marine marchande », c'étaient les mots qu'il fallait dire. Il n'avait plus besoin d'exposer la seconde présomption... Dans les bassins du grand port, des centaines de bateaux frémissaient, tiraient sur leurs chaînes. Devant la pointe Sainte-Adresse un cormoran se dressa pour battre des ailes. San Francisco, les Touamotou, Diégo-Suarez, se tenaient aux aguets. Une algue qui avait effleuré la nuit, au large d'un archipel atlantique, la caravelle de Colomb, poursuivait sa migration vers la mer des Sargasses.

II

Les collègues de Justinien Aubert s'étaient engagés à relire plusieurs fois, avec tout leur esprit critique, l'article litigieux.

Le journaliste relatait : une Commission de la marine de guerre, spécialement constituée à cet effet par l'Inscription Maritime de Brest, avait interrogé séparément les onze hommes — parmi lesquels dix marins du commerce — que la corvette à vapeur *Monge* venait de rapatrier. Escalant sur Saint-Vincent, une des îles du Cap-Vert, pour son retour de campagne, le *Monge* les y avait recueillis.

Ces hommes étaient les survivants du trois-mâts français le *Foederis Arca,* dont l'appareillage pour *Veracruz* avait eu lieu à *Cette* le 8 juin précédent. Vu la lenteur des communications postales transatlantiques, il n'y avait pas lieu de dire que le voilier, depuis lors, n'avait plus donné de nouvelles : quand un bateau part, il part pour de bon ; l'on n'entend plus grand-chose de lui avant son retour. Il était sûr au moins — le câble télégraphique sous-marin coûtait cher, mais fonctionnait — que les autorités consulaires françaises n'avaient pas signalé la touchée du navire à Veracruz.

Selon les survivants du *Foederis Arca,* dont le maître d'équipage Jean Lénard, né à Noirmoutier, avait fait impression par l'autorité de son propos, le bateau avait encaissé dans l'Atlantique un très gros et long coup de vent. En Méditerranée déjà, il avait beaucoup fatigué et il faisait eau. Il fallait pomper sans arrêt. Mais apparemment, dans les sauvages secousses du coup de chien, quelque chose avait crevé dans la coque. Au cours de la journée du 30 juin le capitaine Richebourg trouve dans la cale trois mètres d'eau. Dosant la prudence, il ordonne une évacuation limitée. Une des chaloupes et le canot sont descendus à la mer, garnis de vivres et d'agrès, et onze hommes y embarquent, cinq dans le canot, six dans la chaloupe. Seuls restent à bord du voilier, avec la seconde chaloupe, déjà garnie en prévision d'une fuite rapide, Richebourg et Aubert, le cuisinier Mitler, le mousse Dupré. Ordre est donné à Lénard, qui a la responsabilité des embarcations descendues, de veiller à les maintenir amarrées sur une drisse de bonnette du *Foederis Arca.* Mais en laissant filer beaucoup de mou, car il faut parer aux chocs.

Vers la fin de la nuit, comme il fait encore très sombre, Lénard et Oillic entendent un terrible fracas en même temps qu'ils éprouvent que les amarres se raidissent et tirent sec. Ils comprennent que le voilier est en train de couler et ils les tranchent aussitôt à la hache. Ils s'approchent vite, ils appellent et appellent, pas une voix ne répond. Ils restent là, l'aube naît, des morceaux de bois flottent tout autour de la chaloupe cassée en deux, mais pas de cadavres. Où que le regard porte. Le voilier aura coulé à pic en quelques instants, noyant les quatre hommes demeurés sur lui. Après une nouvelle attente et le soleil cognant, ils font un signe de croix, établissent les misaines et les deux embarcations se dirigent vers l'est.

... Errance de six jours. Dès l'aube, la réverbération de la lumière sur la mer est épuisante. Il a fallu réduire la ration d'eau quotidienne par homme à deux tasses. Plusieurs, malgré les exhortations de Lénard, désespèrent. Commencent à délirer, à parler de suicide... Des voiles bleues, des cacatois et des perroquets se silhouettent sur l'horizon de noroît. Un deux-mâts. Un brick. Bon marcheur. Il pique sur l'Amérique. Pourvu qu'un de ses gabiers monte fouiller la mer ! Les voiles s'amenuisent, s'éloignent — au moment où elles vont disparaître le brick vire de bord et il se dirige vers eux. Enfin.

... C'est un Danois, le *Mercurius Kokbiecmann.* Le capitaine a saisi tout de suite qu'ils sont des naufragés perdus sur la mer et il leur réserve l'accueil du Bon Samaritain. Ils sont hissés à bord, eux et leurs embarcations. Langage de gestes et de sourires. On les sustente, les lave, les panse. On leur donne des vêtements neufs. On fait *skol* avec eux à l'*aquavit.* Le capitaine, qui marchait sur Montevideo, s'est dérouté. Il les conduit en vue de Saint-Antoine, une des îles du Cap-Vert, où ils pourront accoster facilement par leurs propres moyens. Le canot et la chaloupe sont remis à l'eau.

Une semaine dans la petite île verdoyante et chaude, exotique à souhait, où un Portugais les héberge. Il leur conseille, dans leur intérêt, de gagner Saint-Vincent. C'est l'île principale de l'archipel, et de nombreux navires européens, sinon français, escalent dans sa rade. Ils écoutent leur hôte. Abandonnant sans regret chaloupe et canot en haut d'une grève, ils reprennent la mer sur une goélette. Ils ont vite fait d'atteindre Saint-Vincent, où la gentillesse portugaise ne se dément pas. Dix jours après, le bateau de guerre français le *Monge* se présente pour ravitaillement. Ils sont chaleureusement acceptés comme passagers par le commandant et son équipage. Trois jours plus tard, ils appareillent pour Brest, où ils débarqueront dans les tenues de mer que le *Mercurius Kokbiecmann* leur a offertes.

***

Il va de soi que la Commission d'enquête siégeant à Brest a réservé l'essentiel de sa curiosité à la fin du *Foederis Arca,* à la disparition de quatre de ses hommes. L'errance des naufragés, qu'elle leur laisse raconter sans les interrompre, n'a pour elle que valeur de hors-d'œuvre. L'événement de mer, c'est le naufrage du *Foederis Arca.* Un qui a causé la perte d'un bon bateau, de deux valeureux officiers et de deux membres de l'équipage.

Il va de soi que le journaliste n'avait pas été admis dans la salle où siégeait la Commission et n'avait pu suivre sur le vif le jeu des demandes et des réponses. Les informations, grandement résumées, lui avaient été communiquées par des voies officielles. Il ne s'en troublait guère. Il existe une routine des naufrages. En particulier ceux dont Brest avait le plus vite connaissance. Le plus souvent le nombre des victimes dépassait la dizaine. Quelquefois la centaine. La fin du *Foederis Arca* émoustillait la curiosité, parce que voilà un bâtiment qui sombrait encore sans témoins ; la pitié, parce qu'une des victimes, mousse de onze ans qui n'avait *ja-ja-jamais navigué,* ressemblait au héros forcé de la chanson du *Petit Navire.* Plongeait-on le nez dans la liste interminable des naufrages, on y rencontrait des *Foederis Arca*... Il s'agissait, au fond, d'un petit naufrage. Le deuil ne frapperait guère que les familles des victimes, des fiancées, des camarades et d'abord les survivants et les familles des survivants. La Vierge retrouverait bientôt l'entière possession de la louange *Foederis Arca* partagée quelques années, dans les milieux maritimes, avec un navire.

L'article achevé, le lecteur de bonne foi songeait à part lui-même que si la fin du *Foederis Arca* comportait des obscurités de détail, le naufrage ne faisait aucun doute. Si ce lecteur exerçait une profession maritime, il devait conclure : « Affaire classée. » La Commission d'enquête pouvait rédiger et expédier son rapport. Les survivants, après un temps de repos en milieu familial, reprendre la mer. Un temps de repos qu'il fallait souhaiter bref. Un marin se rouille à terre. Un naufrage dont on se sort est un gage de longue vie. Distribuez donc rapidement vos frusques danoises à des amis ou même à des demoiselles et puis dans une semaine faites qu'on vous retrouve sur le pont d'un voilier en partance. Ou, pourquoi ne pas essayer, d'un vapeur.

Quiconque aimait à lire entre les lignes découvrait, aussi bien, qu'une euphorie aurait gagné parfois la Commission d'enquête. L'histoire du *Foederis Arca* n'était-elle pas bâtie sur un schéma classique ? L'histoire qui commence très mal et s'achève en clarté ? La perte du bateau et de quatre hommes, dont les deux officiers, était un événement déplorable ; mais l'endurance d'un équipage n'avait-elle pas évité une catastrophe ? On oubliait la singularité du cas d'Orsini. L'on tenait que onze hommes sur quinze avaient été conservés à la Marine et au pays, ainsi qu'à leurs familles. Onze hommes qui avaient honoré leur profession, leur pavillon. En particulier Jean Lénard. Celui-là, on eût admis que le président de la Commission l'eût félicité. Il l'avait sûrement remercié d'avoir montré ce sens du devoir, cette habileté nautique, en dirigeant la marche d'un canot et d'une chaloupe sur des eaux inconnues. Le monstrueux drame du *Radeau de la Méduse* ne s'était pas renouvelé. Brave Jean Lénard, déjà titulaire d'une médaille de sauvetage. Ce trait n'aurait pas échappé aux enquêteurs. Un jour, qui sait ? lors d'une distribution de médailles plus hautes...

III

« Capitaine, prends garde aux yeux bleus »

(Tristan TZARA)

... Eh oui, onze survivants. Des musclés. Dans l'inconscient, maints lecteurs du journal se rappelaient la fin des contes bleus : « Après leurs malheurs ils se marièrent et ils eurent beaucoup d'enfants. » Dont les mâles, pourquoi pas, suivraient encore les chemins de la mer.

Le capitaine Aubert ne pouvait lire *le Journal du Havre* avec cette ingénuité. Les phrases que Théodore avait postées à Cette la veille de son départ s'inscrivaient en lettres de feu dans une mémoire fraternelle. Projetant une lumière sinistre, mais éclatante, sur l'événement de mer. Justinien examinait intensément dans cette lumière la nuit conjointe de l'engloutissement d'un navire et de la disparition de quatre hommes ; heures dont les survivants évoquaient la frange en un minimum de mots — ils préféraient s'étendre sur la longueur et les redoutables fatigues d'une errance atlantique.

Il savait, le capitaine Aubert, dans sa chair et son sang de marin, que la réalité d'un rivage n'est presque jamais fidèle à l'apparence qui s'étire au loin en avant d'un bateau et dont les irrégularités ne semblent affecter qu'une dimension sur trois, la hauteur. Gagnez vers la côte : le fourmillement des complications de son dessin va surgir. La profondeur des rades, les trous des estuaires, l'allongement des caps, la succession des îles, gonfleront la fausse platitude. La variété des formes de la terre, des rochers et des falaises, des sables et des lagunes, des chenaux et des pics, vous assaillira les yeux.

L'article du journal était ce rivage, faussement compact, à ouvrir tel un fruit, à déployer tel un ressort.

... Si peu que les survivants, en réponse à des questions précises, eussent parlé de la dernière nuit du *Foederis Arca,* ils avaient sur elle formé des phrases. Les puissantes jumelles d'Aubert scrutaient chaque mot. Il devenait le navire qui avance lentement vers la vérité de la terre. Une brume atténuait les contours, l'obligeait à s'arrêter encore ; mais parfois il distinguait des choses dans les effilochures de la nue ; des choses qui ne cadraient guère avec l'esquisse résignée de la Commission d'enquête.

Il avait revu ses camarades capitaines et il les avait ébranlés. Prudents, ils lui conseillaient d'étoffer ses intuitions. Puisque la lettre de Théodore Aubert venait de Cette, le port de chargement du *Foederis Arca,* il devait s'y renseigner. Il écrivit sans tarder à l'Inscription Maritime de là-bas. Il ne forçait pas la note. N'évoquait pas la probabilité d'un drame. Les arguments décisifs lui manquaient. Il donnait seulement à entendre que la fin du trois-mâts n'avait pu se dérouler tout à fait ainsi que le racontaient les survivants.

Les renseignements arrivèrent. Ils avaient la précision des caps et des récifs dans le soleil.

Le chargement du *Foederis Arca* avait duré beaucoup plus que prévu. Il n'avait pas eu lieu sans anicroche. La liste de l'équipage dressée par l'Inscription Maritime de Marseille avait dû subir deux modifications. La principale était le remplacement de Pagès, inscrit comme maître d'équipage : pour la raison que les matelots n'observaient aucune discipline, Pagès, un Cettois, un homme d'expérience, avait refusé de demeurer à bord. Au pied levé, le capitaine Richebourg lui avait substitué Jean Lénard. Or, ce Lénard, l'Inscription Maritime s'en ouvrait à un paragraphe ultérieur, avait eu maille à partir, pour ivresse, avec la gendarmerie locale. Il apparaissait comme une « forte tête ». Un dimanche, refusant de travailler au chargement, il était descendu se saouler en ville avec deux camarades. Richebourg avait voulu le punir, il s'y était mal pris — c'était là-dessus que Pagès, excédé, avait démissionné.

L'Inscription Maritime de Cette ne structurait pas son exposé. Il ne lui appartenait pas de conclure. Elle envoyait les renseignements à bon entendeur salut. Justinien-Napoléon Aubert était justement ce bon entendeur... S'il n'avait pas fait état, en consultant Cette, de la lettre envoyée par Théodore, il la conservait sous la main. Les renseignements appuyaient la lettre. Et vice versa. Maintenant une vérité criait dans le soleil sous les yeux du capitaine Aubert, drue comme une épave que dégage la marée basse. Lui qui avait régné sur des bords, pesé tant de fois la lourdeur d'une cargaison et d'un équipage, il affirmait ceci : dans sa précipitation, en remplaçant Pagès par Lénard, le capitaine Richebourg avait commis une erreur terrible. Tout en gardant la formule pour lui, le Normand Aubert se répétait : « Lénard était le dernier homme à choisir. » On eût dit que Richebourg avait cédé à une démagogie. Pour obtenir sur son navire l'ordre dont il désespérait, il avait institué représentant de l'ordre un violent et un désobéissant. Il imitait les souverains dont l'autorité craque de partout et qui prennent des révolutionnaires pour ministres.

Les jumelles d'Aubert fouillaient, fouillaient.

La Commission avait utilisé un rapport de mer rédigé par le brick danois le *Mercurius Kokbiecmann.* Lequel énumérait, par leur nom, les survivants du *Foederis Arca,* tels qu'ils se répartissaient, lors de la rencontre atlantique, entre un canot et une chaloupe. Sur la chaloupe : Lénard le maître d'équipage, Tessier le matelot charpentier, les matelots Carbuccia et Pierre, le novice Chicot, le passager Orsini. Sur le canot : les matelots Oillic, Thépaut, Daoulas et Marnier, le novice Leclerc... Chaque survivant confirmait le rapport danois. Chacun à son tour, ils soulignaient que Richebourg et Aubert les avaient groupés ainsi ; que cette répartition, entre le chavirage et la rencontre du brick, avait été respectée d'un bout à l'autre.

Quand ils déclaraient avoir maintenu pendant l'errance la répartition initiale, les survivants, songeait le capitaine de l'*Hiram*, disaient peut-être la vérité ; ils mentaient à coup sûr quand ils imputaient cette répartition au capitaine et au second. Les deux officiers avaient la pratique de la mer. Il était exclu qu'ils eussent invité presque tous les hommes du *Foederis Arca* à descendre dans deux embarcations, sans qu'un officier descendît dans l'une d'elles pour prendre la responsabilité directe d'eux tous. L'idée ne leur serait jamais venue, dans une telle situation, de déléguer cette autorité à un maître d'équipage. (Encore moins, si possible, quand le bosco s'appelait Jean Lénard.) Les survivants avaient mis au point des racontars. Le trois-mâts aurait fait eau dangereusement, n'aurait plus étalé aux pompes et les officiers, se cramponnant à leur bord (pour suivre quel sot orgueil ?), auraient gardé avec eux, non un matelot charpentier réputé comme excellent, mais un mousse de onze ans et un cuisinier nul en manœuvre ? Impossible ! Impossible ! Les survivants parlaient un langage d'imposture.

IV

Aubert revit encore ses camarades. Il était déterminé. Il écrirait au ministre... Les camarades exultèrent : « S'il t'envoie promener, disaient-ils, tu insistes. »

Sous enveloppe timbrée au profil de Napoléon III, le 17 novembre, une lettre partit du Havre. Pour aboutir le lendemain à destination : 2, rue Royale, Paris, 8e arrondissement (Seine), service du courrier à l'arrivée, Comte de Chasseloup-Laubat, ministre de la Marine et des Colonies.

Lettre brève, respectueuse, bouillonnante. Le capitaine Aubert signale qu'il n'a jamais été avisé, officiellement, de la disparition de son frère. Il supplie Son Excellence d'ordonner une enquête. Il ajoute, ayant pesé le pour et le contre : « *Avec une punition exemplaire à l'équipage.* » Un tel souhait anticipe sur les conclusions d'un organisme encore à créer, tant pis. Les officiers du long cours doivent montrer les dents. Dans sa signature il détache ses prénoms *Justinien-Napoléon* avec force. Pour que le ministre comprenne mieux que la lettre écrite par un seul est approuvée par des milliers.

La nuance échappe aux gens de la rue Royale. Le ministre n'est pas informé du message. Il signe sans sourciller la lettre de réponse rédigée par l'homme de confiance d'un directeur. Le capitaine Aubert est renvoyé au rapport de la Commission brestoise qui entérine les déclarations des survivants du *Foederis Arca.* Les deux officiers du trois-mâts ont péri. Le navire en train de couler a brisé la baleinière où ils avaient embarqué trop tard.

Moins scandalisés par la dérobade ministérielle qu'heureux de manifester leur dynamisme, les capitaines marchands pressent leur collègue d' « y aller carrément ». Il a désormais les mains libres pour une longue attaque.

Aubert ne détestait pas manier une plume. Il récrivait à un ministre, au Prince de la Mer et des bateaux qui sont dessus, il ne plaignit pas ses brouillons... Comme il l'avait heureusement fait près de ses collègues du long cours il se présentait devant le ministre, dans sa nouvelle lettre, moins comme un défenseur de l'honneur et de la vie d'un frère que comme un capitaine français au commerce, soucieux d'attirer une éminente attention sur la sécurité de la flotte marchande française et de ses officiers.

Un capitaine, aussi, très conscient de la valeur du grand corps auquel il appartient et qui ne l'envoie pas dire rue Royale en dépit des circonlocutions où il excelle. A de certains moments, on dirait un examinateur qui repousse les allégations d'un élève : « *Vous m'avez fait savoir* qu'ils avaient succombé, parce qu'ils se trouvaient trop près du navire au moment du naufrage. C'est dire qu'ils étaient dans un canot ou dans une baleinière. *Or, comment admettre* que le capitaine et le second aient embarqué dans un troisième canot avec le cuisinier, homme jamais marin, et un mousse, tandis que les deux autres canots recevaient tout l'équipage sans officiers ? *Non seulement les règles usuelles de la navigation, mais encore la raison, s'opposent à cette idée.* »

Ce qui signifiait de façon péremptoire : « La marine marchande trouve que la marine de guerre a gravement péché par inexpérience en interrogeant l'équipage du *Foederis Arca.* »

Et il enfonçait le clou. Il évoquait la lettre de Théodore. Les incidents de Cette — les saouleries, l'indulgence de Richebourg... Dans une longue phrase dont l'effet de retroussis avait la science d'une lame déferlante, il préférait ne pas croire — sans bannir tout à fait l'idée — qu'un drame avec effusion de sang se soit déroulé sur le *Foederis Arca,* mais il pensait qu'à tout le moins des événements graves y avaient eu lieu, démentant les dires des survivants, entachant l'honneur des gens de mer... Ce qui signifiait, à lire entre les lignes et sur les points des i et dans la courbe des virgules, qu'il optait pour la thèse d'un abandon de poste. Il laissait à choisir entre la fuite ricanante d'un équipage, quittant son bâtiment et ses officiers, et...

... En tout cas il demandait, instamment, à l'éminent compatriote qui avait en charge les intérêts supérieurs de la Marine, la réouverture de l'enquête. Il urgeait de connaître les faits réels qui s'étaient passés à bord du *Foederis Arca,* entraînant la disparition d'un navire, de ses deux officiers, de deux hommes d'équipage...

... Et en compatriote de Corneille, sachant d'instinct qu'une bonne péroraison reprend les points forts d'un discours, le capitaine Justinien-Napoléon Aubert assignait encore à l'enquête un objectif : « *Que, si ce crime* (il pensait en avoir assez dit) *est prouvé, un exemple frappant de sévérité soit donné à la marine marchande, exposée à voir se répéter ce fait.* »

⁂

Tel quel, le dossier du *Foederis Arca* comptait peu devant les grands dossiers de l'heure. Moderniser la flotte de guerre par la vapeur et le blindage en acier (merci aux Américains du Nord et du Sud pour leurs combats navals) ; lancer des paquebots ; agrandir les installations portuaires ; désenclaver Paris ; tirer du sous-sol plus de charbon ; faire frémir les campagnes sous la course des locomotives ; créer des usines, encore des usines et des chantiers...

La philanthropie de l'Empereur ne pouvait être mise en doute. Mais Napoléon III avait ses ennuis de santé. Il s'attristait plus facilement qu'il n'écoutait. On chuchotait qu'il tendait à mettre sous le coude le dossier du corps expéditionnaire français fourvoyé au Mexique... Si fâcheuse qu'elle fût, la disparition de quatre hommes en mer dans des conditions légèrement obscures ne semblait pas digne d'ébranler le physique ni le moral, ni dans les quadrilles et mazurkas des Tuileries, ni dans les conseils des ministres.

Les récriminations écrites du capitaine Aubert, dûment étudiées cette fois, allaient de bureau à bureau... Présomption non plus, mon capitaine, n'est jamais preuve ! Les fonctionnaires se rassuraient. La Commission qui avait siégé à Brest avait été constituée dans les formes. Les survivants du *Foederis Arca* avaient été entendus chacun séparément. Toutes les questions utiles avaient été posées sans qu'on pût déceler de trouble, de contradiction grave, dans les réponses... Fasse le ciel que les drames de mer eussent tous pareil épilogue. Tant de navires, parmi eux des paquebots, de puissants bateaux de guerre, coulent corps et biens. Sur les quinze hommes embarqués à bord du trois-mâts, onze survivaient, dans leur vigueur intacte. La plupart naviguaient de nouveau, sous pavillon français ; ils étaient de nouveau quelque part au loin sur les sept mers bleues et vertes.

Quatre disparus. Ne chipotons pas ; disons quatre morts... Mais chaque année, morts par faits de guerre non comprises, les pertes en vies humaines des différentes marines françaises dépassaient largement le millier. Approchaient les deux mille. Le chiffre des unités en service était si élevé. Si étendu le réseau des routes océanes — et le danger en mer s'appelait Légion... Tout sinistre, arrivât-il à une drague, un doris, voire une plate, entraînait réflexion et dossier ; comme toute cause introduite en justice demandait une instruction ; mais en vérité l'affaire du *Foederis Arca* semblait mince. Hors de rapport avec les problèmes complexes et graves que la conduite d'un grand peuple, dans la seconde moitié d'un siècle bouillonnant, posait à ses chefs.

... Et la lettre gênait quand même. Aubert ne parlait pas pour lui seul, mais pour tous les officiers du long cours. Le *Foederis Arca* n'était pas, très loin de là, le premier bateau de la marine marchande où l'autorité se fût mal exercée. Depuis qu'il y avait des navires obligés à des campagnes très longues et dures, une tradition de l'honneur, une tradition de la désobéissance, avaient avancé parallèlement chez les équipages. Paris se devait de ne pas froisser un grand corps, indispensable au pays pour le soin de son commerce et de sa gloire. Comment un de Lesseps travaillerait-il demain en Egypte, comment les forces françaises se fussent-elles, hier, imposées à Sebastopol, sans de bonnes communications maritimes ? La « fortune de mer » avait empêché le *Foederis Arca* de parvenir à sa destination. Mais les autorités militaires avaient été trop heureuses de s'entendre avec lui, pour qu'il acheminât, sur un itinéraire difficile en soi, rendu plus périlleux par la guerre de Sécession américaine, une cargaison dont nos troupes engagées au Mexique avaient besoin.

Toutes les marines étaient solidaires. Le pavillon tricolore flottait sur les bateaux marchands. Il ne fallait pas que la marine de guerre — qui trop volontiers peut-être se décernait le titre « La Royale » pour se démarquer des autres — eût l'air de dédaigner si peu que ce fût le long cours et ses mérites.

Le comte de Chasseloup-Laubat fit répondre par ses services qu'il appréciait le zèle du capitaine Justinien-Napoléon Aubert. La Commission d'enquête ayant instruit à Brest, en sont temps, la douloureuse affaire du *Foederis Arca,* l'avait bien instruite. Ses travaux n'encouraient aucun reproche... Toutefois, en hommage aux titres de son correspondant, et par respect pour le grand corps de la marine marchande, le ministre autorisait le capitaine Aubert à obtenir près de l'Inscription Maritime du Havre la communication *in extenso* des dépositions que les survivants du *Foederis Arca* avaient faites à Brest.

V

Le ministre croyait-il s'en tirer par une concession mineure ? Alors il se trompait. Il avait introduit tous les officiers du long cours dans la place. Pour assurer son offensive, Aubert continuait à prendre conseil. Le groupe des capitaines ses camarades eut accès, par lui, aux différentes pièces essentielles. Ils délibéraient dans de petits bureaux, des cuisines, des cafés, mais avec le sérieux d'une Commission. Même s'ils s'interrompaient, quelquefois, pour vider un verre... Evoquer l'île Tonga ou les Maldives. Le pilote mal embouché de Constantinople. Un fruit mangé au Cap et dont ils avaient oublié le nom. Un bouge d'Aberdeen. Un Russe en difficulté devant le Horn.

La réponse à la réponse ministérielle ne portait de nouveau que la signature du capitaine Aubert, mais faisait ouvertement référence à ce travail collectif. Elle témoignait pour l'anxiété de milliers d'hommes coriaces, rompus à naviguer par tous temps toutes latitudes, et à qui nul ministre n'en remontrerait dans le nom d'une voile, ni l'arrimage d'une cargaison, ni l'établissement d'une route sur la houle illisible des océans. Les capitaines du long cours. Les matelots les craignaient, ils les respectaient encore plus. Sauf dans des occasions extraordinaires. Où il convenait de sévir dur. Place à la discipline. Un voilier ne marche que par la cohésion de ses planches, de sa toile, de son équipage. Toi le ministre, qui as l'honneur de commander à la marine, veille à sauvegarder les lois qui permettent de vaincre la mer. De transporter les personnes et les biens d'un continent sur un autre à travers la multitude solitaire des océans. Veille, ministre ! Avec nous, tout le front de mer français te guette. Les quartiers populaires au sang chaud de tous les grands ports.

⁂

La sirène d'un paquebot en partance dans un bassin attire aux vitres de cent rues havraises, malgré la pluie et la bourrasque, vieux et jeunes visages. La sirène ulula encore. Panache sonore que le vent cisaillait, mais qui aussitôt reprenait ampleur. Personne dans les curieux n'apercevait le bateau ni la mer, cependant le bateau et la mer habitaient chacun des cœurs.

... Ainsi en allait-il sur la Canebière et dans l'enchevêtrement du Vieux-Port de Marseille, balayés par le genêt d'un mistral glacial et clair, tandis qu'un paquebot entrait à la Joliette.

La première moitié de janvier 1865 s'achevait. Trois hommes et un enfant, depuis sept mois, n'avaient plus donné de nouvelles. Laisser des compagnons répandre le bruit qu'on a dû mourir, ce n'est pas cela, donner des nouvelles. Pas cela du tout. Dans une humanité qui dispose de la lettre et du dialogue.

La fiancée d'André Richebourg, depuis quatre mois, avait cessé de lui poster chaque semaine une enveloppe : « Aux bons soins de M. le Consul français de Veracruz »... Elle ne savait toujours pas si André avait été bien inspiré en retardant leur mariage : il lui avait évité le veuvage ; mais elle demeurait fille... Ce que les siens préféraient, ils ne s'en cachaient pas. Ils lui préparaient un nouveau parti. Etait-il sûr cependant qu'André fût mort ? Des airs d'autrefois, que les fiancés fredonnaient ensemble, décrivaient des retours marins inattendus. Une porte s'ouvre, une silhouette se dessine, c'est Lui !... Non. Rien que le gémissement du vent, le grincement de la girouette. L'hiver, les vivants disparus ne reviennent pas, ce sont les morts qui se promènent.

« *Disparu en mer* », par quelles images interpréter l'expression ? *Disparaître,* qu'est-ce que cela signifiait au juste ? Il ne fallait surtout pas dire — chacun le lui répétait dans les débuts — « *péri en mer* »... Disparu, péri, perdu, quels pièges.

La grand-mère du mousse attendait encore... Bien qu'elle eût ressenti, à la première rumeur du naufrage, qu'inévitablement son petit-fils s'était noyé. Lui qui n'avait pas fini sa croissance, lui dont la voix muait. Le capitaine Richebourg l'avait comme enlevé à la terre, l'embarquant et appareillant sans que le pitchounet eût pu simplement dire au revoir. Une pitié. Sinon, elle lui eût remis elle-même autour du cou — encore bien frêle ! — une médaille protectrice infiniment sûre : une Notre-Dame du Pilar de Saragosse, don d'un marchand de primeurs. Il aurait été sauvé.

... Sauvé ? Le bateau s'appelait le *Foederis Arca* ? Il avait tourné de la quille tout comme s'il s'appelait le *Robespierre* ou le *Ponce Pilate* ! Elle torturait entre les doigts les grains de son chapelet. Montait vers le cimetière au-dessus d'une Méditerranée miroitante, calme ou échevelée. Là se rassemblaient tant d'ossements, parés pour le réveil de la fin des siècles. Le courage lui manquait de suspendre à une balustrade le médaillon-souvenir « *Disparu en mer* ». Elle contemplait le flot, les tombes. Reconnaissait les ifs comme de vieux soldats ses camarades.

... Le jour de la fête des Morts, pendant la messe, une voix derrière elle avait édicté : « Ton petit reviendra. » Elle était sûre d'avoir entendu... Il reviendrait, il l'embrasserait, il raconterait tandis qu'elle s'affairerait pour qu'il mange. Il avait tellement besoin de nourriture, le pitchounet, afin de devenir un jour le grand matelot, le grand capitaine dont Cette serait fière. Parce qu'il aimait le riz au lait bien chaud, elle s'en cuisait maintenant une fois par jour. Elle pleurait sur son assiette, car le goût placide, épais, lui restituait l'orphelin disparu. Il était là remuant sa cuiller et gigotant de plaisir et la voix bien-aimée lui chantait aux oreilles. Mon Dieu, qu'il pouvait être drôle avec ses émerveillements ! Le soir où il arrivait hilare parce que le nom d'une voile, appris à son école, sonnait pour lui comme du riz ! « *Le foc en l'air.* » A courir par jardins et quais, il s'était bâti un vocabulaire. Dans la cocotte de fonte où elle apportait le riz sur la table il distinguait trois sortes de gratins — il disait « gratines » : la gratine du fond, la plus proche du feu, consistante comme un gâteau ; la gratine du « mur », sur les côtés, tenant à la fois d'une croûte et d'une mie ; la gratine en l'air, la jolie bâche qui se formait dessus, coloriée de jaune, de rouge et de noir, légère, onctueuse comme une baie sauvage. « Foc en l'air, gratine en l'air ! » Il courait dans la cuisine dressant les bras. Il sentait qu'il avait rencontré ce jour-là le bon et le vrai de la vie. Il se payait de sa privation d'un père et d'une mère.

Il reviendrait... Malin comme un singe, il serait capable de lui faire la farce d'entrer quand elle serait en ville. A singe, singe et demi. Qu'en l'absence de sa grand-mère il ouvre donc le placard il saurait que son plat favori l'attendait. Le fin du fin pour lui, c'était le riz au lait dans sa première réchauffe ; caressé d'un rien de beurre.

Mon tout petit chéri foc en l'air, tu reviendras.

⁂

Dehors, l'averse ne tombe plus. L'escadre ennemie des nuages noirs file à petite allure vers le suet. La Garonne est étale.

Dans la fumée des pipes, le bosco Marcel soupèse l'homme assis en face de lui. Le bougre n'a pas oublié la vigueur en route ! Il possède un excellent livret matricule. Breton. Né dans les terres, mais en Bretagne la mer envahit tout. Leur pluie, là-bas, c'est toujours embrun et compagnie. Ayant fait naufrage en plus. Dans un sale coin où les bateaux ne vont guère. Il s'en est tiré avec bras, jambes, dents et le reste — le gaillard est né sous une bonne étoile...

Marcel rend le livret au matelot. Il a pris sa décision. Histoire de montrer son pouvoir, il tarde à s'en ouvrir.

— Comme ça... t'es de suite partant ? pour les Caraïbes ? et le Brésil ? T'as pas trop peur des femmes ?

Thépaut se contente de rire. Il renifle.

— Je t'offre un deuxième vin blanc ? Un Breton, hein, son gosier ne dit jamais non !

Thépaut couvre son verre vide sous une grosse patte poilue aux ongles courts.

— Pas pour te vexer. Un verre suffit.

— Tu boudes le listrac ? Dans un café de Bordeaux ? Quand près de nous des milliers de tonneaux sont rassemblés sur le quai à chanter leur grand-messe ?

— Je crains personne, jette l'autre.

Ses yeux noirs ont brillé comme laminaire au soleil. Marcel éprouve une hésitation. Il la repousse. Il n'aurait pas dû asticoter un mâle. Ni un Breton, fier de sa force bretonne. Il calme le débat.

— Oui oui, tu sais te faire respecter...

... Un type qui n'abuse pas du jus de la vigne, ça vaut dix fois mieux qu'un soiffard...

— Allons, tope. Je t'embarque. Nous allons passer à l'Inscription Maritime. Amène cet après-midi ton sac et ta personne. Nous appareillons avec le flot. Huit heures ou neuf heures. Tu verras le capitaine Grosse-tête (il ne faudra jamais rire de son nom). Mais déjà tout est clair.

Pas si clair, peut-être... Le type ne se lève pas comme ça. Il réfléchit. Tout à coup, voix pesante, il réclame une avance de solde avant le départ.

— T'es pas marié, mais t'as peut-être quelqu'un ?

— Je veux rire un coup avant la mer. J'ai jamais vu un poisson volant se changer en catin.

— Fallait faire ça plus tôt. Ne compte pas sur nos sous. Le vieux m'a donné des ordres. Nous sommes à Bordeaux, il se méfie.

— Tu te moques de moi avec Bordeaux ?

— C'est toi qui galèges. Te fais pas trop naïf. Les bordels de Bordeaux, nom dé nom, c'est quelque chose ! Presque autant qu'à Anvers et autant qu'à Marseille. Je me suis laissé dire qu'il y en avait plus de deux cents.

Il a penché la tête pour envoyer le chiffre et dans ses yeux glauques luit l'admiration.

— Pourquoi te figures-tu que je cherche du monde au dernier moment ? Deux de chez nous, j'abats mon jeu, avaient pris justement le chemin de ces dames. Au sixième bordel ils ont fait de la casse. Les Messieurs des dames leur sont rentrés dans le chou. Mes lascars en ont pour un mois d'hôpital. Qui sait en plus s'ils n'ont pas chopé la vérole ?... Tope là, gabier, n'imite pas ces andouilles. Allons manger des moules et les huîtres. Je ne te lâche plus, bonhomme.

Bosco et matelot se sont tapé dans la main. Le geste de Thépaut est moins brutal qu'on ne s'y attendrait. Les costauds dissimulent des sensibles... Marcel admet en lui-même qu'il dispose d'une minute. Il libère une curiosité.

— Le *Foederis Arca,* ton avant-dernier, il a chaviré, exactement, dans quelles conditions ? Chargement mal arrimé ? Lest mal placé ?

Le Breton baisse la tête sans livrer les images qui peuvent jouer dans ses prunelles. Son front se tend, farouche. Les oreilles bleuissent et rougissent.

— Si ça t'ennuie pas, j'aime mieux pas en causer.

Il soupire.

— De ça on a causé que trop à Brest. Que trop. C'est jamais du joli-joli, un souvenir de naufrage. Rappelle-toi, nous avons perdu du monde.

— Ouais. J'ai dû savoir. Mais ça m'était sorti de l'esprit. Tu m'excuseras, il arrive des naufrages plus scabreux. Dans notre métier, hein, on est dur. Faut croire qu'on accepte la mort pour soi, mais aussi pour les autres... Eh bien ne cause pas. Paré à virer pour l'Inscription Maritime.

VI

La troisième lettre de Justinien-Napoléon Aubert fait l'effet aux bureaux ministériels d'un couteau plongé en plein dossier. Quoique le signataire, jouant la politesse d'un texte officiel, affirme un souci de ne pas critiquer à outrance, la démonstration qu'il introduit va son long chemin impitoyable tel un exposé de procureur... La vérité des faits, ce sont les survivants du trois-mâts qui la connaissent. Ils ont refusé de la dire. Un étranger aux événements n'aura pas la pudeur de les inventer. Du moins peut-il affirmer désormais à la face de Dieu, comme si, devant un tribunal, il jurait sur le crucifix, que les *fatras* dénoncés par Théodore sont d'éhontés menteurs. Une seconde affirmation découle de là : pour mentir tous les onze, et tous les onze avec cette rigidité, les *fatras* veulent dérober à la justice de leur pays la connaissance d'un drame. Ce drame, qui s'est déroulé sur le *Foederis Arca,* aura éclaté à la suite d'un complot. Les choses couvaient dès le départ de Cette. Et même avant.

La conviction de Justinien et de ses camarades les capitaines a pris à son service l'attention et l'expérience professionnelles. Combien de fois, durant leurs longs voyages, dans un port ou au grand large, ont-ils eu à débrouiller des « affaires » ? A soupçonner, interroger, accuser, ni plus ni moins que des gens de police ou des magistrats ? La lettre de Théodore leur donnait l'hypothèse de travail la plus nette : les survivants du *Foederis Arca* sont des gens sans aveu. Il ne s'agit plus que de scruter à la loupe leurs déclarations. Pour y relever sur les parois les traces du mensonge.

L'absence de tout officier dans les embarcations détachées du bord était déjà une preuve. Il est forcé qu'il en existe d'autres.

O nuit, jalouse nuit du drame — si toutefois le bateau a vraiment chaviré la nuit ! Les capitaines maîtrisent leur émotion pour ne pas se brouiller les yeux. La Commission brestoise a jugé volontiers au milieu d'un certain flou, selon les us et coutumes d'une grandeur militaire dont les *fatras* étaient indignes. Loin qu'elle harcelle de ses questions les déposants, elle leur a permis de répondre à leur gré, tantôt brièvement, tantôt longuement, les écoutant comme gagnée d'avance. Lorsqu'ils étaient en difficulté, elle attendait. Elle prenait pour un scrupule de mémoire ce qui était peur de s'égarer dans le mensonge. De sorte qu'elle a négligé pour l'essentiel l'humble et sûre besogne judiciaire qui s'imposait : reconstituer la nuit du chavirage comme les magistrats d'un parquet reconstituent un crime. Car un crime doit se cacher dans cette nuit. Si menteuses soient-elles, le crime doit se lover dans les phrases des matelots, invisible comme le cadavre enterré dans un jardin et les gens piétinent dessus en imaginant qu'il est ailleurs.

Ce sont les capitaines marchands qu'il faut écouter, monsieur le ministre ! Quelle faribole, cette histoire de l'amarrage des embarcations, la nuit, sur une drisse du *Foederis Arca !* Prière de ne pas amarrer sec et de rester à bonne distance parce que le bateau peut couler d'un moment à l'autre (ce qui s'est produit selon les *fatras*), et sur le bateau angoisseux quatre hommes restent et se laissent aller à dormir ? Allons donc ! Et qu'est-ce que c'est que cette nuit noire comme le fond d'une grotte, où à deux, trois cents mètres, un trois-mâts sort de la vue, alors que le ciel grouillait d'étoiles ? et qu'est-ce que c'est que ce bateau, deux officiers présents à bord, qui n'allume aucun feu ? « Nous n'avons rien vu, entendu aucun cri », déclarent les *fatras.* Tristes zouaves ! Ça coule donc à la seconde, un bateau, par ici la mer, les mâts les voiles et les hommes disparaissent avalés dedans comme le solen des grandes plages normandes... Et comme nos mensonges, messieurs de la Commission, engloutis dans votre crédulité.

Plaise au ministre de lire plutôt la lettre du capitaine Tragin, qui commanda en dernier, avant le capitaine Richebourg, le *Foederis Arca.* Il sait, lui, ce dont il parle et il est formel. Le bateau n'avait que cinq ans d'âge. Il avait fait l'objet, au Havre, d'une révision remarquable et en 63, sur le trajet Le Havre-Buenos Aires-Le Havre, pas une goutte d'eau ne s'était infiltrée dans ses cales. C'est tout juste si à Marseille, en 64, avant qu'il parte pour Cette et Veracruz, on a trouvé qu'il avait besoin d'un calfatage... Tout ce que racontent les survivants du trois-mâts concernant l'eau dans les cales et un pompage intensif, invention saugrenue !

Il faut reprendre l'enquête.

⁂

Les services de la marine où la lettre du capitaine Aubert se lit et se discute sont troublés. Tout cela sent l'affaire mal engagée. Les erreurs de jugement sont humaines. On se trompe sur la distance d'un quai ou d'un écueil, sur l'innocence ou la culpabilité d'un homme. Il arrive qu'on fasse mettre en bière des malades en léthargie qui n'ont plus que la ressource — et parfois c'est impossible — de frapper le cercueil.

Le capitaine Aubert reçoit une réponse beaucoup plus encourageante. Il est en droit de penser que les services « vont faire quelque chose ». Quant à lui, il se réserve le soin de broncher encore s'il le faut. Les *fatras* qui ont causé la mort de son cadet — ils l'ont peut-être assassiné tout simplement, à quatre ou cinq, les lâches ! — les *fatras* se sont dispersés de par l'étendue des mers ; mais il les harponnera, lui Justinien. Car ils restent des hommes de mer. Ce ne sont pas des gens à émigrer sous un faux nom dans les forêts ou les grandes villes du Nouveau Monde. Ils s'estiment d'ailleurs sûrs de leur impunité. Ils naviguent. Ils grimpent toujours dans les cacatois. Brassent, contrebrassent des vergues, avalent le boujaron... Mais ils entrent aussi avec leurs bateaux dans des ports où est prévue leur arrivée. Et où un télégramme peut joindre « qui de droit. »

VII

C'est ton tour, port de Nantes, de prendre place dans la lumière. Port juché, comme Bordeaux, à bonne distance de la houle marine, sur la plus haute marche d'un profond estuaire, dans les courbes à îlots d'un grand fleuve. Port remuant, farouche, qui viens à peine d'en finir — officiellement — avec le trafic périlleux, mal reluisant, de la traite des Noirs ; et qui te veux désormais la capitale et le débouché d'une région industrielle.

Ton fils Jules Verne fut à deux doigts de suivre les chemins de la mer. Il est monté à Paris ; il y reste nostalgique de tes quais interminables, de tes îles, du lacis de tes ruelles ; de ta cathédrale ; de tes ponts ; de ta truculence ; de tes demeures seigneuriales ; de tes odeurs de mélasse et de goudron, de marée, de vent du large et de biscuit, de camphre, d'immondices.

Le même charme incantatoire, qu'il soit ou non ressenti d'une manière plus fruste, ne retiendrait-il pas un Jean Lénard ? Le Noirmoutrin a fait sa souille dans une vieille cité bretonne où l'élément vendéen ne cesse de grandir. Il s'est fixé ses itinéraires et son estaminet. S'il n'est plus l'homme d'un certain bateau, des bateaux il en a mille : cette foule de mâts et de cheminées devant laquelle plusieurs fois par jour il passe, il s'arrête, il contemple, il crache, il juge. Et il se souvient. Et la mer l'entoure et un pont de bois oscille avec lui. Et il entend claquer la toile. On l'appelle « maître d'équipage » si c'est une femme « comme il faut » qui lui parle ; « bosco » si c'est une putain ou un marin. Dans tous les cas il s'est hissé à ce grade par la force des poignets. Des pieds à la tête il est le maître d'équipage. Il n'a exercé que peu de temps ? Il ne dit pas qu'un jour peut-être, il ne reprendra pas le sifflet. Le coffre et les jarrets n'ont rien perdu.

Qu'il reparte ou non pour voir aux extrémités du monde si la mer y est vraiment différente et si les cancrelats y sont moins vicieux, il est devenu silhouette nantaise, repérée par beaucoup. On sait qu'il a fait naufrage. Accident commun à tant de marins, tout de même un exploit. On n'a même pas oublié le nom du bateau bien qu'il fût Havrais — le *Foederis Arca* — parce que son capitaine, André Richebourg, était né aux environs, d'une famille honorable. Une honorabilité qui rejaillit sur Lénard. On croit se souvenir que le trois-mâts a chaviré dans des conditions obscures, cela tourneboule une victime ! On admire et plaint le désœuvré taciturne qui suit le quai de la Fosse en faisant halte dix fois ; et, au café, qui consomme du cidre.

Il est extrêmement rare de rencontrer sur le front de mer la deuxième victime nantaise du *Foederis Arca.* Chicot le novice hante les abords de la cathédrale, un édifice où cependant il ne pénètre jamais. S'il fréquentait l'église, il passerait pour une femmelette. Il préfère qu'on le juge un hurluberlu. La vareuse boutonnée jusqu'au menton, mains aux poches, il médite et récite des prières tout en faisant les cent pas.

Il arrive que Lénard rôde dans ce quartier. Il a découvert qu'y habitait une de ses anciennes liaisons, ancienne fille d'auberge mariée en premières noces à un gendarme, en secondes à un charron. L'œillade incendiaire, toujours, et toujours le parfum à l'œillet. N'aurait-il pas conservé des chances ? Elle le changerait des filles de bordel. Le charron est jaloux et malingre. Lénard a franchi des obstacles autrement rudes.

... Lorsque l'ancien novice du *Foederis Arca* voit surgir son ancien bosco, il lui adresse de la main au dernier moment un petit salut raide. Il continue sa marche. L'autre effleure le bord de sa casquette et détourne les yeux.

Veuve de marin gagnant sa vie à la manufacture des tabacs, la mère du novice ne comprend rien à ce qu'elle nomme des simagrées. Julien-Pierre boude son ancien chef ! Ce Lénard qui traîne comme âme en peine serait sûrement heureux de conseiller un jeune dans le choix d'une carrière !

— Non.

— Pourquoi donc, mon fils ?

— Parce que.

— Ce n'est pas une réponse.

— Tant pis.

Elle revient à la charge. Mon pauvre petit, vous êtes passés, lui et vous, par les mêmes dangers. Invite-le donc à manger la soupe je ferai une carpe au beurre blanc. Comment ne lui as-tu pas sauté au cou la première fois ? Quand vous étiez perdus sur la mer je sais quel rôle il a joué. Il a pris la place des officiers disparus, il vous a tirés de misère.

— Pense ce que tu veux. Il n'entrera jamais chez nous.

— Mon Dieu mon Dieu j'ai déjà connu des naufragés, j'en ai jamais connu un tenace de ta façon ! Ils avaient pourtant vu du vilain. Vu du monde se noyer. Toi, je sais, tu en es déjà à ton second naufrage. Eh bien quoi alors, ça devrait te rendre calme.

— Pense ce que tu veux. Et ne mélange pas mes naufrages.

⁂

Un voisin apporte une petite enveloppe au nom de Chicot. Il l'a trouvée dans la boîte aux lettres collective du groupe de maisons.

— ... Ouvre-moi ça, Mathieu, je ne sais pas lire.

— ... Eh bien c'est... une convocation pour ton gars, de l'Inscription Maritime. Ils lui disent de passer. Pour un embarquement.

— C'est bon, ça. Quel jour il faut qu'il aille ?

— Demain, huit heures.

L'administrateur du Quartier de Nantes a reçu, comme plusieurs collègues, une note confidentielle, au sujet du *Foederis Arca.* L'attention du ministre, lui dit-on, a été attirée sur l'obscurité qui entoure la perte du bâtiment. La Commission brestoise qui a interrogé les survivants a procédé avec un grand sérieux. Il n'y a pas lieu de critiquer ses conclusions. Toutefois, dans l'intérêt de la marine, qui a besoin d'étudier au plus près la cause et le déroulement des naufrages, MM. les Administrateurs seraient bien avisés de transmettre, avec soin, à l'autorité supérieure, toute indication nouvelle qui pourrait leur parvenir concernant la fin du trois-mâts barque.

M. l'Administrateur va recharger le poêle — un seau de boulets de coke —, il allume un morceau de carton dans le brasier, sa pipe avec le morceau de carton.

La note ministérielle, pour une fois, lui semble sérieuse.

Par sa femme et leur vieille servante il a entendu dire que, la semaine dernière, sur le quai de la Fosse, la mère de l'ex-novice Chicot et le maître d'équipage Lénard se sont disputés comme chiffonniers. Motif : Lénard, invité à souper, refusait net. Les gens s'attroupaient. Ils trouvaient la dispute bizarre. Très bizarre, une phrase de

Mme Chicot s'éloignant : « Vous me feriez croire, à la fin des fins, qu'il s'est passé des drôles de choses sur votre *Foederis Arca.* »

L'administrateur a haussé les épaules sur le moment. Ce matin, il change d'avis. L'antipathie entre deux survivants du même naufrage n'est-elle pas curieuse après tout ? Même si l'un d'entre eux avait rang de maître d'équipage — un personnage qui est le plus souvent la bête noire des matelots... Il se plonge dans le dossier. Dans les dépositions recueillies à Brest, et dont il possède une copie officielle. Un malaise inattendu le gagne : est-ce l'influence de la note ministérielle ou d'un examen plus approfondi ? l'identité des réponses ne lui apparaît plus comme naturelle. Ces gens, dirait-on se sont concertés au préalable. Ils obéissent à un meneur de jeu. Ledit meneur, c'est presque sûr ! s'appelle Jean Lénard.

Il se frotte les mains et se lève. Il déambule, tirant sur sa pipe. En imagination il a gagné le grand large, les solitudes, le souffle des alizés... Le dossier du *Foederis Arca,* plus qu'un dossier de naufrage, est un dossier de désertion. Tout l'équipage du bâtiment, à deux exceptions près, a pris la fuite en pleine nuit. Que les fuyards aient ou non ligoté leurs officiers auparavant, Richebourg et Aubert, assistés d'un mousse et d'un cuisinier, ne pouvaient plus assurer la manœuvre du trois-mâts. Ils ont dû chavirer à la première grosse mer.

L'administrateur de Nantes ne devrait-il pas convoquer Lénard puisqu'il le soupçonne. Il s'en gardera. Chicot est beaucoup plus friable.

⁂

L'administrateur n'a procédé à aucune mise en scène. Les images de bateaux qui ornent les murs étaient là du temps de son prédécesseur. Et cette maquette d'un baleinier sur la cheminée. Et cette épave de barre, pêchée en mer Rouge, sur une console. Par intervalles, dehors, une sirène ulule ; ou un équipage, en bordée dès avant les coqs, braille un vieil air salin et triste — cela non plus n'est pas arrangé.

Chicot se tortille sur sa chaise de paille. Il a enlevé ses sabots devant la porte, est en chaussons. Des scintillements de crachin jouent sur son chandail.

... — Note que c'est moi qui ai pris les devants, pas Alex. Mais je te certifie que le poste est à toi si tu veux. Matelot à part entière. Tu vas pouvoir te laisser pousser la barbe.

— Merci bien, monsieur. Mais je ne veux pas.

— Tu ne veux plus du métier de marin ?

Le visiteur regarde vers la vitre. Les rideaux de macramé cachent le quai. Ils n'arrêtent pas les roulements des chariots, les « oh... hisse »..., les coups de marteau, un ululement lointain — le cœur de la ville continue de battre et c'est un cœur qui vit du sang de la mer. Tout proches, des milliers de mâts chuchotent ou rêvent. Dans le grand ciel une brise chantonne réclamant son emploi...

L'adulte se lève et il vient taper sur l'épaule du jeune.

— C'est sûr, tu fais ce que tu veux. En attendant, tu vis aux crochets de ta maman ! Je te parle comme un père de famille ! Cherche dans une usine, si ton *Foederis Arca* t'a marqué pour toujours.

Chicot se pince les lèvres. S'il ne se sentait veule en effet, il aurait bondi quand on a mêlé sa mère à l'entretien.

Son interlocuteur se plante contre le manteau de cheminée. Il ne lâche pas des yeux la silhouette avachie et attendrissante. Ce jeunot, c'est évident, a des choses à dire, puisqu'il reste-là au lieu de se sauver — mais justement il se sauverait si on lui demandait : « Parle. » Un silence. Le dehors en profite pour glisser dans la pièce un :

« *Y a deux testaments :*
l'Ancien et le Nouveau
Oh oh oh oh — oh oh oh oh... »

et un :

« *J'ai de l'alose, de la belle alose !...* »

Sans solennité, sur le ton du vieux conteur qui se souvient au nom de tous, l'adulte énumère les quatre victimes du *Foederis Arca* — il les célèbre — il n'insiste pas sur les vertus de Mitler — et constate que leur disparition est bien triste.

Un silence. Les intrusions marines du dehors. Chicot remue les jambes. Un nuage de sang va et vient dans ses joues.

Homme loyal qui vit en harmonie avec son décor, l'administrateur tend les mains au-dessus du poêle. Il les réchauffe tribord et bâbord. Il doit insister sur la victime la plus poignante : Dupré le tout petit mousse. Le pauvre mignon. Sa grand-mère qu'il n'a pas même pu embrasser avant le départ !

Chicot remue. Remue. Les mains, qu'il garde allongées sur ses jambes de pantalon, ne tremblent pas, mais elles sont blanches. Commence-t-il à se sentir soupçonné ?

— Au fait, hein, c'était forcément sur le bateau ton petit camarade..., poursuit l'administrateur, vous n'aviez pas tout à fait le même âge, vous étiez quand même les deux plus jeunes. Je te le dis comme je le sens, vous étiez les deux plus gentils. Je ne dis pas de mal des autres ! Mais c'étaient déjà tous sauf Leclerc, plus ou moins des dur à cuire, une autre espèce. Vous, tout vous rapprochait. L'un avec sa maman, l'autre avec sa grand-mère...

Des larmes coulent soudain sur les joues brûlantes de Chicot. Il ne les essuie pas. L'adulte se déplace pour lui taper de nouveau sur l'épaule. Il demande pardon s'il remue de rudes souvenirs. Que veux-tu, petit, moi aussi j'ai un cœur, je ressens beaucoup de peine. Dans mon métier, les événements tristes ah j'en vois défiler beaucoup trop ! Des femmes qui sanglotent, qui s'évanouissent. Mais jamais je ne suis indifférent. Et pour ton pauvre *Foederis Arca* c'était vraiment un drame... un drame.

Il a poussé une chaise auprès de son visiteur et il s'y assied. Il enlève sa pipe. Il cogne du poing sur la table. Artifice et sincérité œuvrent ensemble. Ah ! cette dernière nuit du *Foederis Arca*...

Il penche la tête avec douceur. Chicot écarquille les yeux. Il croit voir un visage de marin qui s'encadre dans un hublot.

— ... Comme vous avez enduré ! Ce bateau qui coule avec fracas et vous n'entendez personne.

Il ramasse contre le plancher un gravier apporté par une chaussure. Un silence. Les sabots d'un attelage retentissent au dehors. Irréguliers comme un ressac. Ou un cliquetis de chaînes.

— Tu n'as pas entendu un seul cri venir du bateau ?

— Rien du tout.

Les mots ont été comme éructés. Lâchés tel un fardeau.

— C'est Lénard, sur ton canot, qui a pris une hache et coupé l'amarre ? Oillic sur la chaloupe ?

— S'ils le disent, c'est que c'est comme ça.

... L'administrateur a l'impression de marquer un point. Une question lui monte aux lèvres : « Qui a pensé à mettre des haches sur les embarcations ? Lénard ou les officiers ? »... Cette question, il ne la pose pas : la tâche qu'il accomplit l'épuise tout à coup. Comment les officiers de Brest n'ont-ils pas mieux rempli la leur. Revient-il à un administrateur de quartier maritime de tourmenter un novice ? Que le ministre de la Justice, avec ses fonctionnaires, prenne l'affaire en main... Une vieille chanson défile devant la fenêtre et gagne le large :

La belle se promène
au fond de son jardin.
Au fond de son jardin sur les bords de la Loi-â-re...

puis c'est un dialogue qui se crie entre un bord et la terre :

— Yffic ! Achète-moi deux boules de pain !

— J'ai pas d'sous !

— Dis que c'est pour le *Jacques-Cassart,* Mme Hortense te fera crédit !

Il se lève. Il considère avec lassitude le portrait de l'Empereur. Tiens, celui-là non plus ne regarde pas en face. Il sait trop que la conduite des hommes est incommode.

— Allez, sauve-toi. Essaie d'oublier..., grogne-t-il malgré lui.

Chicot tient à peine debout. Il s'appuie contre une chaise. Il essaie de parler, impossible. Un cheval hennit. Au-delà de tous les estuaires il y a la démesure, il y a l'infinité de la mer. Une sirène de bateau s'enroue comme une voix humaine... Retrouver la cathédrale.

— Sauve-toi, répète l'homme. — Parce qu'il ne peut abolir sa conscience professionnelle, il ajoute, le ton mi-figue mi-raisin : — Tu sais en tout cas le chemin de l'Inscription Maritime. Je suis toujours à ta disposition.

⁂

... Il n'a pas encore appelé le visiteur suivant. Trois fois il a posé la main sur la poignée blanche et fraîche de la petite porte qui ouvre sur son appartement. Il brûle de consulter sa femme. De s'entendre dire qu'il n'est pas un bourreau... Il en veut soudain à Richebourg et à Aubert. Pourquoi sur leur bateau, qui n'était tout de même pas un grand, pourquoi ont-il permis l'éclosion de ce drame obscur ? Il n'en doute plus cette fois, des actes que punit la justice humaine se sont déroulés sur le *Foederis Arca,* mais pourquoi en est-on arrivé là ? Est-il vraisemblable qu'un bateau, du jour au lendemain, ait pour équipage un ramassis de *fatras* ou de crapules ?

Il sonne.

Joseph Richard, le gabier du *Petit Philippe,* frappe et entre, claudiquant, des papiers sous le bras... Litige au sujet d'une indemnité pour blessure. Après Richard, ce sera Loudoux. L'histoire, jamais réglée, des sardines payées trois fois et du constat perdu. Après Loudoux...

Pourvu que Chicot ne fasse pas une bêtise.

Si seulement il acceptait de repartir. Deux ans sur un baleinier, ça change un homme. Il en arrive des choses pendant ce temps-là.

VIII

Le novice est allé droit dans un bordel à matelots. Il a fait l'amour avec une fille borgne. Non seulement elle a refusé qu'il paie, mais elle lui a offert une pièce d'or. Ahuri, dégoûté, il a couru se nettoyer dans un établissement de bains. Puis, sous le tapage des corneilles, il a osé pénétrer dans l'immense vaisseau renversé de la cathédrale... Au milieu de la fraîcheur sombre il a mis le cap vers l'autel de la Vierge... La *Foederis Arca* immortelle. La reine des voiliers, protectrice des matelots de toutes les mers... Epave effondrée, il a pleuré longtemps. Il s'est endormi, environné par le bruit de cascade des cierges. Il goûtait son premier sommeil calme depuis toutes les choses qu'il avait vues, les menaces qu'il avait subies.

L'organiste le réveilla, comme le petit Dupré jouait aux billes avec le petit Chicot dans une île de la Loire. Hébété de son rêve, il eut encore l'esprit de verser toute sa monnaie dans un tronc des Pauvres. Il rôda par les quais. Repoussa deux propositions d'embarquement. Partagea la gamelle d'un factionnaire.

... L'ouvrière était rentrée du travail. Elle avait vidé trois aiguillettes, une pour elle, deux pour lui. Elle préparait une soupe au cresson et aux croûtes.

— Qu'est-ce qu'il te voulait au juste, l'administrateur ?

— Un peu de tout... Je crois qu'il voulait causer du *Foederis Arca.*

Elle s'essuya les mains dans son vieux tablier à fleurs. Avec quelle simplicité il avait dit cela ! Elle se risqua :

— Et tu lui as parlé comme il fallait ?
— ... Je crois.
— Tu crois ou tu ne crois pas ?
— ... Je crois.
Il s'était déjà fermé... Cependant il se rappela le reproche de l'homme qui veillait sur les marins de Nantes — petit, tu abuses de ta mère... Il dit, au hasard, que demain, sûr, il chercherait du travail. Il jeta un nom : « débardeur ».

Le lendemain il remit au lendemain, ce lendemain-là il se déroba encore. La mère ne lança aucune allusion, évita les soupirs. Elle se trouvait de plus en plus désorientée. En huit jours, deux types dans le voisinage avaient escaladé le parapet d'un pont pour en finir avec la vie. Deux forts buveurs. Soûlards ou pas, ils donnaient peut-être le signal d'une épidémie.

Le lendemain de ces lendemains il tombait sur Nantes une pluie digne de la Gascogne, interminable et dure. Julien-Pierre, qui vaguait, s'était mis à l'abri et il regardait indéfiniment les lignes des gouttes épaisses, parallèles comme fils d'un métier à tisser, rejoindre le sol dans un fracas de meurtre. Toute activité autre que la leur semblait suspendue. Les mâts des bateaux proches, à peine distincts dans le mur liquide, se dressaient, vaguement, comme du bois mort, du bois écorcé par un incendie... De la direction de la gare, surgit un *groupe* — ou que fallait-il dire ? Deux gendarmes à cheval conduisant vers la prison une espèce d'homme. Un spécialiste du vol de tonneaux, Malavoine, appréhendé à sa descente du train. Montures et cavaliers avançaient en ruant et ruisselant par flaques et pavés pointus. Ils étaient presque plus pitoyables que leur voleur, cheveux et barbe en torchon, qui tantôt courait, tantôt bronchait, pieds nus, évitant de justesse coups de queue et de sabot, incapable de fuir et même d'y songer, lourd paquet de pluie encordé aux poignets des « représentants de l'ordre ».

... Tandis que la soupe fumait dans leurs écuelles, Julien-Pierre ce soir-là prononça devant sa mère :
— J'ai menti aux autorités.
La justice, pensait-il, ce ne pouvait pas être le spectacle de Malavoine et de ses pandores. La justice avait le visage de la Vierge.
— ... Je n'ai pas dit ce que je savais aux officiers de Brest. Ni à l'administrateur.

La mère eut la force d'un sourire. Julien-Pierre lui en fut reconnaissant. Elle se retint de le questionner. Elle agita le bras droit vers elle ne savait qui, ni quoi — le vent et la mer, la tombe de son mari, Napoléon III, le curé de la paroisse...

— Tâche demain d'avoir le courage de tout dire.

— Ce sera dur.

— ... Tout est dur. Ne pas dire, c'est dur, tout pareil.

— J'irai demain. Je me demande ce qui va m'arriver après.

— Tu verras et tu supporteras.

Supporterait-il d'être attaché aux poignets de cavaliers, ou pire encore ? Les rats dans les cachots, une nourriture qui sent le vomi...

— Quoi qu'il arrive, reprit-elle, supporte. Offre-le.

Il lui parut trop facile de répondre : « A qui ? » Honnêtement, d'ailleurs, pour offrir, il ne se sentait que l'embarras du choix.

— Même...

Il s'arrête... Mais elle avait deviné. Elle parle sans émotion apparente.

— Tu supporteras tout. En souvenir.

De nouveau elle s'exprime par ellipses... En souvenir ? Mais de quels visages serait-ce ou de quelles scènes ? Il ne demande, cette fois encore, aucune précision. Dans les cales de sa mémoire les marchandises s'entassent. Depuis Brest, personne n'y a eu accès que lui. Il se jure que tout est intact.

Elle se lève, retire la soupière, pose des radis — offerts par un cousin à la mode de Bretagne, horticulteur en Maine-et-Loire — et caresse les cheveux de Julien-Pierre.

— Se vider de ce qu'on a sur le cœur, quel soulagement.

... Elle raisonne d'après son cas personnel. Elle se confesse une fois l'an, la veille de Pâques. Alors éclate, après dix minutes souffrantes, l'allégresse des allégresses. En elle et dans le monde, tout est ciel bleu, bouton de rose. Même les tas d'immondices et les voitures de vidanges deviennent des parures pour la ville.

Comment ferait-il sienne pareille ingénuité ? Les secrets qui le tourmentent ne lui ont pas été confiés de son gré, mais imposés ; et ce ne sont pas les siens, mais ceux d'un groupe, ceux d'une bande. Il sait quel serment de silence il a prêté et à qui il l'a prêté. Il revoit la dunette du *Foederis Arca.* Il entend claquer la voile de misaine du canot dont Lénard était le roi. Il entend une... Brusquement, il écarte sa chaise. Bondit vers la porte, court dans la ruelle, dans la nuit de la ville. La mère n'a pas eu un mot, un geste. Elle songe aux deux suicidés. Vierge de la cathédrale, pitié. Après avoir échappé à deux naufrages, Julien-Pierre ne peut disparaître encore. Tu es l'étoile de la mer, donc celle des matelots. Tu as sauvé déjà, ils me l'ont dit, les équipages de la *Belle Charentaise,* de l'*Alligator.* Tu n'as pas pu sauver Robert Chicot, mon mari, quand il est tombé, en serrant un hunier, dans la houle des tropiques. Empêche au moins son fils de se détruire.

Au milieu de la nuit, Julien-Pierre, puant le vin, les vêtements déchirés, est de retour. Elle le soigne et le couche. Et le lendemain, naturellement, il rôde en ville et il ne va pas à l'Inscription Maritime.

Mais le surlendemain... Il a entendu dire que Lénard a décampé sans tambour ni trompette. Voudrait-il quitter la France ? Hâtons-nous.

IX

— Monsieur Dufresne, je ne vous ai pas dit la vérité. Je ne l'ai pas dite aux officiers de Brest. Tout ce qu'on a écrit sur le *Foederis Arca,* c'est de la menterie.

— Non, mon petit, rectifie l'adulte. C'est erroné, ce n'est pas un mensonge. Si les autorités ont été mal renseignées, à qui la faute ? Je suppose que tu viens ici pour dire à qui elle incombe... Déballe-moi tout. N'aie pas peur. Ni de moi ni de personne. Si tu as commis une faute en ne révélant pas plus tôt la vérité, la marine tiendra compte de ton excellent livret, de ta bonne volonté de maintenant, de ta jeunesse.

Machinalement, il bourre une pipe. Il imagine qu'il a déjà deviné l'essentiel, mais le récit risque d'être long. A défaut d'un greffier comme les magistrats, il pourrait appeler un commis ? pour qu'il note soigneusement tout ce qui va se dire ? La présence d'un tiers effraierait le visiteur. Eh bien, on écoutera celui-ci avec une attention scrupuleuse.

Chicot ferme les yeux. Il commande aux souvenirs de se rassembler, aux serments de se délier. Je ne suis pas un lâche. C'est vous qui m'avez violenté... Sous ses pieds, le *Foederis Arca* se balance dans le port de Cette. Le petit Dupré, accoudé sur la lisse, regarde la ville. Dans ce moutonnement de toits et d'arbres, il cherche à repérer où se cache la maison de sa grand-mère.

Dans le bureau qui sent le renfermé, le tabac et les algues, les images des bateaux écoutent. S. M. Napoléon III, Empereur des Français, écoute. Le baromètre écoute. Et les cartes marines. Il pleut dehors une ondée franche et brillante. Une locomotive siffle pour qu'un attelage se hâte de franchir les rails.

QUATRIÈME PARTIE

Le temps où tes poumons défiaient la respiration
de la mer,
la mer amie des navigateurs,
la mer complice des prises et des mainmises
La mer, la mer...
Mère d'astres et de monstres, de soucis et d'amour.

(Jean MÉTELLUS, *Au pipirite chantant*)

I

« Avant le départ, déjà, nous étions mal partis... »

Chicot n'a pas préparé son effet. Depuis des mois, et des mois, il ressasse l'histoire ! Il en a pénétré le sens comme un vieux marin.

Les vins et les alcools qui occupaient une telle place dans la cargaison avaient été pour les matelots du *Foederis Arca,* sur le port de Cette, une tentation sauvage.

L'équipage se sentait nargué dans sa virilité par toutes ces saveurs et ces violences qu'il devait installer lui-même à quelques mètres de son poste, par pleins fûts, barriques et caisses, derrière des clôtures en bois. Presque immédiatement les chapardages commencèrent.

Les vis d'un panneau avaient appris à se desserrer toutes seules et les bonjours et les bonsoirs clandestins aux caisses, aux fûts, s'étaient multipliés. Et les « bonne nuit ! ». Plusieurs matelots vivaient dans une semi-soûlerie permanente.

D'où indiscipline et relâchement, d'où colère de Richebourg, suivie de sanctions maladroites ; d'où impuissance d'Aubert, démission de Pagès. Là-dessus, suprême erreur, Lénard est promu le maître d'équipage. Les gars filoutent de plus en plus largement. Avant qu'Aubert se préoccupe de boucher le panneau dont ils ont fait leur complice, ils ont inventé une deuxième route vers les merveilleux liquides : une planche du poste a du jeu, ils augmentent ce jeu et la rendent amovible. Rien ne se voit en surface. Le second, deux fois par jour, inspecte, inutilement. A volonté, les matelots enlèvent la planche et la remettent. L'ouverture n'est pas trop large ; mais les novices, et surtout Chicot, ne sont pas gras et ils s'y glissent très bien. Chicot a voulu rechigner, torgnoles et menaces l'ont convaincu. La cale est maintenant la cave personnelle du poste.

Le voilier appareille... Durant les premières heures, miracle : les grands instincts marins fonctionnent. Les matelots se laissent aller aux rêves profonds de leur nature matelote. Ils jouissent de la navigation, admirent la mer, les vents, les mimiques et les murmures des voiles.

Chicot ne peut pas tout dire. Il y aurait trop à dire. Il ne faut pas impatienter l'administrateur. Mais, tout en parlant, il revoit à la vitesse de l'éclair des scènes qu'il omet.

En ce matin de rêve où un équipage retrouvait les beaux draps neufs du Voyage-au-delà-des-mers sur un voilier blanc, Oillic passe en avant du roof la barbe propre, la joie de l'enfance lui roulant dans les yeux comme une agate. Le novice ose arrêter le matelot gigantesque. Il lui montre d'un long geste vague toute la décoration des voiles et le déversement jaune colza du soleil sur le flot.

— C'est beau, hein !

Avec bonne volonté, Oillic essaie de répondre. Il ne trouve qu'un « Moi, tu sais... ». Mais il a compris l'appel étrange et naturel d'un jeune à communier avec un adulte dans la beauté des choses. La preuve : un quart d'heure plus tard il revient par là et il pose la main sur l'épaule de Chicot.

— Les yeux des femmes et la mer, c'est ce qu'il y a de plus chouette.

Emu d'avoir formé des phrases sur des choses pareilles, il crache. Il aurait aussi bien pleuré. Il s'éloigne d'un pas plus lent.

Hélas ! Ce sera la seule fois où un Oillic pose la main sur l'épaule d'un Chicot et célèbre avec lui la beauté de la mer... Dès la fin de cette première matinée, l'enthousiasme débouche en fin de compte sur l'envie de trop boire. Ils n'invoquent la joie de courir dans la houle et le soleil que pour faire appel sans mesure au vermouth, au frontignan de l'armée française.

Tant bien que mal, grâce à l'activité physique intense que son métier exige, l'équipage va « brûler » ses excès d'alcool. Les scènes d'ivresse crapuleuses sont évitées. N'empêche que jour et nuit les gens boivent ferme, alternant et mélangeant vins et eaux-de-vie. La plupart d'entre eux oscillent sans arrêt entre hébétude et violence. Ils crachent des propos sanguinaires. Ils en ont marre de se crever pour les Messieurs de la dunette ! Ils feront la peau à Aubert.

A quiconque le défendra. Ils prendront le bateau comme les soldats prennent des villes. A nous les tétons et les trésors du *Foederis Arca,* à nous tout ça, tous les recoins, tous les instruments, tout !

Sans se cacher ils récriminent contre la nourriture, balançant par-dessus la lisse pour un oui ou un non les platées de soupe et les biscuits. Ils gueulent qu'on veut les empoisonner, que Mitler le cuisinier se lave les mains dans les sauces. En réalité, à force de boire ils ont perdu l'appétit. Mastiquer un aliment solide les écœure. Aubert discute avec eux, avec Lénard, avec Mitler, avec Richebourg. Par son expérience comme par les dires de cent capitaines et seconds il sait trop bien l'importance à bord de la nourriture. C'est toujours pour une histoire de boustifaille — voyez plutôt le *Bounty !* — que les mutineries débutent. Et comme les gens du trois-mâts sont déjà presque tous des *fatras*...

Selon le droit coutumier du bord, Aubert ne peut inspecter le roof et la cuisine sans arrêt. Lénard en principe le supplée. Un second qui surgit sans cesse devient odieux comme un geôlier. Si Aubert ne craint pas l'impopularité, il désire que le bateau atteigne Veracruz. Alors il vérifie une fois sur deux ou trois que Mitler prépare correctement sa tambouille et ses rations.

Chaque homme, dès le branlebas matinal, touche depuis Colbert un *boujaron* d'eau-de-vie. Un seizième de pinte ! Six centilitres. Ce n'est pas là-dessus qu'un bord lésinerait. Le boujaron est pour le matelot une petite cérémonie sacrée. Sa prière de l'aube à la vigueur, à la lumière. Il l'accompagne de biscuit et d'un grand bol de café noir, pas trop fort, servi à l'équipage sur la base de vingt grammes de grains de café, de vingt-cinq grammes de sucre, par tête de pipe.

Les deux repas principaux prêtaient beaucoup plus à la contestation pour les râleurs. A midi une soupe très grasse, où entraient viande bouillie (lard ou bœuf, environ une livre par homme) et riz ou légumes secs (soixante grammes). Le soir, une combinaison de légumes (cent vingt grammes), assaisonnés à l'huile et au vinaigre, et de riz (soixante grammes). Le menu ne variait pas. Pour les grands jours, des anchois et des olives complétaient l'ordinaire. La ration de vin quotidienne était fixée à un demi-litre.

Incontestablement, la dunette mangeait mieux que le roof.

Non moins incontestablement, le roof s'alimentait en théorie mieux que la majorité du peuple français. Allez donc en convaincre des matelots imbibés d'alcool. Aubert s'escrimait en pure perte à houspiller le cuisinier. Quand même celui-ci, pour midi, réussissait à donner le change, à rendre ses plats plus avenants, sa saleté avait acquis valeur de dogme. Le pauvre soûlard était conspué par les siens. Oillic, Thépaut, Daoulas, qui traînaient une gueule de bois après leurs vermouths et leurs absinthes nocturnes, hurlaient que dans la marine française il n'existait pas un bateau plus mal nourri que le leur !

De guerre lasse, le colosse Aubert, après une dizaine de jours, fit une concession. Les hommes prétendaient que le bœuf servi dans la soupe était gâté ; que son gras sentait le pourri ; qu'on y voyait courir des asticots. Lénard, cet enfant de salaud, appuyait leurs dires. Sans en référer à Richebourg, le second décréta que la soupe serait désormais, et une fois pour toutes, à base de lard. L'équipage ricana. On l'avait roulé, hein, cet Aubert ! Ton lard, gros malin, on s'en fout pareil comme le bœuf ! Une demi-orgie eut lieu dans le poste pour saluer la victoire. Cinq ou six des matelots burent chacun sa demi-bouteille de vermouth.

La navigation entre Cette et Gibraltar n'avait pas été pour le commandement une partie de plaisir. Le bâtiment perdit plus d'une semaine, contre des vents debout et des courants, à vouloir forcer le passage. Dommage, c'était une excellente bête de mer. Les réparations coûteuses et longues qu'il avait subies au Havre se révélaient payantes. Il ne faisait eau que par forte brise et dans des proportions anodines. De légers pompages, tout rentrait dans l'ordre.

***

La disparition des côtes d'Europe et d'Afrique, la profondeur de l'espace océanique, le rythme vif et sûr des alizés, la virilité du soleil, la solennelle souplesse de la cathédrale de voiles qu'était le bateau sur les houles du grand large, ne calmaient pas les têtes chaudes. Les ardentes richesses liquides placées sous le poste comme son bien personnel et secret ne s'étaient pas éloignées de lui d'un centimètre. Tessier le charpentier n'avait toujours pas songé à clouer la planche amovible. Chaque nuit quelqu'un la soulevait et un novice glissait dans la cale. Il remplissait de vin un broc ou deux et il fauchait des bouteilles.

Avant de sombrer dans leurs sommeils comateux et ronfleurs, les matelots les plus durs s'excitaient à repasser leurs griefs contre les nantis de la dunette : Richebourg le feignant qui avait besoin de lorgnons pour regarder la mer ; Aubert le garde-chiourme qui ne pensait qu'à faire suer le marin... L'élan du bateau sous la constance des vents qui le poussaient vers le milieu de l'Atlantique impressionnait d'autant plus les parleurs qu'ils ignoraient l'art de diriger un navire et se sentaient dépendre, contre leur gré, des deux hommes leurs ennemis. Où était le *Foederis Arca ?* En un certain point de la mer, mais aussi n'importe où. Il avançait sûr et farouche, image de la fuite du temps comme de la fatalité. Quand un bateau de poutres et de voiles peut de telles choses, l'équipage qu'il entraîne doit être à sa hauteur.

Deux hommes qui se prennent de querelle dans une taverne, que font-ils ? Avant d'en découdre, ils s'invitent à s'expliquer dehors. Dans la vaste liberté à ciel ouvert de la rue... Méditez cela, matelots ! Alors que vous procédiez au chargement du trois-mâts, entriez en lutte contre les cris et la tyrannie d'un Aubert, d'un Richebourg, le port de Cette était votre taverne. Sur l'Atlantique, vous voici dans la rue. Ici l'on peut frapper, l'on peut blesser et plus encore. C'est la zone rêvée pour les combats à la loyale, ou à la déloyale.

***

Les plans qui s'ébauchaient dans la colère vineuse ne pouvaient être précis. Tous les matelots ne cuisaient pas dans leurs rancunes la même révolte. L'unanimité, qui apparaissait dans le tapage des jurons, des menaces à des absents, restait douteuse.

Il fallait un acte pour la sceller.

Un acte maritime...

Le 29 juin, dans l'après-midi, les coups de sifflet de Lénard, tremblotants, saccadés, provoquent un rassemblement général. Comment savoir si Oillic a passé une entente avec Thépaut, Daoulas et Carbuccia, ou l'événement s'improvise-t-il sur un caprice, la voix rugueuse du maître d'équipage sonnait comme un signal moqueur lorsqu'il ordonne : « Passez les drisses de bonnettes ! »

Et ils étaient là tous, debout sur le pont en avant du roof...

Bordée de quart et bordée au repos. La manœuvre des drisses de bonnettes, méticuleuse, réclamait tous les bras. En de telles occasions, des lois non écrites obligeaient sans problème la bordée hors service à prêter la main. Cette fois, après l'ordre, seuls les gens de la bordée de quart se mirent à courir. Selon l'esprit de la mer, il y avait refus d'obéissance pour les autres.

De sa voix énergiquement enrouée, ironique plutôt qu'autoritaire, Lénard recommença : « *Passez les drisses de bonnettes !* » Et il ponctua son nouveau commandement de « *Nom de Dieu !* » et de « *Bande d'arsouilles et de mains blanches, faudrait voir à vous remuer les fesses !* » Carbuccia, Oillic et Tessier, qui appartenaient à la bordée fautive, ricanèrent, s'assirent sur le pont : « Nos mains blanches remueront leurs fesses quand ce sera leur tour ! On n'est pas au bagne ! On n'est pas des chiens ! Ose répéter, pauvre andouille, et on te prédit la fin du monde ! »

Lénard aurait pu arrêter là le scandale... Comme si de rien n'était, la bordée de quart s'activait. Le navire filait toujours et dans quelques minutes il filerait encore mieux. Le soleil chauffait de sa puissance le bois de la coque et des mâts et la toile des voiles que les alizés gonflaient, fruiteux et sonores. Un chef-d'œuvre des hommes avançait dans l'océan chef-d'œuvre de Dieu. Si le sentiment de cette perfection effleurait le maître d'équipage, il le secoua. Sa tête bruissait. L'ivresse flattait l'orgueil dérisoire de son grade. Il valait le capitaine. Il ne trônait pas comme lui dans une chambre solennelle, mais lui aussi dormait à la dunette. S'il ne savait pas lire les cartes, il s'y entendait pour semer la pagaille sur un bateau... Il cligna de l'œil vers les Carbuccia et les Oillic. Gueulant : « Je vais vous apprendre mon matricule », il pirouetta vers l'arrière.

Dans le ton de Lénard et dans son haleine Aubert n'aurait eu que trop matière à reproche. Il se contraignit à écouter le propos ambigu et en quelques enjambées il eut rejoint le roof. Les récalcitrants n'avaient pas bougé. Ils considéraient l'officier de bas en haut avec des têtes de plaisantins. Des globe-trotters sur un paquebot anglais ! Si le second avait cédé à ses instincts, il les eût boxés... On ne devait plus frapper les hommes. Aubert connaissait pertinemment qu'il s'était taillé sur tous les bords la réputation d'une certaine violence — « il n'a cependant jamais frappé », ajoutaient les capitaines. Il ne s'agissait pas de commencer avec un Richebourg. Pour la première fois, il demeurait indécis. Les mots qui lui brûlaient les lèvres, c'était : « Ces Messieurs souhaitent-ils un fauteuil ? » Mais, puisqu'il était interdit d'appuyer l'humour par des coups de poing, il s'interdisait l'humour.

L'épreuve de force qu'il appréhendait depuis Cette et qu'il avait retardée en canant sur un détail de nourriture se produisait : « Tant pis pour Richebourg », se disait-il. Sur les chapeaux de paille et dans l'affalement des matelots, et jusque dans le soleil qui leur oignait des mains énormes, il sentait la dérision. Impossible d'en rester là. Il fallait que le maître à bord après Dieu intervînt. Si son intervention échouait (elle n'échouerait jamais que par la faute des faiblesses passées)... mais au diable les suppositions !

... Devant Richebourg et ses lorgnons les coupables jouèrent d'abord les piteux. Ils ne se levaient pas, mais ils baissaient la tête. « Voyons les enfants, qu'est-ce que c'est que ces bêtises ? Vous savez que le *Foederis Arca* est un bon bateau, que vous êtes bien traités à bord ! Depuis deux jours vous mangez pour midi des poissons volants ! Nous marchons à belle allure, mais nous avons pris du retard en Méditerranée, alors ne créez pas d'ennuis. Pensez à nos soldats français qui attendent tout ce que nous apportons. Nous n'avons pas le droit pour ces braves de traîner en route... Je veux bien fermer les yeux sur certaines choses, mais vous ne devez pas en abuser. Allons, les enfants, c'est fini, tous au travail. »

Carbuccia eut l'air de vouloir se dresser, il ne fit que se prostrer davantage. Oillic murmura : « Il me semble que j'entends des voix. » Tessier éclata de rire. Les matelots qui avaient obéi tout à l'heure abandonnaient la besogne. Richebourg ne s'était jamais trouvé à pareille noce. Du moment qu'il aimait son monde, il se persuadait que son monde l'aimait ! Tout ce qu'il croyait lire sur les figures des hommes contredisait Arago, insultait à ses doctrines. Il avait froid au cœur. Il ne put se retenir de songer à la terre, à la fiancée perdue. Pourquoi avait-il précipité son départ dans les solitudes ? Il recula d'un mètre, assujettit des lorgnons dont il ignorait l'effet déplorable, et sans transition il fut le capitaine gueulard. Il brandissait le poing, frappait du pied : « Ça va changer ! Et vous l'aurez voulu ! J'ai été trop bon avec vous, mais à partir de dorénavant, le premier qui désobéit aura droit à mes balles ! Je lui brûle la cervelle ! »

S'effrayant lui-même du bruit qu'il faisait et qui démentait ses théories, Richebourg se figurait qu'il épouvantait les marins — combien il se trompait ! Quand il se retira, silhouette fugitive, persuadé que l'écho de ses menaces retentissait toujours, une salve d'exclamations succéda au silence. Qu'est-ce que tu dégoises avec ton « Ça va changer ! » ? Ah ah ah oui, bien sûr, ça va changer. Pas de la manière que tu imagines ! Avant que tu nous tires comme des pigeons, nous autres on sera les maîtres !

Au nom du *Foederis Arca* et de tous les matelots de tous les pays, Daoulas félicitait la bordée qui avait désobéi. Une tournée générale s'imposait en son honneur et en l'honneur de la victoire. Il se précipita dans le poste, enleva la planche amovible, agrandit l'ouverture à coups de hache et sauta dans la cale. A nous les chers alcools de l'armée française ! Audace encore inédite, il chargea dans ses bras une caisse de vermouth inentamée et il l'apporta sur le pont, où Oillic la défonça. Les amis, servez-vous et bien, ça monte droit de nos caves ! Avec des rires fous, chacun piocha. Finie la discipline. Chacun buvait au goulot sa bouteille personnelle, qu'il dressait en défi dans le soleil du grand large, prenant la mer à témoin que le *Foederis Arca* s'était libéré. Cet imbécile à lorgnons qui les appâtait avec des poissons volants, tes poissons volants c'est de la gnognotte, ce qui compte c'est l'alcool et la vigueur furieuse qu'il verse dans les artères ! Plusieurs cependant n'en pouvaient déjà plus. Moitié amusement d'ivrognes, moitié gêne de leur satiété, ils jetaient dans l'eau, à la volée, des bouteilles pleines. Ah ah ah ! Des bouteilles à la mer ! Ohé baleines, ohé marsouins, requins, maquereaux, arrivez donc ! Saoulez-vous, vous verrez quel plaisir ça donne. Boire jour et nuit de l'eau salée, ce n'est pas une vie pour des chrétiens comme vous. Allez, la mer, rigole un peu.

⁂

Richebourg et Aubert, dans la dunette, entendaient clameurs et rumeurs. Ils ne soupçonnaient pas l'intensité de l'agitation. Ni les hurlements d'un Tessier ivre mort qui s'en prenait nommément à eux, les vouait à la noyade ; ni les conciliabules simplistes et solennels des Oillic, Thépaut, Daoulas, Carbuccia. Cris et silences alternaient sans raison ni rythme. Tout cela, qui ne se passait pas loin, se déroulait comme dans un quartier étranger. Le beau voilier continuait de courir sur la mer, accueillant dans ses hautes et basses voiles la grande poussée fraternelle de l'alizé, pourtant il y avait en lui une déchirure. Son unité ne tenait qu'à un fil. Un homme était toujours à la barre, Pierric ou Marnier, et Dupré lui tenait compagnie. Lénard et son sifflet traînaient par là, guettant la suite. Mais Mitler, abattu par le coup de grâce du vermouth, ronflait dans le poste et aucun matelot n'avait réclamé après le repas du soir.

La nuit venait vite sous ces latitudes. Comme par hasard, les feux s'allumèrent. La mer était immense et calme. Elle avait laissé le soleil se coucher à son heure comme elle l'avait laissé naître ce matin. Elle lui avait prêté son étendue pour qu'il y étale tous les colliers de perles et les soieries de ses derniers rayons... Aubert s'échappa pour offrir à Dupré une barre de chocolat et deux biscuits. Il ne voulait surtout pas envoyer le mousse aux nouvelles. C'eût été l'office d'un Lénard... Les deux hommes se rencontrèrent à l'improviste. Le maître d'équipage plongea les yeux, une fois n'était pas coutume ! dans ceux du second, mais son regard ne trahissait que veulerie, pas encore la fureur de vengance. Il ébaucha une espèce de salut. Aubert haussa les épaules. Injurier le faux jeton n'eût servi à rien.

La vraie question était de remonter Richebourg. Le capitaine avait été facilement convaincu de renoncer au repas, de grignoter du biscuit, des olives. Dans le décor bien encaustiqué des meubles de province et de leurs grincements paisibles, les deux officiers, à la lumière d'une lampe verte, s'entretenaient avec fièvre. Taisant qu'il commençait à craindre le pire, Aubert soutenait qu'il fallait attendre deux heures de plus. Alors il se présenterait devant les gars, poussant devant lui Lénard, et il passerait en public un savon, de première classe, à ce Judas. Tous les matelots n'étaient pas pourris. Presque tous, au fond, c'étaient des faibles.

Le mot « faible » avait ici des résonances bizarres. Le second examinait son supérieur et il se répétait sans plaisir combien l'adjectif eût convenu à cet homme de grande taille, instruit et généreux, perdu par ses lubies. Richebourg avait ôté ses lorgnons, mais, tel quel, il apparaissait comme plus incertain encore. Peut-être dans l'enfance avait-il subi la fascination des portraits de l'empereur Napoléon III et de leur fameux regard flou ? Il errait dans l'espace. Il ressemblait au gamin qui a perdu ses lunettes beaucoup plus qu'à l'officier exact, rompu à la pratique du sextant et du commandement d'un bateau.

— Demain, disait Aubert, je descendrai dans les cales et vérifierai en détail ce qu'il en est pour les alcools. S'il y a eu des fuites, il faudra que vous sévissiez très dur.

— Admettons que vos idées soient fondées. Sur un bateau comme le nôtre, et en plein Atlantique, sévir très dur n'est pas une solution. Nous n'avons pas, sur le *Foederis Arca,* de barre de justice. Je ne vais pas enfermer un matelot ou deux dans la cabine de Lénard ou de Dupré avec un matelot gardant la porte, alors que notre effectif est juste suffisant pour assurer certaines manœuvres.

— S'il y avait une tempête, vous feriez comme tant de capitaines. Vous libéreriez provisoirement les prisonniers pour qu'ils donnent un coup de main.

— Non, la solution n'est pas là.

— Il faut absolument, capitaine, que vous annihiliez Lénard.

— Je sais, c'est votre bête noire. Jean Lénard, c'est un homme des îles, un marin-né, il ne connaît pas le vice... Et puis enfin par qui le remplacer ?

— Si on ne le remplaçait pas ? Si vous le dégradiez purement et simplement ? Et je prends son service à mon compte, en plus du mien.

— Vous tiendriez le sifflet ?

— J'aimerais beaucoup mieux non. S'il le fallait, tant pis.

— Non non... Je dois réfléchir.

Peut-être désormais était-il trop tard, pensait le second. Il écoutait les petits chocs réguliers de la pendule. Veracruz, parlons-en de Veracruz ! Et du Mexique étincelant ! Il revoyait Richebourg, tout à l'heure, menaçant les hommes de leur brûler la cervelle. Ah, port de Cette, tu as vu des sottises. C'est alors que tout a commencé... Pour se donner du tonus, automatiquement, il était allé chercher du rhum. Un qui venait du pays de Pierric. Des îles de cette Amérique vers laquelle fonçait un navire sans véritable maître. Colomb avait triomphé de la mutinerie, mais Colomb possédait la certitude.

Il se leva et il sortit sur le pont sans un mot. De voir les feux bien allumés, les myriades d'étoiles à leur place, le soulagea, il se rebiffa contre cette euphorie. De l'avant ne jaillissait aucun tapage. Il leva les yeux, écouta le vent du ciel et le vent des voiles et la frappée glissante de la mer. Les étoiles pétillaient, foisonnaient. Arriverait-on jamais à Veracruz ? Il piétina quelque chose de mou — un poisson volant dégringolé sur le pont. Il le ramassa, le lança par-dessus bord. Il s'essuya les mains contre la lisse... Toujours aucun tapage. Il réfléchit à la manœuvre qu'il pourrait commander. Il se garderait de s'en remettre à Lénard ! Il devinait le maître d'équipage caché dans le coin, lié toujours apparemment à ces Messieurs de la dunette, mais épiant l'occasion de basculer une fois pour toutes. C'était ce faux frère, non le poisson, qu'il eût fallu jeter dehors !

Il retourna dans la salle à manger. Richebourg, debout, mains aux hanches, contemplait une ancienne carte de l'Atlantique, avec son Neptune à trident siégeant tout en haut, ses essaims de marmots joufflus soufflant dans des trompes aux quatre coins.

— Nous ne sommes pas rendus encore, grommela le capitaine.

Aubert laissa tomber une remarque inopportune. En regardant la table il vit qu'il n'avait pas terminé son rhum — il épuisa le verre. Maintenant, il était prêt. Le verre du condamné, songea-t-il sans amertume. Il dit à Richebourg que le délai avait passé. Qu'il allait voir l'équipage. Il renonçait à harponner Lénard. L'affrontement serait direct. Quels que fussent leurs défauts, les *fatras* ne manquaient pas de sens marin. La preuve : il y avait cette nuit un matelot à la barre et les feux étaient corrects. Ces gens savaient bien que, privé de ses officiers, un bâtiment tombe à la merci de la mer.

— Agissez pour le mieux, répondit Richebourg, dont les yeux suivaient une idée vague. Je vous attends.

Aubert disparut... Esseulé, le maître à bord après Dieu se plongea dans *les Trois Mousquetaires*. Mais il n'arrivait pas à suivre, ce déjà lu le fatiguait. La pendule égrenait les instants. Il chercha la photographie de sa fiancée.

⁂

Ce n'était plus un matelot qui tenait la barre, mais un novice.

— Qu'est-ce que tu fais là ? demanda Aubert à Chicot.

— Thépaut a eu besoin d'aller aux poulaines [1] et je le remplace.

---

1. Les cabinets de l'équipage.

La nuit n'était guère sombre. Elle ne permettait pas quand même de scruter un visage.

Aubert ne trouvait pas la voix de Chicot tout à fait naturelle.

— Thépaut est-il parti depuis longtemps ?

— ... Euh, une minute. pas plus.

— Est-il allé te chercher pour que tu le remplaces, ou t'a-t-il appelé ?

— ... Euh, il m'a appelé... Euh, j'étais tout près.

A quoi bon fouiller un détail. Pour le sort de tout et de tous, les dés, à coup sûr, étaient jetés.

— Bonsoir, Chicot.

— ... Bonsoir, monsieur.

Le novice retirait son chapeau. Le geste, dans l'ombre, ressemblait à une imploration.

L'officier cracha dans la mer.

II

Devant le roof les hommes étaient là, inégalement éclairés par les lampes allumées dedans, et ils ne bougeaient pas, debout, haineux, bras croisés. Les statues de la révolte. Derrière chaque front, la mémoire, féroce, de milliers de griefs. Pour gonfler ces registres, ils piochaient inconsciemment sur tous les bâtiments de commerce qui jamais avaient sillonné les mers. Les injustices réelles ou fausses vécues sur le *Foederis Arca* prolongeaient sans rupture le contentieux des malheurs de toutes les matelotailles. Malgré sa gigantesque force, et toute décuplée fût-elle par la volonté de gagner, Aubert connut qu'il n'aurait pas la partie belle. Il se carra sur ses jambes, évoqua les capitaines son père et son frère et il cria tout de go :

— *Amenez la bonnette de hune !*

En livrant au grand air le nom d'une voile aussi fort que s'il appelait un homme ou une femme, il éprouva qu'il hélait tout le *Foederis Arca* fier fendeur des mers, et il ressentit corps et âme les bonheurs de naviguer, de commander. Il était ici dans son rôle et sa peau d'officier de la marine marchande... Mais, sur-le-champ, il comprit qu'il avait tort de s'applaudir : aucun des hommes n'avait bougé d'un pouce.

Il fallait hurler encore. Si le nouveau hurlement ne réussissait pas davantage, il passerait à une engueulade. Tonitruante. Individuelle et collective. Les relents de vermouth qui montaient des planches étaient révélateurs.

... Ils ne lui laissèrent pas le temps d'appeler une seconde fois son amie la bonnette de hune : à la révolte silencieuse succédait la ruée. Ils avaient théoriquement préparé la manœuvre. Ils s'étaient distribué les tâches. Avaient aiguisé leurs couteaux pour le cas de besoin. Il fallait ferler le second comme une voile. Sur un pont, tout comme dans les quartiers chauds des villes américaines ou asiatiques, tu peux dresser une embuscade.

Tessier avait braillé dans sa soûlerie : « Aubert à la mer ! Aubert à la mer ! » L'image avait fait long feu dans les têtes. La rime sommaire : « *Aubert, mer* », enchantait comme une révélation. Le second n'avait jamais été mis au monde que pour finir précipité dans l'océan.

Après avoir ingurgité leur vermouth, ils s'étaient contraints à ne plus boire. Ils savaient le courage de leur homme. Ils ne doutaient pas qu'il ne vînt vers eux en adversaire impavide, seul avec ses poings, pour les mater. Eh bien tant pis pour toi. Oillic avait grimpé sur une échelle de corde et il se dissimulait contre une voile. Il attendit qu'Aubert passe au-dessous de lui. Alors, félin silencieux, il descendit et se glissa derrière la silhouette virile. A peine le commandement d'amener la bonnette de hune avait-il sonné dans la nuit océanique, appel grandiose ou dérisoire, que le matelot, par-dessus la tête du second, fit un signe aux camarades. Tandis que lui-même s'élançait pour agripper les bras musculeux et les tirer dans le dos, Thépaut, Carbuccia et Daoulas se jetaient de front sur leur victime afin de la sonner et de la culbuter... Ils avaient tous misé sur leur vitesse d'attaque. Cinq secondes et ils auraient chargé l'animal tout comme une caisse. Vlan, ils l'auraient envoyé rejoindre crabes et requins avec les noyés de la nuit des temps.

Aubert a poussé un rugissement dont il se serait cru incapable et qui a effrayé les assaillants malgré leur rage... A quatre, ils se gênaient au lieu de s'unir. Et soudain le caractère sacrilège de l'événement les aveuglait. C'était une vareuse d'officier, une peau d'officier, des cheveux d'officier, qu'ils mettaient à mal. Les mains erraient, vacillaient. Ils se sentaient lâches de tomber, à toute une bande, sur un type seul.

Loin d'être réduit à l'impuissance, Aubert se dégageait comme un congre harcelé par des anguilles, non sans avoir distribué au passage les horions les plus solides. Débraillé, décoiffé, il tournait sur lui-même, prêt à rosser le pitre qui commettrait la folie de s'en prendre à l'officier en second du *Foederis Arca*...

Trop tard pour le retour au calme. Les matelots avaient sauté le pas, ils étaient déjà mûrs pour six mois de prison, leur violence courrait sa route. Enfants humiliés, ivrognes têtus, avec l'ensemble d'une manœuvre ils sortirent leurs couteaux. La nature t'a fait plus costaud que nous, sale sorcier, mais moins rapide que nos lames, tu vas voir ! Quitte à se blesser les uns les autres, ils tapaient dans la masse, la chair à travers les vêtements, poitrine, bras, épaules. Ils hurlaient... Tandis qu'ils soufflaient pour juger du travail et vérifier leurs armes, Aubert, dont le sang coulait de cinq ou six blessures, aperçut le maître d'équipage. Lénard avait quitté l'arrière pour venir aux nouvelles. Il contemplait la scène comme un beau spectacle de rue, les bras derrière lui.

— Jean Lénard, qu'est-ce que vous attendez ! Aidez-moi, nom de Dieu !

L'interpellé n'eut pas l'air de reconnaître son nom. Il ne bronchait pas. Un malin ne se fourre jamais entre le bois et l'écorce. Il est le second, je ne suis que le bosco ! Après un instant, il se détourna et s'éloigna de quelques mètres. On ne le voyait plus, mais il continuait de voir.

Les matelots s'étaient encore élancés et ils frappaient. Du bras, lourdement, ou de la tête. Aubert s'efforçait de parer les coups, mais à son insu il reculait vers la lisse. Une seconde vint où les adversaires, dont il ne suivait plus les gestes, arrivèrent à le faire tomber. Profitant de son étourdissement, ils le soulevèrent et le balancèrent dans la mer. En voilà un dont on ne parlera plus. Va-t'en chez les phoques. Ton cercueil n'aura pas coûté cher.

Cependant qu'ils se congratulaient par des coups de poings sauvages, les grosses mains, puis tout le buste d'Aubert, apparurent, il se cramponnait du dehors au bordé. Les mutins écarquillaient les yeux. Un surhomme ou un revenant ? La mer, la toute-puissante mer, avait blâmé leur révolte... Ruisselant d'eau plus encore que de sang, l'officier, à la première tentative, se rétablissait contre la lisse et il sautait sur le pont. Hagard, il était toujours prêt à la lutte.

Oillic se ruait. « Tu es mort, fous le camp chez les morts ! » Il reçut un pare-à-virer magnifique.

Merde pour l'admiration ! Pas de temps à perdre ! Sus à l'homme ! Les couteaux rentraient dans la danse. La mutinerie que depuis tout un mois bachique ils s'étaient efforcés de mûrir improvisait ses armes. A d'autres les poignards professionnels ! Eux, ils prenaient leurs couteaux de poche, les compagnons sur le manche desquels chacun avait gravé ses initiales (une prouesse pour des illettrés !) et peint un poisson ou une fleur. Pour trancher la chique, piquer le morceau de lard, défaire un nœud, tailler le cuir, un outil de rêve. Et aussi pour achever un ennemi ! Tiens, Aubert, voilà nos coups, signés Thépaut, Oillic, Daoulas, Carbuccia. C'est une lame de matelot, chaque fois, qui te déchire, ce n'est pas un sale prétentieux.

L'officier balayait l'air de ses grands bras aux mille gouttes et de temps en temps un couteau chutait sur le pont. Les lames, grossières, s'empêtraient dans les vêtements trempés, se faussaient dans la violence des heurts. Elles repartaient à l'attaque... Personne n'avait osé frapper Aubert au visage, mais ses épaules et sa poitrine avaient été touchées, durement, son sang coulait avec la mer sur les planches. De nouveau les matelots réussirent à le coincer contre le bordé... L'éjection fut encore plus vive. Le corps dégringola et l'on entendit le plouf et il y eut un jet d'écume. La mer s'associait à un équipage pour finir un vilain homme.

... O nuit ! Les genoux des tueurs flageolèrent. Comme ils s'essuyaient le front, aiguisaient leurs couteaux avant de les fermer, Aubert réapparut. Il avait le visage d'un Christ aux supplices. Il montait le long de la coque, les yeux fermés, la barbe sanglante, pieuvre et Messie des abîmes. Il était donc increvable ! Il avait signé un pacte avec l'océan et le royaume des morts ! Oillic le géant, la belle brute rousse, tapa du pied, poussa un cri de guerre. Ragaillardis par l'exemple, ils foncèrent, les poings nus. Ils attrapèrent le blessé, le cognèrent, le secouèrent, le renvoyèrent à l'océan imperturbable, par le travers des grands haubans... Il avait son compte, le vicieux, on ne le reverrait plus. Le bateau glissait dans la nuit sans rien dire d'autre que son murmure familier de grincements et de souffles. Il approuvait les mutins.

... En tombant, Aubert s'était retenu à des cordages. Il se plaqua sur la coque. Défendant sa vie et son honneur avec l'énergie de la mère chatte à laquelle on arrache ses petits, une fois encore il rassembla ses forces et il se rétablit sur le bordé. Un comble ! Thépaut et Carbuccia se sentaient prêts à caler. Ils n'étaient que de petits bonshommes et ils pensaient confusément à leurs enfances, à un domaine d'espoir et de tendresse, des voix, des odeurs. Jamais ils n'auraient dû boire tout ce vermouth. Le bougre qui ne voulait pas mourir était un marin comme eux, leur compagnon de solitudes lointaines.

... Daoulas fut prompt à la place des autres. Puisque décidément les couteaux ne détruisaient pas le satané second, il avisa et saisit une bringuebale [1] de pompe, la pièce faisait une dizaine de kilos, et il tapa de toute sa violence. Oillic, Thépaut, Carbuccia le relayaient avec leurs poings. Hébété, ensanglanté, des dents brisées, Aubert soufflait, se tassait sur lui-même, les narguant par sa résistance et s'offrant à eux en jeu de massacre. L'homme à la bringuebale aurait le dernier mot. Il recula, prit son élan, frappant un grand coup sur le crâne de la cible. « Tiens, vieille souche. » Le second gémit, inclina

1. Ou brimbale. Un levier au sommet d'une pompe.

la tête et se renversa en arrière, colosse déraciné, hirsute et sanglant. Ils entendirent que la mer le recevait. Elle ne le lâcherait plus.

⁂

... Incertains quand même, tous ils regardaient vers l'endroit de la lisse derrière lequel un blessé furieux était réapparu, avait disparu, pouvait reparaître. Là devant sur les planches il avait perdu son eau rougeâtre... Un crime ? Un accident de mer ? Se cogner la tête dans une brimbale, ça se produit parfois ! Et le vin rouge ne ressemble-t-il pas au sang ? Le navire filait sur l'océan profond, faisait son métier de navire comme eux leur métier de mutins. La forêt nocturne des voiles bruissait avec douceur, pinède s'enchantant du voyage. Un poisson volant sauta, tressauta dans l'ombre du pont, anxieux de mourir parmi les hommes.

A des centaines de milles, des îles dormaient, çà et là, maisons et montagnes, troupeaux et tavernes. Des couples s'étreignaient dans des lits, sur des planchers, à la belle étoile. Un nourrisson réclamait le sein. Au large d'une baie, des millions de petites crevettes s'engouffraient dans une baleine. Un torrent fracassait l'air.

— ... Brutes ! Paquet de brutes ! Où est Aubert ?

La voix du capitaine, familière et inconnue, décrétait la fin du spectacle. C'est vrai, il y avait encore celui-là. Tessier l'avait voué à la noyade aussi résolument qu'Aubert et ils n'avaient pas protesté alors ; mais c'était une faiblesse, due à la soûlerie. Aucun ne détestait le porteur de lorgnons. Ils le dédaignaient, le blaguaient, l'aimaient tour à tour. Dans leur programme de révolte, ils avaient plus ou moins négligé son cas. L'idée de le mettre dehors dans une embarcation avec trois jours de vivres, et débrouille-toi, avait été seulement esquissée.

Richebourg se dressait là dans sa réalité physique et vestimentaire. En grande tenue d'officier, seul et plus myope que jamais derrière le scintillement des lorgnons. En plus, tel un brigand de légende, il brandissait un revolver à chaque main.

Non, celui-là, ils avaient pensé qu'ils ne le tueraient pas. On ne tue pas celui qui avait permis, volontairement ou non, toutes leurs belles ivresses. Grâce à quoi, maîtres déjà des mâts et des voiles, ils s'étaient découverts les propriétaires des cales. Ils s'en souviendraient, de ce *Foederis Arca* !... Non, pas lui. N'avaient-ils pas imaginé qu'ils se débarrasseraient d'Aubert à toute vitesse et qu'aussitôt après ils courraient chez lui pour rigoler de sa tête ? Fini de commander, tonton Richebourg ! Qu'est-ce que tu veux qu'on fasse de toi ? On te met dans un canot avec une paire d'avirons ?

Mais Richebourg survenait à l'improviste et ses revolvers étaient armés. Pas pour rire. Avec des balles qui tuent. L'après-midi même, montant sur ses grands chevaux, il avait menacé de brûler la cervelle au premier qui broncherait. Ils n'avaient pas pris la menace au sérieux. Il criait pour déguiser un échec. Et maintenant ?

— Je suis sûr que vous avez tué Aubert. Qui est le coupable ?...

En guise de réponse le capitaine subit l'attaque éclair de son compatriote de Loire-Inférieure, Oillic le vigilant, qui lui tordit les poignets. Oillic eut la sensation déconcertante que l'autre se laissait faire. Il n'avait jamais dû envoyer du plomb qu'à des lapins ou à des courlis. Sans les toucher le plus souvent. Et il préférait le destin de victime à celui de tueur... Les revolvers entre les mains, Oillic eut l'envie subite, pour le punir de sa mollesse, de les lui décharger dessus à bout portant. Il se contint. Lança la paire de revolvers dans la mer. Si les requins voulaient jouer avec, grand bien leur fasse.

— Alors, monsieur Richebourg, on voulait chasser le matelot ? On n'est pas ici dans les marais de la Brière. C'est fini tout ça Yeu et Belle-Ile, vous devez le savoir vous qui lisez les cartes ! Les marins pêchent, monsieur, ils ne chassent pas. Hein que je connais les règlements mieux que vous ! Pour votre peine...

Il avait repris son couteau et il piquait le capitaine dans les côtes.

— Assassin !

— Non, monsieur, Oillic. Pour vous servir. Louis-Pierre. Vingt-cinq ans. Né à Guérande. Matricule numéro...

— Les Guérandais rougissent de vous, monsieur Oillic.

— Ah ! tu ne tutoies plus ! Vous avez la frousse !

Il le piquait une seconde fois. Thépaut, Daoulas, Carbuccia, suivaient l'exemple.

— Arrêtez ! Arrêtez, criait l'officier. Vous êtes de jeunes marins, ne gâchez pas vos vies ! Rappelez-vous vos familles.

— Vous causez à des orphelins de père. Nos familles, ce sont les camarades.

Histoire de rire, Oillic lui avait noué une amarre autour du cou comme une décoration ; mais, soudain, il envisageait de le pendre. A trois ou quatre, ils tiraient le capitaine en avant comme un bétail. Les autres, tous ceux qui avaient approuvé la mort d'Aubert sans s'en mêler, Pierric, Leclerc, Marnier, Orsini, Mitler, tous ils applaudissaient et ils criaient : « Hue cocotte ! » « A l'abattoir, mignonne ! » Quelle nuit. La force régulière des alizés pour les voiles et le vent de la folie pour les hommes... Le capitaine avait rappelé leur jeunesse. Il avait essayé de les conduire sur un haut pour qu'ils contemplent leurs vies. Mais ces vies, de qui dépendaient-elles ? Chacun sentait la sienne s'emballer, courir sans contrôle. Ils fuyaient sur un océan beaucoup plus dangereux que l'Atlantique. Alors qu'ils riaient sauvagement, les inquiétudes s'amoncelaient dans leurs imaginations. Où allaient-ils ? Que feraient-ils demain ? Pareils à la tempête marine, ils s'abandonnaient à leur délire de surface. Ils obéissaient aux hommes qu'ils tenaient pour leurs meneurs et qui obéissaient eux-mêmes à leurs lubies.

Le cortège s'arrêtait afin de pouffer tous ensemble. Ils se prenaient à témoin comme ils exécutaient des choses drôles. Jamais un bâtiment, dans les cérémonies cocasses du passage de la Ligne, ne s'amusait autant.

Richebourg en profita pour crier :

— Si vous voulez que je meure, jetez-moi à l'eau. Ne soyez pas des assassins !

Il avait dépassé la peur. Il brûlait de honte. Que son bateau, son équipage, se conduisent aussi vilement. Il connaissait par le menu la situation familiale de chacun de ceux qui l'entouraient, ses attaches avec un coin de campagne ou un quartier de ville : Guérande, Paimbœuf, Saint-Aignan, Le Cloître. C'étaient des enfants malgré leurs barbes et leurs moustaches. Illettrés presque tous : il avait fallu guider tant de mains pour qu'ils signent leur engagement... *Mes matelots, mon Foederis Arca !* Que ces idiots, ces pauvres petits, ne commettent pas un nouveau crime ! Aubert, tu avais raison, ou bien nous avions raison tous deux. Je vais te rejoindre.

Oillic retirait son amarrage grotesque. Les meneurs tenaient un conciliabule. Après tout, le capitaine, hein, n'avait jamais fait de mal à un matelot. Ses revolvers, ça ne signifiait rien, il était incapable de s'en servir... Ils songeaient aussi : « C'est un capitaine. Il sait conduire un navire. » Mais cela, le respect humain les empêchait de le dire à voix haute. C'était pourtant en chacun une gêne lourde.

Ils hésitaient. Entrevoyaient de conserver Richebourg au moins pour un temps. Prisonnier gardé à vue. Il ferait le point, donnerait la route et les manœuvres...

Cent problèmes se posaient. L'humeur de lendemain d'ivresse où ils mijotaient depuis des semaines les esquivait. Comment se présenter à Veracruz ? Comment pénétrer dans un port quelconque ? La destination du bateau se confondait avec leur destin. Ne pouvant assurer la première, ils restaient soumis à l'homme dont ils tenaient la vie entre leurs mains. Devenus les maîtres du *Foederis Arca,* ils risquaient de ne pas savoir l'utiliser mieux que Richebourg ses armes à feu.

Ils n'allaient quand même pas jouer la vie du capitaine à pile ou face ?

Astuce pesante et naïve comme une de ces pommes de terre qu'ils ne mangeaient plus, ils feignirent de croire que la gravité des blessures de Richebourg réglerait son sort. S'ils l'avaient trop esquinté, ils s'en débarrasseraient.

— Comment ça va ? demandèrent-ils.

Richebourg, ahuri, garda le silence.

Ils durent préciser :

— Vous n'êtes pas trop blessé ?

L'autre ne comprenait toujours pas où ils voulaient en venir. Il déclara, le ton digne, qu'il avait reçu plusieurs coups de couteau.

Fatigués par le spectacle d'une innocence qui ne se démontait pas, Thépaut et Carbuccia lui offrirent un gobelet d'eau-de-vie.

— Buvez donc, c'est peut-être la dernière. Nous ne sommes pas regardants, nous. On vous l'offre parce qu'on est bon. Quand on pense que le matin vous vouliez nous mettre à l'eau douce.

Ils approchaient le gobelet de la pauvre bouche qu'ils allaient chercher, en se tordant de rire, dans la barbe et les moutaches. Le capitaine ruait. Le liquide tomba sur le pont.

Tous grinçaient des dents, mais ils hésitaient à chaque instant davantage. Ils se promettaient qu'avant dix minutes ils boiraient eux-mêmes, et en quantité, pour effacer tout ! Dans l'immédiat, ils achoppaient. Comment deviner si les blessures du bougre étaient profondes ? S'ils se défendaient de céder à une pitié, de plus en plus elle se laissait glisser en eux, mer tenace entre les planches mal calfatées d'un navire.

Du haut de la dunette, tel un nouveau capitaine du *Foederis Arca,* Jean Lénard le Noirmoutrin et le maître d'équipage cria dans la nuit :

—Finissez-en ! Abrutis ! Vous ne comprenez pas qu'il peut témoigner contre vous ? Puisque vous avez balancé l'un, il faut balancer l'autre ! A la mer le Richebourg ! Vous faites languir l'Atlantique !

L'attelage des matelots bénit le coup de fouet. Arrière les réflexions et les palabres. A quatre, ils empoignèrent l'ancien capitaine, le chargèrent et le brandirent et ils le livrèrent à l'océan. Il ne s'était pas débattu. Ils n'avaient proféré aucune injure.

... Il ne s'apercevait même pas qu'il avait perdu ses lorgnons dans la chute. La fraîcheur de l'eau le rajeunit une seconde. Ni plus ni moins que s'il était tombé par mégarde, il remonta vers la surface et lança les bras pour se frayer un chemin dans la mer. Il avait toujours aimé les bains, était excellent nageur... Le navire et ses feux se découpaient et dérapaient sur la nuit, gigantesque maison filant avec les vents. Comme les étoiles grouillaient ! Quelle immensité le monde. Il cria. Ce n'était pas un appel au secours, mais un signal de position. Il se refusait à croire que des hommes nés de la femme, doués de raison et de sentiment comme lui, des Français, des marins, des Bretons de Loire-Inférieure, abandonneraient un homme. Il avait oublié son titre de capitaine de ce navire. Il était un corps, une vie... Un frère... Les frères avaient oublié la fraternité. Aucune voix ne répondait à la sienne. Il les devinait, appuyés sur le bordé, le regardant mourir. Le bateau s'éloignait. Encore une minute et il le verrait par l'arrière, tel un voyou qui montre les fesses à sa victime. Il eut honte. Malgré Arago et ses doctrines il hurla et tous ils l'entendirent : « Que Dieu vous mène ! Ça ne fait rien, vous finirez sur l'échafaud ! »

Il nagerait tant qu'il en aurait la force.

Jamais il n'avait éprouvé encore, à ce point, qu'il était un homme de mer. Son drame appartenait à l'océan et aux peuples des îles et des rivages. Les juges qui en connaîtraient se réuniraient dans un port et des milliers de bateaux dispersés sur les sept mers attendraient leur verdict.

L'odeur inimitable de la vague salée.

... Humour. Les événements jouent avec les beaux noms, comme des chiens avec les os. La mutinerie maritime la plus célèbre a éclaté sur le *Bounty* [1]. Et voici le tour du *Foederis Arca* [2].

Il voulut sourire et il avala un paquet de mer...

Chicot tenait la barre. Il l'avait abandonnée lorsqu'il avait entendu les sanglots du petit Dupré, sorti de la dunette derrière le capitaine. Il avait enfermé le mousse dans sa cabine... Le hurlement de Richebourg, montant de la nuit océane comme une prophétie, épouvanta le novice. L'échafaud ! Il revit sa mère, la travailleuse de manufacture, qui l'avait élevé au prix de quelles fatigues ! Elle ne prononçait le mot « échafaud » que tout bas, en frissonnant dans son châle noir. Il frissonna lui-même. Par trois fois il se signa comme elle le faisait au passage d'un enterrement. Les ailes blanches de la Mort planaient au-dessus des voiles.

Les mutins, serrés en une bande complice, avaient pris gaillardement la menace. Ils étaient en plein océan et en pleine victoire. Les bois de justice, les bourreaux, appartenaient à un monde ancien... Après un silence, une voix jeta : « C'est ça, mon vieux. Toi tu as déjà ton compte. Nage comme il faut. »... Toutefois le matelot évitait de crier. Il se souciait que ses camarades l'entendent. Non l'homme qui allait mourir.

Les voisins rirent aux éclats. Les étoiles scintillaient, les célèbres

1. La Générosité.
2. L'Arche d'Alliance.

et les inconnues, géométrie déroutante et familière, grouillement de silences. Aldébaran la rougeâtre. Orion, Sirius la royale, Bételgeuse. L'archipel des petites Pléiades. La Polaire... Cent. Mille. Deux mille. Çà et là, le corps mort d'une planète. La flottille de pêche du firmament de l'Atlantique Nord.

... Avant que leur groupe se détache de la lisse, Daoulas dans la pénombre considéra son couteau gluant. L'affaire était faite, bien faite. N'empêche qu'il n'aurait plus le cœur de trancher le pain, ni piquer du lard avec cette lame. Aucune toile émeri n'y effacerait le souvenir du sang de Richebourg. Le sang profond d'un homme. Il laissa tomber le couteau dans la mer. Elle s'ouvrit pour lui. Elle était là toujours, réceptacle, citerne d'oubli. Le couteau irait se poser sur le fond comme l'avaient fait les revolvers. Poissons et coquillages bizarres l'accueilleraient sans le questionner. Il se mêlerait lentement à la matière.

III

Ils couraient sous les voiles, près des panneaux et des mâts, tels des émeutiers sollicitant et savourant les applaudissements d'une foule. Le bruit de leurs souliers sur le pont, le murmure du vent dans la toile, tout leur était louange. Ils avaient bien mérité de leur *Foederis Arca,* de tous les matelots et de toutes les mers ! Volontiers ils seraient grimpés à la queue leu leu dans les cacatois pour hurler leur camaraderie aux étoiles. Toiser un océan invisible, dont ils n'avaient plus de leçons à recevoir en matière de tempêtes.

Chicot suivait le mouvement : il avait lu le meurtre dans certains regards. Tous avaient oublié, sauf lui, le nageur qui luttait dans la houle jusqu'à la limite de ses forces ou dont les requins avaient abrégé l'agonie.

Leur première idée — pouvait-on parler d'une idée ? — avait été, massivement, d'éventrer les panneaux de cale pour se partager les vins et les alcools. Mais l'ivresse de la propriété qui leur montait aux narines et leur battait dans les tempes entendait se déployer d'abord dans le secteur huppé du navire, sa rue Sainte-Catherine et ses Tuileries : les cabines de Richebourg et d'Aubert, plus la salle à manger où trois statues dorées, dont une belle femme nue comme un ver, ornaient la pendule.

Toute la ruée s'ouvrit le chemin.

L'instigateur-chef des événements de la nuit, Lénard, faisait les honneurs. N'était-il pas, en plus, déjà homme de la dunette ?

Ils gueulaient, ils gueulaient et gueulaient encore, et ils adressaient aux objets des gestes de menace, finalement ils cassaient et déchiraient assez peu. Non que la violence eût cessé de les habiter. Ils étaient chez eux, merde alors. Mais ce que les mains mutileraient les regards auraient cessé d'en jouir. En rugissant qu'elle serait mieux à sa place dans le poste des matelots, Carbuccia et Oillic avaient commencé à déboîter la fameuse pendule. Au premier obstacle et pour le soulagement de tous, ils renoncèrent... Pour montrer qu'il était un loustic, Carbuccia posa les lèvres sur le ventre de la femme nue. Puis il renifla et commenta : « Il ne s'embêtait pas le Richebourg avec sa putain ! » Et il siffla d'admiration.

... Rien n'était plus facile que d'ouvrir un tiroir, sortir un classeur. Cela ne donnait pas la clef des secrets, nombreux et profonds, contenus dans l'écriture. De leurs gros doigts sales ils rangeaient et refermaient. Ils eussent trouvé dans la lettre-journal du capitaine à sa fiancée mille scènes pour eux passionnantes ; mais Thépaut, qui en tournait et retournait la première page, remit cet hébreu là où il gisait. La photographie manquée circula en silence de main en main pour le motif qu'elle représentait une femme ; ils croyaient à une sœur ou à une marraine, ils la négligèrent.

Le journal de bord, celui-là ils le reconnurent et celui-là y passa. Les officiers avaient fait le point à midi dans le grand soleil et ils l'avaient immédiatement consigné, aucun révolté n'y songea : c'était de la paperasse qui sentait la fatigue de matelot et les rigueurs des manœuvres, qu'elle fiche le camp à la mer ! Ils allèrent jeter pardessus la lisse, en cérémonie railleuse, le document galonné qui leur eût permis de situer le *Foederis Arca* sur l'océan. Comme s'ils avaient cru arrêter le temps et l'espace. Leur longitude et leur latitude, c'étaient la révolte et l'ivresse avec leur chaude illusion d'éternité.

Dans sa caboche assoiffée, Oillic imagina que Richebourg, en nageant, rencontrerait les débris de son journal de bord et s'efforcerait de les réunir, puis il n'y pensa plus. L'océan avalait, nettoyait tout.

Le registre des punitions prit le même chemin. Oubliant que le charpentier ou le cuisinier pouvait le leur lire, les meneurs qui le dénichèrent rompirent sa couverture sur leurs genoux et livrèrent toute la liasse à l'Atlantique. Vive la France ! Vive le peuple ! A bas les prisons !

... Quand même. Il fallait piller. Les bouges du monde entier, du cap Horn (il y a des bouges partout) au Vieux-Port de Marseille, savent que les mutins sont des pillards. Ils étaient des mutins... Alors, pouffant, se contorsionnant, ils se servirent dans les paires de chaussures et de bottes, puis ils piochèrent dans les vêtements et le linge. Ils se déguisaient pêle-mêle et ils empaquetaient. Ils s'examinaient dans les miroirs et sollicitaient l'approbation de camarades qui avaient le même service à demander. Dommage que ça manquât de jupes et de robes ; sinon quelle partie ! Mais les casquettes de bord et les chapeaux civils de Richebourg et d'Aubert apparaissaient déjà comme des chefs-d'œuvre du comique. Surtout collés de travers sur la tignasse.

— Monsieur Aubert, déclamait Oillic à Daoulas en singeant la voix de Richebourg, et il portait le huit-reflets du capitaine, Daoulas le casque colonial du second, monsieur Aubert, êtes-vous certain que le nombre des cancrelats sur le *Foederis Arca* n'a pas diminué ?

Plié en deux par la dégaine et l'humour d'Oillic, Daoulas retardait sa réplique. Elle arrivait enfin :

— Je sais pas, monsieur Richebourg. J'ai pas fini mes états. J'ai fini de l'avant au roof, il me reste du roof à l'arrière.

— Pressez-vous, monsieur Aubert. Jamais je n'oserai débarquer à Veracruz si vous ne me dites pas combien de marchandises il me reste.

Il clignait de l'œil pour appuyer son allusion aux alcools disparus. L'assistance applaudissait comme au café-théâtre. Personne, sauf Chicot, ne songeait qu'Aubert et Richebourg venaient de mourir, ou étaient en train de mourir.

Dans sa minuscule cabine sans lampe, Dupré, allongé sur sa couchette, aurait voulu se boucher les oreilles. S'il ne pleurait plus, il se sentait triste comme jamais encore, une souffrance pire que les rages de dents. Dieu le punissait d'avoir quitté le port de Cette sans faire ses adieux à la grand-mère. Mais Dieu, Dieu, qu'est-ce que c'était Dieu quand les hommes faisaient de telles horreurs ? Du plâtre ou du zinc ? Pareil au mousse de la chanson, il implorait la Vierge. Une grande femme blanche, qui ouvrait les bras. Comment finirait le voyage ? Ne valait-il pas mieux se jeter dans la mer ?

... La voix de Lénard, derrière les cloisons :

— Messieurs les mutins, faut marquer le coup. Merci pour avoir foncé quand il fallait. Je propose que je prenne la montre de Richebourg. Puisqu'il l'a pas emportée dans la flotte il voulait me la laisser. Pareil pour la montre d'Aubert. Thépaut elle est à toi.

Dupré entendit les hurlements approbatifs de l'équipage. Mitler qui braillait ensuite :

— Bravo Lénard, maintenant on a soif ! Vous avez les montres, tout le monde s'envoie les boissons de la dunette !

Le maître d'équipage calma l'enthousiasme.

— Sacré sac à vin, déshonneur des cuisines, ferme ta gueule ! Tu boiras les boissons de la dunette quand tu auras fait ton travail ! En préparant un repas de cérémonie pour les frères mutins. Qu'on mangera ici, puisqu'on est les maîtres. Marnier, Pierric, qui n'avez pas foutu grand-chose pour expédier Aubert, vous vous rendrez utiles en surveillant le marmiton. Il serait capable de tomber ivre mort dans ses fourneaux. Qu'il nous serve d'abord la tambouille que nous avons méritée. Qu'il vienne la partager avec nous. Après, s'il veut se saouler dans les grandes profondeurs, forcément qu'on ne l'empêchera plus. Je crois que plusieurs ici prendront la même route.

Ils écoutaient déferler sur eux la voix puissante avec un respect que l'évocation elle-même d'une soûlerie ne troublait pas. Au sortir d'événements qu'ils n'osaient trop appeler leurs actes, ils avaient peut-être encore plus besoin d'un guide autour duquel se serrer. Mutins de toutes les mers, n'est-ce pas que vous admettez la loi de l'océan : dans le ciel les étoiles, dans l'eau les poissons, sur les bateaux un homme qui commande.

Sachant que tout à l'heure les vins et les alcools l'empêcheraient d'y réfléchir, Lénard réglait le service. Le voilier en ce moment marchait tout seul, ce n'était pas bon du tout. Chicot, emporte du manger et du boire et puis retourne à la barre, ouvre l'œil. Leclerc te relaiera dans deux heures, Marnier relaiera Leclerc... Autre chose : les chiottes des officiers. Ils restent pour Lénard. Je veux pas que vous les endeuilliez. Les poulaines, ça n'a jamais déshonoré un avant ni un arrière de matelot.

Richebourg était parti pour sa grande nage avec les clefs du placard à provisions. Cette fois, les gars, on enfonce. Coups de poing, coups de pied, puis un coup de masse. Hop, le bois s'éventrait, s'effondrait. Tudieu, du nanan ! Un régiment de bocaux de conserve. Ça partait du confit d'oie pour se terminer sur des pruneaux et des poires aux jus. Pour les liquides, oh oh ! Cambronne de Cambronne ! Le pilote et le capitaine de port de Veracruz, et le consul de France et les aristos du même lieu, nous pardonneraient de faire passer nos gosiers avant les leurs. Les zouaves du corps expéditionnaire avaient toléré déjà qu'un juste prélèvement fût opéré sur leurs futailles et leurs caisses.

⁂

Lénard, à la demande générale, s'était posé sur la tête une casquette de Richebourg. Raillerie et orgueil, il s'était octroyé deux galons supplémentaires, fabriqués avec une étoffe jaune. Comme il avait le crâne moins fort que l'ancien propriétaire de la coiffure, il la portait soulevée vers l'arrière. Les autres admiraient. Cela ressemblait à la gloire d'un saint de vitrail. Le front bombé qui s'avançait, creusé de rides, exprimait la méditation d'un chef.

Ils avaient tiré les rallonges de la table, complété les sièges par des caisses, allumé des chandelles en sus des lampes, sorti la belle vaisselle. Déployé comme nappe le drapeau d'un pays inconnu —

Brésil pour les uns, Pérou pour les autres. Une bouteille se dressait devant l'assiette de chacun, vingt autres attendaient sur la desserte. Deux casseroles de confit d'oie et une cocotte de pieds de cochon fumaient, odoraient. Ils s'étaient octroyé trois lampées de gin, bues dans l'ordre à la santé « de la guerre de Sécession » (ou de Succession, comme disait Daoulas), de la guerre du Mexique, de la victoire des matelots sur la malchance. Ils rayonnaient. Déjà ivres. Toutes les provinces de France endormies dans les meubles se réveillaient pour leur tenir compagnie au milieu de l'océan, avec leurs forêts, leurs chants du coq, leurs toits de tuiles ou d'ardoises, leurs estaminets innombrables.

Ils avaient traîné hors de sa cabine un mousse endormi, l'avaient réveillé en lui jetant du vin à la figure puis ils l'avaient contraint à boire un fond de gin. Après que sa toux les eut émerveillés, zut ils ne pensaient plus à ce morveux. Il s'était assis dans un coin et, adossé à la cloison, avait repris son sommeil.

Lénard promena sur l'assemblée un regard vitreux. Le gin et la fierté lui tambourinaient contre les os du crâne. Aussi nettement que dans un miroir il voyait sa casquette, voyait les galons jaunes. Noirmoutier n'avait pas donné le jour à un miteux. Jean Lénard, hein, voilà un homme.

Ses yeux croisèrent les yeux d'Orsini. Au fait, ce bougre n'était pas un matelot. Tous lui donnaient leur familiarité, il allait aux poulaines tout comme eux, n'empêche qu'il venait du dehors, était un Monsieur dans la moelle de ses os. Par hasard...

— Oh, l'homme d'affaires, tu te sens toujours des nôtres ?

— Pourquoi ne me sentirais-je plus des vôtres ? Franchement, je ne comprends pas.

Il était rusé, le bonhomme.

— Franchement, comme tu dis, Antonio, crois-tu que tu reverras ton île ?

— Forcément, je reverrai ma Corse... et toi ton Noirmoutier.

— A moins que j'aille planter mes choux aux Açores ou à Haïti.

Lénard releva sa manche gauche, admira secrètement le tatouage fignolé par un Arabe — le soleil, un chameau, deux couteaux entrecroisés — et il se lissa les moustaches. L'ivresse emportait ses pensées comme un courant de flot dans un raz. Merde merde merde, il était le maître. Il lui fallait se tenir. Il se passa la main sur le front pour calmer les révoltes de son crâne et il se pencha vers Orsini :

— Petit conseil, Antonio. Déconne jamais. Tu comprends ce que je veux dire ? Sinon, ça irait mal pour ton matricule.

— Allons, Jean, rassure-toi. On est des frères.

Le Corse lui tendait la main dans les fumées qui sentaient l'auberge et l'ivresse. Lénard la pinça mollement.

⁂

... — C'est pas tout ça. On bâfre. Attaquez, les gars.

Les couteaux, les fourchettes luxueuses qui tournaient entre les doigts, piquèrent. Ils étaient à la noce. Noce privée de femmes. Noce quand même... Toutes parfumées comme jardins ou labours, les sauces dégoulinaient dans les barbes, des barbes contre la nappe, où des cercles bruns se figeaient. Tandis que les fourchettes dégringolaient en éclaboussant, tintaient sur les planches. En avant les doigts. Les bouches. Des verres saisis avidement se brisaient. Le drapeau brésilien-péruvien tournait à la chemise trempée. Le verre blanc que tu casses porte bonheur. Une dent se rompait sec contre un os, la moelle d'un autre os giclait à trois mètres, un type rotait ; un deuxième grognait que sa faim foutait le camp, un troisième qu'un salaud lui piétinait les orteils... Lénard, qui dérivait, ressentait qu'il eût aimé autour de lui un certain apparat. Il ne pouvait plus y compter ! Il restait le maître de maison. Il tapa sur la table et il commanda qu'on boive à la santé de la terre. Vive la terre ! Ils braillèrent tous. Des visages jaillissaient des ombres et des nuits de l'ivresse, des odeurs d'étable et de petit matin, aboiements, hennissements, rixes dans les bouges. Un léger roulis du voilier flattait des nostalgies. Le vin rouge sonnait profond aux lèvres comme l'océan qui les séparait des premières îles.

— Leclerc, bonhomme, ordonna Lénard, tu vas distraire la compagnie par une chanson. T'as pas de violon ni de flûte, t'as ta belle gorge. Montre-nous qu'elle peut servir à autre chose qu'à vider chopine.

Le novice, à demi malade, se leva. Il tremblait. Ils crurent à une timidité d'artiste. Ils rigolèrent. Comment auraient-ils su ? Le ton sarcastique sur lequel Lénard s'adressait à lui avait ressuscité pour Leclerc les accents de la voix qui réclamait une noyade. C'était deux heures plus tôt. La voix criait de la dunette... Leclerc chanterait, il y allait de sa vie. Mais il eût juré que, dans l'instant, l'âme du capitaine Richebourg rôdait sur son bateau, volait autour d'eux.

— Chante voir la *Sambre-et-Meuse,* gueulait Carbuccia.

— Non non.

Oillic voulait *La Carmagnole.* Une bonne chanson coupe-tête, une rouge de rouge... Il n'était d'ailleurs pas sectaire. Personne ne l'ayant approuvé, immédiatement il avançait les noms de tout autres mirages :

La Vengeance du facteur ; La Boulangère a des écus ; Ote donc ton nez d'là... Aucun succès. *Catherine II a trois amants ?...* Rien.

L'*Etoile du matin,* que Tessier proposait, agréait d'office ; elle libérerait la sentimentalité qui errait après la révolte et que brimait la cohue de l'ivresse. Mais tout le monde avait oublié les paroles.

— Laissez la victime choisir, tonne le capitaine du banquet...

Après avoir hésité entre une berceuse et un hymne grivois dont les sous-entendus lui échappaient, Leclerc bafouilla les premiers mots d'un refrain guerrier. Puis, avec conviction, entonna *La Goutte de Lait.*

> *Le médecin m'l'a dit : « Faites pas d'imprudences !*
> *Pour sauver l'enfant voici l'ordonnance.*
> *Vous lui donnerez du lait toute la nuit.*
> *Du lait, rien qu'du lait, mais qu'il soit bouilli !... »*

Sans les fortes respirations avinées qui bruissaient en sourdine, le silence eût été religieux. Oubliant les meurtres et la ripaille qui les fêtait, les mutins du *Foederis Arca* faisaient cause commune avec tous les orphelins du monde, toutes les jeunes femmes qui se débattaient pour sortir les gosses de la misère. Garce d'existence. A bas les richards. Tendresse, tendresse. Ecoute ça, océan Atlantique. Si toute ton eau de mer se changeait en lait, combien il serait facile d'élever des familles ! Surtout si les pères ne mouraient pas trop tôt. Ah la la. Chaque mioche pourrait aller à l'école. On ne s'embarquerait plus sur un coup de tête pour tourner autour des continents dans le sens des aiguilles d'une montre — ou le contraire.

Cela tenait du délire. Menteur éhonté ou ingénu impayable, le chansonnier évoluait en plein irréel : un monde où les débits de boissons, quand l'émotion le réclame, vendent à leurs clients du lait en guise d'alcool. A preuve la triste fille mère qui pénètre droit dans un estaminet parce que le loupiot lui réclame son biberon. Trop tard, ma pauvre fille.

> *Je viens tout d' donner, lui répond le patron,*
> *A tous ces Messieurs qui sont dans le salon...*

Plusieurs pleuraient. Dans une minute, ils évoqueraient des océans dont toutes les gouttes seraient de vin — en attendant ils imaginaient que leur bateau voguait sur des neiges, du lait rien que du lait. L'immense Voie Lactée de la mer avec sa longue houle crémeuse roulant d'un horizon à l'autre.

Lénard flaira un danger. Il évita d'interrompre la chanson larmoyante mais, quand elle se fut éteinte, applaudit avec une violence qui détruisit la tristesse. Et il envoya immédiatement un :

Mon pantalon... est décousu...
si ça continue...

que la tablée poursuivit en chœur avant de reprendre. Leclerc lui-même chantait, heureux de ne plus être un point de mire.

— Mais qu'est-ce qu'il fout, Mitler ? Et son gâteau ?

L'inquiétude soûlarde réenvahissait Lénard. Il renvoya Pierric et Marnier vers la cuisine. D'où ils revinrent penauds. Tout à l'heure, Mitler ayant chauffé les conserves d'oie et mis dans le four une tarte aux pruneaux sans toucher à l'alcool, en bons imbéciles ils avaient cru la partie gagnée. Ils pouvaient emporter casseroles et cocotte à la dunette, leur compagnon allait les rejoindre... A peine avaient-ils disparu que Mitler filait vers la caverne aux trésors. Il se donnait le prétexte qu'une tarte sans rhum ni kirsch déshonore un pâtissier. Une fois sur place, le besoin de parler au vin fut le plus fort. Il parla très vite au frontignan, mais il ne connaissait plus son éloquence : il lui parla un demi-litre. L'entretien était si convaincant, il avait tellement bu dans les douze dernières heures, que ses genoux se dérobèrent. Il tomba sur des sacs, fut incapable de se remettre debout — il n'avait même plus la force de crier.

Cependant qu'il glissait dans un sommeil océanique, le gâteau dont les camarades devaient se lécher les babines se carbonisait...

En écoutant le rapport de ses matelots, le nouveau Richebourg bleuit.

— Crapules ! Cosaques ! Bandits !

Il gueulait que le cuisinier aurait de ses nouvelles. Ce soiffard dépassait les bornes assignées à un homme libre. Il eût mérité qu'on refît pour lui un registre de punitions.

Les visages se renfrognaient autour de la table. Voilà qu'Aubert et ses discours infestaient de nouveau le *Foederis Arca.*

Lénard se passa la main contre les veines du front et il ricana. Foutre de foutre l'heure était à la victoire.

— Saoulons-nous pour de bon. C'est pas tous les soirs qu'on s'empare d'un trois-mâts.

Il empoigna une bouteille de bordeaux. Avant d'en coller l'embouchure à ses lèvres, il considéra le petit Dupré, qui dormait toujours ; puis la pendule.

Dehors, le naissain des étoiles, où se faufilaient des coquilles de planètes, demeurait aussi dru et silencieux. L'orient ne blanchissait pas. Peut-être l'aube n'oserait-elle plus revenir. Où étaient-ils ? En quel point des immenses océans ? Chicot se surprenait à se dire que Lénard l'ignorait lui-même. Le bateau était abandonné aux instincts de son bois, de sa toile. A la bonne volonté des alizés — combien de temps durerait-elle ? Pas une manœuvre n'avait été faite depuis l'ordre malheureux lancé par Aubert. Dans la nuit, le novice levait les yeux en direction des cacatois dont les voiles intermédiaires lui cachaient la vue. La perfection déployée du *Foederis Arca* ressemblait à celle d'une grande rose tous pétales grands ouverts, reine du jardin et du jour, mais reine parvenue sur le seuil de la mort.

On avait oublié le novice. Il l'aimait mieux ainsi. Les échos de la liesse d'ivrognes lui parvenaient avec puissance et le dégoûtaient. Une étoile fila dans le sud. Elle parut vingt fois se caramboler et se dissoudre dans une autre, mais la petite lumière, droitement, poursuivait sa fuite zébrante. Elle ne l'acheva que vers le bas du ciel, où elle se terra.

Richebourg avait dû se décider à mourir.

IV

Lénard se réveilla pâteux et disloqué à la fois, affalé sur le plancher de sa cabine. Comment était-il arrivé là ? Que penserait Richebourg ? Le front le brûlait, les cheveux lui tiraient sur la peau du crâne comme un bateau, dans un port à marée, attaché trop sec sur son ancre. Gueule de bois ? Gueule de caillou. Gueule de roche. Une sale roche pointue, glissante.

Il souleva la tête, entendit un tic-tac sortir de ses vêtements. Il contempla la belle montre inconnue — onze heures du matin — et enfin se rappela... Un écœurement le laboura, il pensa qu'il allait vomir... Les spasmes se succédaient, une odeur atroce lui fouillait la gorge et les narines... L'explosion ne venait pas.

Il eût préféré qu'elle vînt. Que les images présentées par la mémoire fussent des fantasmes. Il réussit, après deux minutes, à se lever, à s'asseoir. Après avoir laissé passer une nouvelle houle, il sortit dans le couloir et il fut sur le pont. L'air et la lumière s'abattirent. L'immensité de la mer fascinait. Personne. Les cacatois avaient pris le commandement du bateau. Ils dirigeaient sans cris les huniers et les focs... Aïe, des vomissements rougeâtres au pied du mât. Comme dans les ruelles de Marseille ou du Havre. On n'aurait pas vu cela ici hier matin. Du vin ou du sang ? Il crut encore vomir. N'osait regarder la mer, où deux hommes s'étaient noyés, lancés dedans par des hommes tels des sacs d'épluchures...

... Horreur. C'était Mitler qui claironnait :

As-tu vu...
... la no-ya-de, la no-ya-de...
As-tu vu...
la no-ya-de du père Aubert !

Et il y eut une glougloutée. L'ivrogne avait pris pour clairon une bouteille de vin.

Le maître d'équipage trouva la force de bondir dans le local.

— Fils de pute, si jamais tu chantes encore des insanités pareilles, je t'étrangle.

De stupéfaction, l'autre lâcha un hoquet. Il avait admirablement dormi dans la cale et il se sentait guilleret pour la soûlerie quotidienne. Il protesta qu'il chantait des airs de brave.

— De couillon, oui ! C'est défendu de parler d'Aubert et Richebourg ! Dé-fen-du ! Dé-fen-du ! Tu comprends, sac à vin ?

Mitler, en remontant de la cale, avait vu dans le poste trois matelots avachis, en tas, sur les planches. Aucun hamac n'avait été descendu. Dix heures du matin. Et ça ronflait comme du bois sec dans les flammes. Il avait subodoré l'orgie fantastique. Insulter un camarade par les mots « sac à vin », personne n'en avait le droit aujourd'hui sur le *Foederis Arca.*

... Mais après la nuit extraordinaire, Lénard n'était plus le même homme. Ne rassemblait-il pas en sa seule personne Aubert, Richebourg, l'ancien Lénard ?

Le cuisinier se gratta sous l'aisselle et il demanda :

— Explique-moi, s'il te plaît. Ce qui s'est passé.

— Donne ton café, abruti. Pose pas tes questions idiotes.

Avec une soumission d'agneau, le gros Mitler attrapait le chaudron où fumait un liquide noir. Mais il le reposa. Il clignait de l'œil.

— Ton boujaron que t'oublies ! Il y a pourtant de la variété ce matin. Rhum ? cognac ? absinthe ?

— Mon poing dans la gueule. Tais-toi, face de rat, ta mère a dû accoucher dans un alambic, ton père picoler en te faisant.

Il parlait sur un ton funèbre. Une haine vacillait dans son regard. Une seconde, le cuisinier l'avait vu trembler. Incroyable. Comme un vieux cheval. Et la main du bosco avait cherché un appui.

... — L'alcool c'est fini pour moi. Amène ton café.

Combien d'ivrognes ne juraient-ils pas un jour qu'ils avaient renoncé à boire ? Le propos de Lénard sonnait beaucoup plus grave. Il survenait après des heures en dehors de tout. Mitler tenait d'expérience que le vin rosé dénoue les gueules de bois, il évita de proposer la recette. Il versa au bosco un grand bol de jus.

Lénard plongea dans la boisson chaude, fade, fade, mais chaude, consolante.

— Un dernier conseil, fils de malheur. Mets ça dans ta caboche avant de te saouler encore. Il ne s'est rien passé depuis hier. Rien. Rien. Le *Foederis Arca* est le *Foederis Arca.* On te fera savoir ce qu'il faut dire. En ce moment il ne s'est rien passé, tu ne sais rien... Répète.

Mitler, en nasillant, bredouilla : « Il ne s'est rien passé. Je ne sais rien. » Il fut prié de recommencer. Une fois, Deux fois.

Le bosco fouillait des yeux le lourd visage trop bonasse de son compagnon. Il dressa les mains. Celles-là, des années plus tôt, avaient arraché un homme à la noyade. Et valu pour leur propriétaire une médaille de sauvetage.

— C'est sérieux. Si tu causes trop, je t'étrangle. Couic, il n'y a plus de Mitler.

Le cuisinier tremblait à son tour. Il n'ignorait pas son penchant à parler tout seul. Il songea que le frontignan lui redonnerait du tonus.

— Entendu, monsieur. Je jure que je dirai rien.

Lénard lâcha un petit rire.

— Puisque tu m'appelles monsieur et que tu étais debout le premier, tu nettoieras le bord de tous ses dégueulis... et autres. Prends une seille, un balai. Je te donne une demi-heure. Sinon, gare à tes os.

... Le ventre le tiraillait. Il se souvint qu'il disposait de beaucoup mieux que les poulaines. Pour peu de temps sans doute. Il fallait profiter de ce luxe.

⁂

Réunis près du grand mât comme au centre mystérieux de la vigueur du navire, et recouverts par toute l'envergure palpitante de ses voiles, les meneurs de la mutinerie faisaient en silence une constatation, amère comme la bile qui leur montait à la bouche : ils avaient le bateau, ils n'avaient pas la joie.

S'il fallait tout recommencer, recommenceraient-ils ? La réponse eût été, presque sûr, négative. Tacitement, ils laissaient de côté les images terribles.

Jusqu'à quel point d'ailleurs *avaient*-ils le bateau ? Ils l'avaient comme le nourrisson possède le bateau de son père et les souliers de sa mère, le promeneur la montagne qu'il gravit. Le fou de Bassan, le hunier qu'il accroche de ses pattes et conchie.

Quelle sottise : tant de force dans les muscles et une telle incapacité à conduire un bateau sur l'océan. Les cacatois et la brigantine devaient se moquer d'eux comme les mâts. Des centaines, des milliers de voiliers, à la même minute, sillonnaient l'Atlantique. Pas un n'éprouvait cet embarras essentiel. Un navire admirablement lesté et mâté et qui porte sur lui un double jeu de voiles de rechange, et il ne saurait pas s'inspirer des vents pour modifier son allure.

Jamais ils n'auraient dû vider Richebourg. Lorgnons ou pas, il connaissait, celui-là, le ciel et la mer. Avec quelle assurance il nageait, malgré ses blessures, quand ils l'avaient flanqué à la baille. Sur un pont de bateau, donnez des cartes à cet homme, il trouve dans la minute la ruelle de l'océan où vous marchez. Le numéro matricule de la vague qui vous passe dessous. La direction à suivre pour le port d'escale.

... Ce qui avait eu lieu avait eu lieu. Ils s'étaient privés des compagnons supérieurs qui décident. Orphelins de capitaine et de second après avoir été orphelins de père, ils se substituaient à eux tous.

Oillic décocha la phrase attendue :

— Qu'est-ce qu'on fait ?

Depuis un départ de Cette qui paraissait brusquement une légende, jamais dans un conciliabule ils n'avaient abouti à cette interrogation-là sans connaître la réponse : « On fauche dans la cale. » Tout avait basculé. La cuite faramineuse qu'ils s'étaient offerte à la dunette les blessait dans un nouvel orgueil. Cessant d'être interdite, la cale avait perdu sa séduction. Elle était une belle cave. Elle n'appartenait plus à la féerie des songes — trésor que gardait un dragon cracheur de feu nommé Aubert. Elle passait au rang de mauvaise conseillère. Une fille de rien.

Non, pas un n'eut l'idée de proposer les chemins de l'alcool. Tous, ils approuvèrent les suggestions, ou les ordres, de Lénard.

— Primo on passe de la peinture sur le nom du bateau. Y a plus de *Foederis Arca* puisqu'il y a plus les tyrans. S'il faut, on trouvera autre chose. Deuxio on va dans la dunette. Je l'ai fait nettoyer et aérer. On réfléchit un coup et on décide. Y a pas, faut décider, faut se décider. Là-bas, on trouvera ce qu'il faut.

Par ces derniers mots il n'entendait surtout pas un placard à bouteilles. Mais des cartes, des instruments de bord... à l'usage des connaisseurs.

***

Le désappointement viscéral céda une minute à une euphorie de grands enfants quand ils retrouvèrent le théâtre, irréel, de leur bamboche.

... Marnier avait même encaustiqué la table. Le ménage avait été fait avec soin. On craignait Lénard comme on avait craint Aubert. Jamais on n'eût deviné qu'ils avaient festoyé cette nuit, aussi dur, entre ces cloisons. Que trois types avaient sombré ivres morts sur les planches, parmi morceaux de verre et d'assiette. Que le Neptune doré avait écopé d'une tache de sauce dans le front. Que la femme nue, enjeu d'une querelle, avait failli être arrachée.

Sur un mot de Lénard — conduit bien sûr par une idée —, les meneurs avaient invité le matelot charpentier à les accompagner. Cela solennisait encore. Ils s'étaient emparés de leur navire, s'établissaient seigneurs et maîtres. La belle table était à eux. A eux la pendule affriolante et les cartes mystérieuses, symbole de la toute-puissance humaine sur les mers, qui ornaient les cloisons. Et les cloisons elles-mêmes. L'ensemble, et chaque pièce, du bateau et de son gréement. Tout. Ancres, écubiers. Mâts qui se perdent sur le ciel. Robes et jupons de soirée des hautes et des basses voiles. Et les canots, la chaloupe... Le gros lot de l'Atlantique ! Jamais avec leur pécule ils n'auraient pu décrocher une telle richesse, à laquelle, pour le moment, ils n'osaient joindre les provisions d'alcool. Car ils ne boiraient plus.

Dès les premiers échanges de paroles Oillic, Thépaut, Carbuccia, Daoulas et Lénard retombèrent, durement, sur leurs pieds de marins perdus au milieu de l'océan. Tessier, bouche bée, assistait au changement d'atmosphère. Les fronts capelaient la tristesse. Au lieu de se regarder les uns les autres, les gaillards considéraient la table. Ils n'avaient pas besoin des petits chocs métalliques lâchés par la pendule pour connaître la valeur anxieuse de l'instant qui passe. Qui change à sa guise le noroît en suroît, la brise en tempête, l'azur en brouillard. Et qui fait surgir l'écueil. Le banc de brume. Le souci.

Lénard et Oillic s'étaient levés. Ils examinaient la grande carte qui ne présentait pour Richebourg qu'un intérêt sentimental, comme si elle allait sur-le-champ prendre la parole. Leur révéler où ils étaient ; vers où ils devaient tendre... Elle ne disait rien. Qu'ils se débrouillent entre ces contours vagues, dans ce lacis de couleurs.

— Y a bien par là les Açores ? insinua Thépaut.

Daoulas rectifia. Pas les Açores, les Canaries !

— En tout cas il y a des îles, conclut Carbuccia, et il se réjouissait parce que la Corse en était une...

Comme ses voisins n'avaient pas l'air de songer à la Corse, il en murmura le nom.

Lénard tourna la tête.

— A propos de Corse, nous sommes entre nous, as-tu confiance dans Orsini ?

Un ange passa. La préoccupation du maître d'équipage correspondait à de secrètes angoisses. Ils s'apercevaient, enfin, que la réunion de la dunette ne devait pas servir à jouer les importants, mais à sauver leur peau. La mer qui emportait le bateau semblait la franchise même ; l'alizé jouait avec les voiles en camarade incapable de trahir ; pourtant les dangers les enveloppaient tous. Les îles dont ils jetaient les noms, ces archipels bruyants et chauds dont ils cherchaient en vain l'emplacement dans leur tête, comment décideraient-ils s'il fallait en approcher ou les fuir ?

— Un Corse est un Corse, envoya soudain Carbuccia.

Lénard se planta devant lui, objectant qu'il y avait des Corses pas catholiques. L'autre, qui se méprenait, se rebiffa en se signant. De père en fils, tous les Corses étaient catholiques, putain de la Bonne Mère !

— S'agit pas de ça, Antonio. Tu as des Corses dont il faut se méfier. Tu dis qu'Orsini est un Corse, tu ne dis pas qu'il est un frère.

Carbuccia ferma un œil. Il n'était pas remis de sa gueule de bois qu'on l'obligeait à une réflexion. Ce qu'il pensait d'Orsini, le savait-il ? Mais la question de Lénard était claire comme une lame de coutelas. La lisse du *Foederis Arca* n'était pas loin. Il restait de l'espace dans la mer pour des noyades. Antonio Carbuccia ne lâcherait pas un compatriote.

— Orsini, c'est un frère.

— Eh bien, ça vaut mieux pour lui.

Le bosco retournait à la science sauvage de la carte. Il retrouvait sa perplexité. Daoulas et Thépaut avaient quitté leurs sièges et ils respiraient bruyamment derrière lui. Drôle de mer. Etait-il possible que sur sa masse indéchirable il fallût distinguer des zones ? Ils auraient cru qu'un matelot était sur l'océan partout chez lui... Tessier fut appelé à la rescousse. Carbuccia contemplait la femme nue.

Tessier charpentait comme un as et de plus il lisait sans difficulté. Il piqua l'index sur de petites boules irrégulières, qu'il proclama être les Canaries, les Açores.

— Et l'Afrique c'est ça, conclut Lénard avec un geste mou — et son inflexion incolore laissait place aux hypothèses.

Le charpentier y perçut le doute. Dans une jovialité professorale, il frappa des phalanges contre l'énorme champignon bleu ardoise dont les Canaries et les Açores apparaissaient comme des brins de poussière, chassés à l'eau par les vents d'est.

— Oui c'est ça. L'Afrique, c'est ça.

Il approuvait la terre africaine d'offrir en exemple son épaisseur de poutre. De torse de débardeur.

Lénard estimait-il sa compétence en danger ? Il fit un nouveau coq-à-l'âne. Sa question s'adressait à tous.

— Et Mitler ?

Personne ne pipait mot. Chacun ressentait que le moindre reproche pourrait s'interpréter comme un verdict. Le cuisinier avait beau coucher dans le poste, il se situait hors de leur monde matelotier. Ils se souvenaient des mains dégoûtantes avec lesquelles il saisissait le lard, des cocottes mal rincées où le riz prenait le goût des haricots de l'avant-veille... Il demeurait un homme. Il traînait sa bosse de peine et de rêve, comme eux, sur des bateaux qui pour un oui un non gagnaient à la voile des pays excentriques.

Le bosco appuya :

— Trouvez-vous pas qu'il est zinzin ? Qu'il vaudrait mieux que des citoyens pareils s'en aillent du *Foederis Arca* et de son équipage ?

Un silence encore. Daoulas ricana :

— T'as semé ta graine. Laisse germer. Mitler sera là demain... Reviens à ton Afrique et à tes îles. Qu'est-ce qu'on décide ?

⁂

Longtemps avant qu'ils se révoltent, et pourquoi pas avant l'appareillage, dès qu'ils s'étaient formés en bande rude et secrète ayant pour objectif de piller une cargaison inespérée, ils avaient ébauché des plans. L'expulsion d'Aubert était l'idée-force... Une fois Aubert abandonné dans un canot, ou noyé, ou assassiné, les plans débouchaient sur le vide.

Lénard avait maintenant réfléchi... En perdant les officiers qui jouaient de ses ressources et lui assignaient un programme, l'ancien *Foederis Arca* ressemblait à une de ces volailles qui marchent toujours droit devant elles, bien qu'on leur ait coupé la tête. Il gardait sa belle allure, ses voiles tétaient l'alizé avec le même appétit chantant — en fait il était devenu bateau errant.

Se réfugier dans une île oubliée des hommes, tentation grotesque. Les eaux de l'Atlantique n'étaient pas l'Océanie. Si — par une chance inouïe — après des jours et des jours de navigation anxieuse sans anicroche, une haie s'ouvrait à l'improviste devant eux et qu'ils réussissent à y entrer, à y mouiller, ne se jetaient-ils pas dans la gueule du loup ? Tous les rivages par ici avaient des propriétaires, pays ou individus. Tôt ou tard, une autorité policière ou douanière s'intéresserait de trop près à eux. Câblerait en France des télégrammes les concernant.

Au diable les Antilles et les Amériques ! L'évacuation du bord s'imposait. La chaloupe et un des canots seraient garnis de vivres. L'équipage y embarquerait. On se guiderait sur le soleil pour naviguer plein est.

— Et le bateau ? demanda Oillic.

— Je le coule.

— Comment ça ?

— Tessier connaît le truc.

Le charpentier précisa de lui-même qu'il dirigerait l'opération. Avec le concours de tous, elle serait relativement simple. Il pourrait calfater la chaloupe et le canot tout en la surveillant... Affaire d'un jour, un jour et demi.

Oillic se rembrunissait. Lénard imagina que le matelot trouvait le délai trop long.

— Faut le couler pour de sérieux, grommela-t-il sur un ton grave. S'agit pas qu'il flotte à moitié derrière nous. Faut qu'il aille reposer au fond. Les gens sont souvent trop curieux.

Il compléta sa phrase d'un lent regard circulaire, qui scrutait et menaçait l'un après l'autre les visages. L'heure n'était pas à la plaisanterie. A des commentaires sur la gueule de bois. Ils avaient commis des actes sauvages, dont la liste pouvait s'enrichir.

Oillic soutint l'examen : un loyal exécutant a le droit de discuter avec le chef... Il reconnaissait l'autorité nouvelle de Lénard. Mais enfin le bosco n'avait pas directement prêté la main aux noyades ; il les avait permises ou guidées.

— Sauf ton respect, Jean le Noirmoutrin, ça m'arrange pas de laisser le bateau. On l'a pris, on y tient. Je crois, hein, Thépaut, que les camarades ici pensent la même chose.

— Pas moi, remarqua Tessier.

— Je causais pas de toi.

Oillic interdisait au charpentier le titre de meneur. Ses hurlements de soûlard avaient gonflé les gars, mais, comme par hasard ? il n'avait touché ni à Aubert ni à Richebourg.

Carbuccia proposa que la décision attende.

— Comme vous voudrez. — Lénard haussait les épaules, ses contradicteurs étaient trop nombreux. — Foutons le camp. Allons sur le pont.

***

Mitler soliloquait dans le roof. Il avait forcé déjà sur le frontignan, taquiné l'absinthe. Il en résultait pour lui ce jour-là une ivresse morose et justicière. Aubert, grognait-il, c'était un homme. On le jette à l'eau, il sort de l'eau, on le rejette, il revient encore. Moi je dis : des hommes comme ça c'est des hommes. C'est malheureux quand même qu'il ait fallu le tuer ! Tandis que Richebourg. Petits matelots j'ai des revolvers, enlevez-les moi pour que je vous tire pas dessus. Ah la la. Malheureux d'assister à des choses pareilles. Pas la peine d'être un grand officier. Le long cours qu'ils disent. Capitaine au long cours. Au long cours dans le fond de la mer ! Et pourtant c'était pas le mauvais homme. Ni le mauvais nageur, ça non.

Chicot ouvrit la porte et il ordonna au cuisinier de se taire. Lénard approchait, fouineur. Mitler avait obéi. Sa mine restait bougonne. Le bosco le foudroya des yeux.

— J'ai rien fait, capitaine, cria l'autre.

— On épluchera ça plus tard.

Mitler le laissa gagner l'avant, puis marmonna qu'il en avait soupé. Faire la cuisine et faire la cuisine et engueulé toujours. Avant les crimes, après les crimes. A quoi ça servait de tuer les officiers. Lénard, ça ne valait pas Aubert.

Les meneurs, groupés contre la lisse, n'eussent jamais accepté idée semblable. Le destin mène les bateaux et les hommes. La mutinerie ne pouvait pas éclater sans causes. Du coin de l'œil, ils admiraient le drapé des vagues, l'ondulation des muscles d'eau soulevant la surface, et ils ne se défendaient pas d'un certain orgueil.

... ni d'un sentiment de privation endeuillée. Autrefois, c'est-à-dire avant les choses, les officiers prenaient le point à midi sur le pont. Plus ou moins allumés par leurs alcools clandestins, les matelots en riaient sous cape. Les clins d'œil de l'homme à lorgnons dans le sextant pour emprisonner le soleil, bigre de bigre, drôle de chasseur ! Et le moulinet du bras, accompagné par le cri : « Attention ! Zéro ! », afin qu'Aubert enregistre. Des simagrées. Ces Messieurs jouaient les connaisseurs... Hier encore. C'était avant... Aujourd'hui, c'était après, la mémoire se mettait, de son grand mouvement souple, à exalter un cérémonial. Ces Messieurs, en prenant le point, ne s'amusaient pas à un micmac. Ils lisaient dans le soleil la fine position du bateau sur la mer, comme le médecin la maladie sur la langue ou la cornée de l'œil d'un bonhomme. Lénard était un as. Il l'eût été davantage si, deux heures plus tôt, il avait su manier les sextants...

... et crier des ordres de manœuvre ! Bien inspiré avait été Oillic de lui faire surseoir à une évacuation. Des îles, à droite, à gauche, attendaient le trois-mâts. Sûrement. Des îles, ça pleut sur la mer, comme les poissons volants. Les Canaries, les Açores, le bon Dieu ne les avait pas créées pour les chiens. Etre obligé de pourfendre les flots et les flots en direction rageuse de l'Amérique, dommage ! Il suffirait de tels coups de barre et de telle orientation de telles voiles. Pas plus. Pas moins. Des consignes précises au gouvernail et à la toile. Quarante-huit heures et voilà une rade foraine, sinon des digues. Voilà toute la joie d'une ville étrangère accoudée sur un golfe. Tu descends à terre la mine allongée, les yeux battus, tu racontes : « Le capitaine est tombé à l'eau, le second s'est jeté pour le rattraper, tous les deux ils se sont noyés. Ça s'est passé la nuit. » Que veux-tu que des Portugais ou des Espagnols, ou un consul de France entrepositaire d'oranges et de spiritueux, te réclament de plus ? Chacun te plaint. Tu peux t'envoyer des femmes, si le cœur t'en dit, avant de retourner chez toi en France.

Dociles et ductiles comme l'onde entraînant la mer, les rêveries s'en allaient, construisant l'avenir à défaut de modifier le passé... Des îles. Qui combinent l'exotisme et l'Europe. Avec des guitares et des pianos mécaniques, des montagnes en pain de sucre et des singes, des nègres vêtus de blanc et porteurs d'ombrelles et des fleurs flamboyantes.

Avant d'asticoter Lénard par un contre-projet, ils devaient affiner celui-ci. Des mirages tremblaient devant Carbuccia. Pourquoi Orsini, le voilier mouillé dans un port, ne le rachèterait-il pas à bon compte, gréement, coque et cargaison ? Il remettrait une somme à l'équipage...

Un cri poussé par Leclerc mit fin aux belles billevesées.

— Un bateau !

Jamais du temps d'Aubert ni de Richebourg, la veille n'eût aussi mal fonctionné. Sur l'horizon noroît, les deux petits mâts encadrant une cheminée fumante eussent été distingués depuis un quart d'heure.

Lénard hurla :

— Un homme au grand cacatois avec des jumelles ! Daoulas !

Le matelot grimpa rapidement. Il devinait le danger. Ses membres, au fur et à mesure, brisaient l'ankylose du lendemain d'ivresse... Un grand chat.

Au porte-voix, le bosco l'appelait :

— Est-ce qu'il se déroute ? Un paquebot ou un marchand ?

Des meneurs à Dupré en passant par Orsini, ils s'étaient tous rassemblés contre la lisse tribord, à hauteur du grand mât. Abasourdis. Anxieux. Le premier bateau en vue depuis quatre jours. Le lendemain de certains événements...

Daoulas gueulait de là-haut :

— Un Anglais. Un charbonnier, presque sûr. Cap au nordet. S'il nous a repérés, il a l'air de s'en foutre.

— Descends !

Lénard débinait pour les meneurs la dernière phrase de Daoulas. Comment l'Anglais n'aurait-il pas aperçu leurs gigantesques mâts depuis belle lurette ? Comment savoir au juste s'il se foutait d'eux ? Il fallait, à tout prix, augmenter l'écart. Il gagnait la barre et il l'inclina, faiblement, sur bâbord. Il commandait au jugé des manœuvres de voiles. Les gens grimpèrent. S'il se trompait, tant pis, c'était la faute de Richebourg. Un capitaine sensé ne choisit pas pour maître d'équipage un incapable. Il jurait. Repoussa Dupré qui se faufilait près de lui, curieux des réactions du bateau. Il comptait les instants. Si l'Anglais, pour un motif quelconque, et tout simplement pour se distraire, éprouvait le besoin de reconnaître le Français, il serait ahuri que pas un officier ne fût visible sur le pont ni un nom sur la coque. Surtout s'il se piquait de saluer ! Il relèverait les anomalies sur son journal. Et il y aurait des suites.

⁂

Une heure avant le coucher du soleil, la fumée du vapeur et la pomme de son mât d'artimon disparurent de l'horizon dentelé par la houle. Ils l'avaient échappé belle ! Et le climat du voilier avait singulièrement changé, car personne ne proposa de boire. Lénard commanda des contre-manœuvres. Les matelots les exécutèrent dans un grand silence. L'autorité du bosco était au zénith. L'alerte leur prouvait à tous qu'il fallait d'urgence évacuer le *Foederis Arca.*

V

Déchanter, ils connaissaient le mot. Leurs enfances l'avaient entendu combien de fois ! D'une mère ou d'une marraine qui récapitule son existence, par un matin pluvieux, dans le fond d'une masure. C'était un mot technique. Avec sa vigueur concrète et ronde. Les femmes surtout l'employaient. Pourquoi pas les hommes déçus. Ils l'avaient entendu aussi dans leur enfance grommeler par de vieux marins paralytiques. Par de jeunes matelots, désespérés d'embarquer en plantant là leurs amours.

Aujourd'hui, ils le vivaient.

Se rentrer dans la gorge la chanson qui ne demandait qu'à fuser. Couvrir d'immondices la nourriture qui t'est offerte.

Par le mérite d'une révolte bien conduite, ils avaient acquis un bateau. Ils l'avaient possédé une dizaine d'heures. Brusquement, ils l'abandonnaient comme la peste. Ils ne le cédaient même pas à un adversaire plus fort qu'eux, ils le détruisaient, le coulaient. Eux qui avaient appris, dès le ventre maternel, à redouter et haïr les naufrages, ils en fabriquaient un, le mettaient au point. Sans tempête ni écueils. Par l'astuce et l'outil. Un vif naufrage de pleine mer et dont la perfection écœure le flot.

Comme ils n'avaient pas la philosophie de Job, certains auraient pleuré si, tout en préparant l'abandon et la mort de leur trésor, ils ne devaient faire face à l'inquiétude la plus sournoise.

La mer avait prouvé la sagesse du chef qu'ils s'étaient donné. Mais ce chef sentait le bourreau. Il ne portait aucune arme et, sauf à l'égard de Mitler, ne se répandait pas en menaces ; mais, aussitôt qu'il fixait un homme du regard, cet homme éprouvait qu'il passait en jugement.

Le repas du soir fut lugubre.

Epuisé par le vin et les monologues enrouants où il dramatisait la fin des officiers, Mitler s'était trouvé incapable de gagner le poste et il ronflait dans un coin du roof. Exemple supplémentaire des périls de l'alcool. Les meneurs et les suiveurs, quant à eux, ne buvaient que de l'eau : la vieille eau du port de Cette à goût de marécage. La nuit était revenue puisqu'un jour s'était achevé, la force physique ne pouvait rien ce soir encore devant le temps, la durée inéluctable aux millions de fragments qui ne rompent jamais leur soudure. La nuit ressuscitait la mémoire de la nuit. Aubert surgissant de l'eau comme un Christ ou un poisson-lune. Richebourg nageant avec l'élan d'un jeune homme. Quelle était donc la menace qu'il avait hurlée : « Vous finirez sur l'échafaud ! »

Lénard s'était engagé, spontanément, à leur découvrir la formule qui les sauve, mais, pour le moment, s'il ne brûlait pas du regard un matelot ou un novice, il mastiquait sans plus d'entrain que ses compagnons. Alors que la menace travaillait l'ombre. Toutes les histoires de signes et d'intersignes. L'équipage du *Foederis Arca* s'était empiffré et saoulé dans la dunette, inconscient de la minute où Richebourg se laissait noyer, mais à plus d'un millier de milles, sur un rivage de France, peut-être un homme ou une femme avait-il frémi l'événement, aussitôt, dans sa chair.

Quels blâmes chuchotaient les voiles ? Quelles vengeances tramait l'océan ?

Daoulas le sauvage, celui qui rampait sur les vergues dans les coups de chien, et l'on affirmait qu'il avait ferlé des voiles en s'accrochant par les pieds et la tête en bas, Daoulas reconnut l'arrivée d'un scandale : il allait vomir. Il se leva sans un mot et se sauva sur l'arrière. Lui qui n'avait jamais souffert du mal de mer ! Avec décision, il se mit deux doigts dans la bouche. Par rafales déchirantes, il envoya la marchandise. Le sillage du *Foederis Arca,* où sautaient les paquets d'écume, luisait dans la nuit comme un vieux chemin secoué par les crapauds, les hérissons. Les étoiles se moquaient entre elles. Une tiédeur fraîche, qui sentait l'océan et la montagne, dodelinait contre les voiles.

— Alors mon pays, voilà qu't'es malade ?

Thépaut le Finistérien. L'homme des extrémités de l'extrémité. Qui avait vagi en langue bretonne dans son berceau et appris le français dans la marine. Daoulas, à cause de son nom, l'avait séduit une fois pour toutes. Celui-là était né à Paimbœuf, sur les entours de

Nantes ; mais, quand on s'appelle Daoulas, on n'appartient pas à une souche de Loire-Inférieure ; on traîne une ascendance finistérienne.

Thépaut caressait fraternellement l'épaule de son camarade.

— Mon pauvre Joseph !

Loin des sentiers et des brumes de la terre natale aux petits champs tarabiscotés, il se réconfortait au milieu de la mer sans chênes têtards ni muretins de pierres plates à former un groupe breton, une cellule de village breton. Triste groupe, triste cellule ; et pourtant. Combien de leurs ancêtres avaient dû ainsi, dans leurs errances, être malmenés par le destin ? L'alizé montrait des tendresses et des courbes celtiques. Son chantonnement contre les toiles faisait le bruit de fond d'une complainte à la veillée.

— C'est la conserve d'hier, murmura Daoulas, qui reprenait souffle.

— Faut bien que Richebourg se venge. On peut pas lui enlever le droit.

Ils méditèrent. Ils revirent la tache confuse du capitaine en train de nager... Sa menace. L'échafaud. Un échafaud qui dansait dans la houle.

— Joseph, demanda Thépaut, pourquoi qu't'as jeté ton couteau ?

— Ç'a été plus fort que moi.

— Tu sais bien que c'est moi le coupable !

— Jamais de la vie ! Ce serait moi avec la bringuebale ! Si tu veux mon idée, on est coupables tous. Même ceux qui ont pas bousculé nos chefs.

— Pas Dupré, quand même !

— Pas celui-là bien sûr.

— Et Orsini ?

— Bien sûr que si. Tu l'as pas entendu gueuler ?... Et puis moi François j'ai porté la poisse. Tu sais bien. Je t'avais dit à Marseille ce que m'avait raconté un type et tu m'avais répondu que le type avait raison. Tu rigolais ; tu disais que c'était vrai quand même.

Thépaut ne répliqua rien. Le beau nom breton de Daoulas était lourd. Il se décomposait en deux mots. Le second, *laz,* avait deux sens : « meurtre » et « rivière ». Selon qu'on était bien ou mal luné, on pouvait interpréter *Daoulas* d'une manière paisible ou d'une manière sinistre.

Vous êtes matelot, du nom de Daoulas, et embarquez sur un bâtiment où l'équipage tue deux officiers ? Toute la basse Bretagne songera que c'était écrit dans les astres. Car vous vous appeliez Joseph Deux-Meurtres. Vous avez tenté le sort.

François Thépaut se décida :

— L'important, t'es un frère. Le reste, de la merde.

— Non, pas Oillic !

— J'ai pas dit le reste des camarades ! J'ai dit « le reste ». Ça veut dire...

Les mots se dérobaient. François n'insista pas dans leur recherche. Il jouissait de partager une masse de tristesse bretonne avec un frère, sur l'arrière d'un beau voilier qui allait mourir.

Les instants succédaient aux instants.

Les étoiles semblaient immobiles comme des campements endormis.

— Tu crois pas que...

François pinça le bras de Joseph : inutile de poursuivre, il avait compris. Le roof les attendait.

... Le roof les attendrait un peu plus. Une question l'agitait.

— Est-ce que tu penses que nous retrouverons le pays ?

Joseph rentra les épaules et il sifflota *Jean-François de Nantes* avec une ostentation amère. Comme le nom de Daoulas, la question avait peut-être deux sens. Il cogna des poings contre le bordé. Oui, cela signifiait peut-être : « Penses-tu que nous serons guillotinés ? »...

Après une réflexion interminable, il désigna l'océan.

— Sans être sorcier, je peux te répondre que tout le monde le retrouvera pas.

Il ricanait tout bas et il sifflotait encore, heureux de sa dérobade.

L'allusion aux officiers n'intéressait guère François Thépaut. Il se recula et, redressant la tête, s'offrit une bouffée de nostalgie. Les vaches pie noir aux flancs crottés de boue sèche qu'un enfant, une branche de genêt à la main, invite à trotter plus vite. Une longue plage d'où la mer s'est retirée — dans la laisse de goémons fumants éclate le bonheur blanc des os de seiche... Puis la silhouette du château de Brest. Le chant lumineux des clairons de la marine. Le goût de pomme aigre des trompettes d'artillerie. Un coup de canon... Pourquoi Brest ?

— Allez, Joseph, retournons près des autres.

Joseph Deux-Meurtres pirouetta.

— Savoir si nous les retrouverons tous !

VI

Nul ne manquait dans un roof où les ronflements de Mitler contredisaient à l'anxiété générale comme des sarcasmes ; mais il ne fallait pas en remercier Lénard.

A l'entrée des deux hommes, il se leva.

— Je me demandais si vous n'aviez pas fait le plongeon.

— Pourquoi nous plutôt que d'autres ?

... Ils avaient répliqué ensemble.

— Peut-être à cause d'une certaine bringuebale !

Il lâchait un gros rire, auquel ils ne s'associèrent pas...

— On verra ça demain, reprit-il.

Et il invita le mousse à le suivre dans la dunette.

Le gamin avait refusé. Au bord, subitement, de la crise de larmes, il s'était réfugié derrière Chicot.

— Amène-toi ! hurla le maître d'équipage.

A l'idée de passer la nuit près de Lénard, l'enfant tremblait. N'osant en faire l'aveu, il dit qu'il avait peur des revenants.

— Quels revenants ? marmonna l'autre.

— Tu sais bien.

— Non, je ne sais pas.

Un cynisme aussi railleur dépassait l'enfant. Il chercha les visages des matelots, ils détournèrent la tête.

— ... Ben, M. Aubert, M. Richebourg.

... Mitler ronflait, imperturbable.

— Quoi, M. Aubert et M. Richebourg ? De qui causes-tu ?

— Des officiers.

— Quels officiers ? C'est moi l'officier. Moi et M. Tessier, l'officier charpentier.

Les yeux du mousse reflétèrent la terreur. Il se cramponna aux bras de Chicot... D'une voix basse, il se libéra :

— C'est très mal, monsieur Lénard. Vous vous moquez d'un petit qui ne peut pas se défendre.

— Oui, sale morveux, et je recommencerai. Tu ne feras pas la leçon à Jean Lénard. Tu as la langue trop longue, petit imbécile, ça te jouera des tours. Va dormir dans le poste. Messieurs Oillic, Thépaut, Daoulas et Carbuccia sont exactement les compagnons qu'il te faut.

Personne ne riait... On eût plutôt grincé des dents.

Le bosco, avant de tourner les talons, vérifia le programme des quarts de nuit. Le trois-mâts ne devait pas être surpris par un bateau quelconque sans matelot à la barre.

... Mitler ronflait toujours. Lénard hocha la tête.

— Son dernier sommeil... sur l'ancien *Foederis Arca !* Il faut qu'il en profite... A demain matin. Quand il fera jour, je vous dirai.

⁂

Dans la pénombre du pont, l'homme jura : il avait buté contre du lourd... La bringuebale. Maudite bringuebale. Il la souleva, la balança dans la mer insatiable, où l'armature entière du voilier et sa cargaison maudite s'engloutiraient avant peu, comme crevette dans la gueule d'une baleine.

... Et d'autres choses peut-être que le bateau et sa cargaison. Des choses munies de bras et de jambes.

Le reproche que le mousse avait osé lancer lui revenait à la mémoire. Sale petit. Pourquoi pas non plus : « Vous finirez sur l'échafaud ! » Il grogna de dégoût. Comme s'il ne fallait pas toujours finir. Il y en avait, c'était sur les champs de bataille, d'autres dans les infirmeries, d'autres dans la mer.

Il regarda par-dessus la lisse, défiant Aubert et Richebourg de reparaître.

Il dormirait cette nuit seul dans la dunette. Nuit de capitaine et de second à la fois. Il s'attendrit. Salua l'immense famille des étoiles. Pour certains hommes, dont il ne serait jamais, ce fouillis se lisait comme une page de journal — et lui ne savait pas lire. Jean Lénard. Né à l'île de Noirmoutier. Mort à... Mort le plus tard possible !

Digne de son poste, il s'efforcerait de ne pas dormir. Digne de son poste... Résolument, il entra dans la salle à manger des officiers, où les odeurs de la vinasse nocturne remontaient des planches avec la nuit. Il alluma une lampe. Les reflets ne découvraient nulle part un cadavre, un fantôme. La vie emplissait toujours le voilier courant sur la mer comme elle emplissait la mer. Il sourit à un cancrelat, ébloui par la lumière, qui chutait de la table comme un hanneton. Il marcha vers la grande carte murale.

Son imagination tâtonnait parmi ces couleurs nuancées de terres et de mers, où elle confondait un golfe et une île, un courant et un cap. Une immense photographie eût tellement mieux agréé... Songer qu'un Tessier, un Mitler quand il n'était pas saoul, se débrouillaient là-dedans. Le destin avait mal arrangé les lots. Jean Lénard aurait sa revanche. Il chuchota le mot « *Afrique* », ressuscitant des confidences lointaines. Par là, dans l'est, les rivages réservaient aux naufragés l'accueil le plus inégal. Il fallait viser juste et les gens du *Foederis Arca,* ignorants de leur propre position, ne pourraient pas viser. Outre le danger, partout, d'une barre violente, on rencontrait, par grandes zones, des sables désertiques. Où rôdaient quelques cannibales.

Le salut viendrait de la rencontre, auparavant, d'une île ou d'un bateau. Ils se confieraient à la grâce des mers.

⁂

Allongé sur le dos, il réfléchissait. Il ciselait le plan de fuite avec le zèle du matelot qui fignole une petite pièce de sa maquette.

Dans le doute, sois prudent : une hache, à peine enveloppée dans une couverture, était à la portée de sa main droite ; la porte de la cabine restait ouverte sur le couloir et les bruits du pont.

Le bateau grinçait-il aussi fort toutes les nuits ou n'était-ce pas l'effet de la vigilance ? Le beau navire que les réparations avaient rajeuni encore couinait, criquetait, bavotait ou susurrait des bruits, telle une vieille coque. Les chaînes d'un prisonnier inquiet derrière des murs.

... N'importe comment, pour lui, les choses seraient simples. Il serait coulé. Qui noie des hommes peut couler un navire. Il ne serait pas le premier à prendre contact avec le fond des mers, pour y dormir jusqu'à un séisme ou jusqu'à la fin des temps. L'on ne laisserait aucune épave scabreuse traîner à la surface. La mer ne parlerait pas. La chance qu'un bateau quelconque ramasse le cadavre d'Aubert ou du capitaine et se formalise de ses blessures, était infime. Pas plus d'une seule sur des trilliards et des trilliards. Dans aucun estaminet d'aucun pays Lénard n'avait entendu parler de telles blagues océanes... Les requins, depuis hier, avaient dû boucler leur travail.

... L'indiscrétion venait des hommes.

La noyade ou l'assassinat d'Aubert et de Richebourg avait eu un public trop vaste. Chaque témoin représentait les imprudences d'une langue, les faiblesses d'une volonté particulières.

Les exécutants étaient peu à craindre : pour la raison que c'était à leur endroit que la justice française se montrerait le plus sévère... Il épargnerait donc Thépaut, Carbuccia, Daoulas, Oillic.

Et ensuite ? Avec froideur, il examinait. Tous les cas prêtaient à la méfiance.

Tessier, l'alcool ne le reprendrait-il pas dès qu'il aurait touché terre ? et comment prévoir les confidences d'un ivrogne ? Marnier, Pierric, avaient été dans le voyage des camarades loyaux, mais ils manquaient de hardiesse : ils risquaient de lâcher prise devant toute question embarrassante.

Au moins provisoirement, il garderait quand même ces trois-là. Tessier aurait joué un rôle si considérable dans le sabordage qu'il figurerait parmi les criminels en puissance. Il veillerait donc, farouchement, à se taire. Quant à Pierric et à Marnier, s'ils avaient donné à la mutinerie beaucoup moins de gages, leur suppression se heurterait à de tels obstacles. Les meneurs avaient à la bonne les deux naïfs. Ils protesteraient contre l'idée de les envoyer dehors. Lénard pourrait-il passer outre ? Les conséquences d'une querelle étaient imprévisibles.

Soit. Laissons-les. Le maître d'équipage ne regrettait pas trop cette indulgence. Il pesait le pour et le contre sur ses balances tatillonnes. Un trop grand nombre de meurtres, autant qu'un trop grand nombre de témoins, était facteur d'indiscrétion.

⁂

Et les autres ?

Devait-il décider tout de suite ?

Pour l'un, sûrement, la voie semblait toute tracée. A la baille un soûlard plus bavard qu'une commère, à la baille avec les débris de sa tambouille ! Personne ne lèverait le petit doigt pour sauver Mitler... C'était dit : Mitler rejoindrait Aubert et Richebourg.

Et maintenant, Chicot et Leclerc ?... Orsini ?... Dupré ?

S'il avait obéi à des préférences personnelles plutôt qu'aux raisons de sauvegarde, Lénard eût sacrifié Orsini sans hésitation. Non qu'il ne respectât en lui la brutalité cachée, l'obstination et les mystères d'une errance. Mais le bougre, avec ses « affaires », demeurait un monsieur. Il supportait les matelots, mais il les méprisait. La matelotaille lui rendrait sa politesse en le zigouillant.

Le mieux, à son sujet, était d'attendre. Il constituait un gros morceau. Personne, sauf Carbuccia, ne tenait à lui plus qu'à Mitler. Seulement, s'il disparaissait, l'enquête sur le naufrage risquerait d'être dix fois plus serrée.

Le bateau grinçait toujours. Une planche. La coque. Le mât d'artimon... Un courant d'air. Vague qui lèche le bois. Hunier qui rêve... Le sommeil emportait Lénard. Chicot ? Dangereux. Leclerc ? Même remarque. Deux novices trop juvéniles pour le poids d'un secret. Quand ils auraient humé la chiennerie de l'existence, peut-être deviendraient-ils des coriaces. Mais d'ici là ?

Et le mousse ? Que savait-il au juste ? S'il n'avait pas assisté aux épisodes nocturnes les plus terribles, n'aurait-il pas entendu les monologues de Mitler ? Extrêmement dangereux, l'avorton. A Cette, il vivait en cheville avec sa grand-mère. Elle lui arracherait la vérité dans la première minute du retour.

A tribord et à bâbord l'océan offrait sans tapage la profondeur de sa fosse commune. Pas de dalle à relever. L'enfouissement du trou.

VII

Dès le matin, Mitler extravaguait encore. Il tournait une louche dans une bouillie en ânonnant : « Aubert... à la mer ! » Comme s'il dictait à des élèves. Lénard appela Oillic et Thépaut près de la cuisine pour qu'ils écoutent. Ils lui clignèrent de l'œil. Leur religion était faite. Lénard se posa un doigt sur les lèvres. Pas maintenant ! Le cuisinier pouvait encore leur servir.

Réunis dans la salle à manger de la dunette, les meneurs écoutaient le plan mis au point par le maître d'équipage. Ils demandèrent des éclaircissements. Ne formulèrent pas une critique. C'était cela — ou c'était rien : ce serait cela. Ils voulaient défendre leur peau, solide sur leur os dans le matin lumineux, et repartir sur les sept mers.

Les préparatifs du sabordage étaient en train déjà. Aidé par les novices, Tessier creusait ici et il calfatait là. Des seaux de brai fumaient sur le pont leur odeur noire. Pierric et Marnier faisaient le compte des vivres à emporter... Pas un litre de vin ! Le bateau qui allait mourir ne reconnaissait plus l'équipage. Renversement extraordinaire : non seulement ils chassaient l'alcool de leur liste de provisions, mais après avoir hissé les barriques sur le pont ils leur défonçaient le couvercle et les vidaient à la mer. En voilà qui ne flotteraient pas ! Elles se rempliraient d'eau, descendraient au fond comme des cailloux. Une senteur de chai se répandait, cynique, entêtante. Les fumées du brai, plus violentes encore, aidaient les matelots à se vaincre. C'était leur encens. Toutes les grèves du pays natal, resserrées comme une flottille brumeuse, s'y blottissaient.

Un homme se tenait à l'écart : Mitler, l'ami de cœur des alcools. Il essayait pourtant de se surveiller... Mais que signifiait-il ? Il était dans la chambre de la mort, les meneurs avaient réglé son compte.

Ils survenaient l'air jovial.

Mitler les étudia sans conclure.

Oillic lui demanda s'il avait la tremblote.

— Vous voulez ma peau, vous voulez savoir si j'ai peur ?

— C'est pas ça. Idiot. On a besoin que tu écrives. Tessier est occupé et il paraît qu'il forme les lettres moins bien que toi.

— Orsini ?

— Il est pas de l'équipage... Il faut que tu écrives grand. Viens dans la dunette.

Le cuisinier flairait un piège. Mais au point où il en était ! Il accompagna les meneurs.

Avec une solennité de capitaine, Lénard dicta. Les coups de marteau, les parfums de vinasse et de brai, assuraient que la fin du voilier n'était plus qu'une question d'heures. Comment elle se déroulerait, l'équipage le saurait en y assistant, il ne devrait surtout pas s'y appesantir. Pour satisfaire à toutes les indiscrétions futures (celles des autorités françaises seraient les plus graves), il apprendrait par cœur la version matelote des faits. Fabrication Lénard. Sous garantie d'Oillic, Thépaut, Carbuccia, Daoulas. Le bateau n'avait pas été coulé, il s'était coulé tout seul. Le vicieux avait une voie d'eau. Il avait entraîné dans la mort les deux officiers. C'était de leur faute. Ils avaient choisi de rester dessus la nuit tandis qu'ils embarquaient l'équipage dans le canot et une des chaloupes.

Lénard abondait en détails probants. Il jubilait de son astuce. Par-dessus la grosse tête de Mitler, qui écrivait en tirant la langue, il fit un clin d'œil aux quatre meneurs car, bien sûr, sous peu, le document s'étofferait par la relation de telle ou telle mort. Mais, si on tuait Mitler, on n'exigerait pas de lui qu'il écrive sous la dictée la version officielle de sa propre fin... Les autres morts n'étaient pas étudiées de façon nette. Beaucoup dépendrait de la docilité et de l'habileté de chacun à retenir et réciter le *vrai* naufrage du *Foederis Arca.*

... Par la porte ouverte on entendit trois coups de hache : Tessier éventrait la chaloupe qu'ils laisseraient derrière eux. Elle s'emplirait d'eau, elle aussi, coulerait à pic. Dans le document, elle était censée avoir été retenue à bord par les officiers pour le cas de péril... Cependant que le bruit de l'entaillage et de l'échardage du bois retentissait comme un massacre au fond d'un atelier, Lénard et les matelots baissèrent la tête. Ils maintinrent leur humiliation une minute. Casser une embarcation, tuer une embarcation... Puis le maître d'équipage appela Tessier. Prends connaissance de ceci, va le lire aux autres. S'ils ne veulent pas que le bourreau leur décolle le crâne, il faut qu'ils se fourrent ça dedans. Nous vérifierons. La peau de tous dépend de chacun. Pas de pitié pour les paresseux ou les imbéciles.

Tessier avait disparu. Croyant la besogne achevée, Mitler avait posé la belle plume d'oie rouge sur le buvard bleu... Erreur : les événements réclamaient un second texte. Beaucoup plus court, lui dit-on avec une bourrade.

Il se demanda si les brutes ne le sommeraient pas de rédiger son testament.

— Ecris, bonhomme. Ça, c'est une déclaration pour le pire. Dans le cas qu'ils nous arrêteraient. S'agit pas qu'il y en ait qui passent au travers. Les courageux doivent pas payer pour les mous.

Les meneurs approuvaient. Bruyamment. Lénard était encore à l'origine du projet. Ils l'en avaient remercié tout à l'heure.

Tabellion de l'océan préposé aux mutineries, Lénard dicta :

« *Nous soussignons l'équipage du Foederis Arca d'avoir tous commis le crime.* »

Oillic, Thépaut, Carbuccia, Daoulas, retenaient leur respiration. Pour un peu, ils se fussent levés. Comme au passage d'un cercueil ou des saintes espèces. Puisque Mitler l'écrivait et qu'ils signeraient par-dessous, c'était donc vrai qu'ils avaient commis *le* crime. Ils n'étaient pas des n'importe qui. A travers le temps et l'espace, ils en appelaient à la solidarité de milliers d'enfants perdus.

Lénard guetta la fin de la phrase sur le papier quadrillé.

— Naturellement, tu signes pas le premier, grogna-t-il. Quand ce sera sec, passe-moi ça...

Il demanda quand même à Mitler une relecture à haute voix. Ecouta passionnément la déclaration se détacher dans le silence, telle une annonce de festivité par un tambour de ville. « C'est bien ça », grogna-t-il. Le mot « *tous* » l'émerveillait. Il ne voulait plus regretter la nuit fabuleuse. Ils n'atteindraient pas Veracruz, mais ils auraient touché le port inconnu des foules, réservé à l'élite des gens de mer : Le Crime.

Il empoigna la plume d'oie, desserra l'étreinte et, sollicitant pouce, index, médius, comme les parois d'une cale de radoub, les yeux fous, il dessina un *J. Lénard.*

Il avait été convenu que sur un tel papier le recours à une croix serait interdit. La cérémonie fut longue. Thépaut manqua briser la plume. Oillic se fit tenir la main par Carbuccia. Daoulas, qui tirait la langue pire que Mitler, s'avoua qu'il était plus facile de brandir une bringuebale que d'écrire son propre nom.

... Détenir un nom, pourtant, n'était pas rien. Le nom avait la précision d'un mécanisme de montre. Il se décomposait en lettres, inventées dans la nuit des temps comme le feu et le verre, les bateaux et les lits.

Carbuccia bondit sur ses pieds en jurant. Vite l'air du dehors après tout ce solennel... Il criait que, maintenant, les mous devaient signer. Il se chargeait de les obliger tous. Tous ceux qui « y avaient droit », reprit-il.

— Eh ben, et moi ? réclama Mitler.

Le Corse regarda Lénard, qui haussa les épaules.

Mitler signa donc. Lui fut rapide. Son expression goguenarde, qui choqua le groupe, n'aurait pu qu'alourdir son dossier ! Inutile. Une chose réglée.

Carbuccia emporta papier, encre et plume d'oie. Ils entendirent qu'il appelait Pierric, Tessier, Marnier.

Lénard trouva une coupe de cristal qui avait échappé à la casse. Un fond de banyuls.

— Bois ça, puisque tu as travaillé.

— Pourquoi vous trinquez pas avec moi ? Vous travaillez aussi.

Comme on ne lui répondait pas, Mitler but sans attendre.

— C'est le verre du condamné, alors ? prononça-t-il en s'essuyant la moustache.

Ils s'étaient levés. Il suivit. Lénard avait saisi coupe et bouteille et, dès qu'il fut arrivé sur le pont, les balança dans la mer. L'odeur du brai enchantait les narines. Carbuccia présentait la plume d'oie à Marnier, qui roulait des yeux. L'alizé répandait son grand souffle et les voiles bien taillées s'en nourrissaient avec enthousiasme. Un jour fait pour la navigation ou pour la mort d'un voilier ?

Lénard et les meneurs chuchotaient par-derrière. Ce mollasson, deux chrétiens suffiraient pour l'expédier. Qui se portait volontaire ? Ou tirerait-on au sort ? avec une pièce de deux sous ?

Le cuisinier se retourna.

— Cherchez plus.

Il trottait vers la lisse. Il y appuyait une main solitaire.

Pour la première fois, ils contemplaient leur homme. Ce sac à vin, cet empoisonneur, cachait donc une énergie.

Il agitait le bras gauche dans la brise.

— Aubert à la mer, c'est démodé. Faut dire : « Mitler à la mer ! »

S'interrompant dans l'écriture lente de son nom, Marnier le matelot timide avait levé la tête. Tessier, qui faisait la leçon à Pierric, avait laissé tomber. En accordant un dernier regard au navire, Mitler aperçut le charpentier. Quelle scène revit-il ? Quelle séance de complicité dans l'ivresse ? Il s'avança vers lui. Les meneurs se gardaient d'intervenir. On ne déchire pas un spectacle.

— Adieu Auguste. Tu as été mon seul ami à bord.

Mitler avait serré la main de Tessier avec violence. Il pivotait. Enjambait la lisse et, hop, se détachait comme un coquillage de la roche et tombait à la mer... Sans un cri.

Tessier demeurait là, stupide. Mitler n'avait jamais compté pour lui. Craignant que cette amitié publique de la dernière heure ne le déconsidère près de Lénard, il prit le parti de rire. Pauvre andouille, fous le camp.

Personne n'avait bronché. Beaucoup avaient regardé ailleurs, comme quand ils surprenaient un camarade accroupi dans les poulaines. Se suicider pouvait être un besoin naturel. Surtout se noyer pour un marin. Par ouï-dire ou expérience, ils tenaient l'image pour familière : le matelot qui fait le plongeon car il a perdu sa mère, ou sa fiancée le trompe.

La règle du jeu voulait que les voisins du désespéré l'assomment s'il ne s'était pas élancé encore, ou s'activent à le repêcher. Par exemple en sautant après lui. Combien de bonshommes, au premier contact de l'eau, regrettaient leur acte !

Le beau voilier qu'ils avaient privé de son nom ne naviguait plus selon les règles du jeu maritime. Sous les dehors d'une collaboration fraternelle avec le vent et l'océan, n'était-il pas en train de préparer son suicide ? Pas de cloisons étanches entre les *biens* et les *corps*. La folie de la nuit de crime et de bamboche portait ses fruits étranges.

L'équipage guettait la réaction de Lénard. Il le sentit.

— Bon débarras ! gueula-t-il enfin. Ce soûlard nous aurait tous dénoncés pour une absinthe à l'eau ou un cognac !

Plusieurs frissonnèrent. Le geste de Mitler les trouvait presque indifférents. Mais les mots du chef ne voulaient-ils pas dire : « A qui le tour ? »

... Lénard se demandait cependant si l'oraison funèbre n'était pas trop courte. Il poussa un nouveau cri :

— Avec tout ce qu'il a bu il a claqué dans les dix secondes. Pour une fois, il aura bien cuisiné quelque chose.

Et il enchaîna immédiatement :

— Allez, au travail.

VIII

Marnier s'était acquitté de l'ouvrage: une signature un peu tremblée, ni trop grande ni trop petite, où pas une lettre ne manquait.

Il songeait au père qu'il n'avait pas connu et qui lui avait légué ce mystérieux pécule : un nom, Marnier. MARNIER. Il était MARNIER, comme la mer était la mer. Une espèce d'île. Qui remuait. Nom de Dieu. Marnier, natif de Saint-Aignan. Un qui savait s'occuper. Puisqu'il avait fait le crime avec les autres. Joseph Marnier.

Sans remarquer sa distraction, Carbuccia lui célébrait le papier qu'il tenait entre les mains. C'était beau, se serrer entre camarades ! Commettre un crime ensemble, s'en glorifier ensemble. Le voilier allait faire son trou dans la mer, mais putain ! l'on se souviendrait du *Foederis Arca.*

— Frères dans le crime, jeta Antonio Carbuccia, la voix rauque, en considérant la mer une et multiple, complice de leur violence. Des receleuses aussi effrontées, il n'en existait pas.

Le petit Dupré suivait la scène sans comprendre. Le mot « crime » avait la hauteur des cacatois, il ne grimpait pas sur ses vergues... Il voyait qu'une feuille de papier comme il en traînait dans la corbeille du capitaine était offerte à chaque matelot pour qu'il signe dessus. Il s'étonnait qu'on le laisse à l'écart. Par deux fois, Carbuccia l'avait évité. L'enfant avait consulté Pierric, dont il aimait la voix sucrée, le teint feuille d'automne. Le Guadeloupéen éludait, ce n'était rien, absolument rien.

N'en pouvant plus d'ignorance, le mousse avança une main vers le papier tentateur.

— J'ai signé pour m'engager, faut que je signe encore, supplia-t-il. Assez grand pour aller à la mer, assez grand pour être un frère !

D'une chiquenaude, le Corse envoya promener la main ridicule.

— T'es qu'un moutard, trancha-t-il. Toi, c'est déjà du tout signé.

... Il se doutait trop que Lénard cuisinait quelque chose au sujet du mioche. Même si le petit bonhomme se tenait à sa place et ne se répandait pas, comme Mitler, en propos inquiétants, il en avait beaucoup trop vu et entendu. Il représentait un danger terrible. Mitler aurait craqué pour de l'alcool, lui craquerait sous le premier sermon un peu habile. C'était un tendre. Il ignorait que les secrets, on les colle à l'intérieur et ils ne bougent plus.

Une giclée de rousseurs jaillit sur le visage du mousse. Le nez, le front, les joues, les oreilles. Il serrait les poings.

— Vous avez sûrement fait de vilaines choses, hein, vous ne voulez pas qu'on les sache.

— Ta gueule, imbécile !

— Je ne dirai rien, je ne dirai rien.

— Tu ne diras rien, tu dis quand même !

— Je ne suis pas grand comme vous.

— Tant pis pour toi. Fallait pas te précipiter à embarquer. Béranger a été plus malin... Et puis assez. Ou je te botte le derrière.

Dupré ravala ses larmes. Il en appelait désespérément à sa grand-mère. La revoir, la revoir ! Il avait trop cru dans les bateaux — ce salaud de Carbuccia n'avait pas tort. Sortir de cet enfer et retrouver le riz au lait grand-maternel. Il appuya le dos contre la chaleur d'un mât. Il était impossible que ces gens l'abandonnent. Il n'avait jamais fait une méchanceté à un seul. Il regarda la mer. En silence, il lui demanda de prévenir la terre. Qu'un petit mousse implorait du secours sur un voilier en perdition.

Carbuccia s'était rué vers Orsini. Lénard ne connaissait pas les Corses puisqu'il était de Loire-Inférieure. Il tenait sûrement l'homme d'affaires pour un futur donneur de matelots. Il utiliserait tout prétexte pour le sacrifier.

— Eh, Antonio. Lis voir.

... Orsini traînait sur le pont un sac de vivres qu'un matelot eût porté calmement sur l'épaule. Il s'arrêta. S'essuya le front. Ce n'était pas souvent que son compatriote lui donnait du prénom. Ils s'appelaient pourtant Antonio l'un et l'autre... A voix basse, il s'enquit s'ils ne pourraient converser en corse. Carbuccia battit des cils et se retira contre la lisse. Orsini l'accompagna... Un instant lui suffit pour lire.

— Pourquoi me montres-tu ça, Antonio ?

— Pour que tu signes.

Dans sa chienne de vie — une vie à laquelle il tenait de toutes ses forces —, Orsini avait lu nombre de bizarreries. Ce texte dépassait tout. Il le trouvait stupide... Il devinait qu'il fallait s'en taire.

— Mais moi, Antonio, j'ai pas commis le crime !

— Pas si sûr ! Pendant le crime t'as gueulé comme un sourd ! Je te dis une chose : si tu ne signes pas, ta peau ne vaut plus rien du tout. Déjà qu'elle ne vaut pas grand-chose ! On est pas des risibles, nous, Antonio... Signe donc, ne fais pas le monsieur.

Carbuccia se penchait vers son compatriote.

— Je veux pas que tu finisses comme Mitler et Dupré, soufflat-il.

Le nom de Dupré, prononcé à la corse, ne fut pas reconnu par Orsini. Carbuccia dut répéter. L'autre demeura songeur. Il apercevait le mousse à quinze mètres, la mine sombre, mais vivant, bien vivant.

— Dupré n'a-t-il pas onze ans ?

— Onze, oui ; et il n'en aura pas douze.

Carbuccia riait de son trait d'esprit.

... Les individus qui tuaient de sang-froid un garçon de onze ans, tuer un homme de quarante ne les embarrasserait guère.

Antonio Orsini piqua la plume dans l'encre et, conscient de vivre une scène étrange (il espérait en vivre d'autres), il signa. Carbuccia lui présentait le papier sur une vareuse. Le trois-mâts moissonnait le vent par toutes ses voiles et il gitait quelques degrés à bâbord, l'air guilleret du marin qui porte le chapeau sur l'oreille. L'odeur artisanale du brai installait sur l'océan un village de pêcheurs. Tessier plongeait la main dans un trou de tarière. Pierric récitait à Marnier, avec une grande application, le véritable faux déroulement d'un naufrage qui n'était pas achevé encore...

... Y avait-il même vingt minutes que Mitler avait fait le plongeon ? C'était comme s'il n'eût jamais vécu. Ce papier quadrillé, la phrase drôlement pompeuse qui stupéfiait Orsini, portait cependant son écriture.

Carbuccia rapprochait son visage.

— Tu es Corse, Antonio, tu sais ce que ça veut dire. Nous n'aurons pas dormi auprès d'un traître.

— Un Orsini, Antonio Carbuccia, n'a jamais livré un secret.

Fier de sa famille et fier d'une phrase à la gloire des siens, Orsini n'en éprouva pas moins un pincement au cœur. Le petit Dupré l'avait regardé. Une détresse totale. Comment Orsini pouvait-il ne pas bondir vers Lénard ni discuter avec lui d'homme à homme afin qu'il épargne l'enfant ? « S'il te faut une peau, prends la mienne... »

L'adulte détourna les yeux. Il cracha dans la mer impitoyable. Il essayait de se dire à chacun son destin. Jusqu'au dernier moment rien n'était joué. Le maître d'équipage allait peut-être se mettre à rire.

Il embrasserait le petit Dupré en murmurant : « Je t'ai fait une farce. »

La mer aussi, dans ces conditions, renverrait sur le pont un Mitler hilare ?

Mieux valait penser à autre chose. Orsini se sentait moins fier. Il trouvait que la conduite humaine était parfois plus sale que la merde.

... Il rappela Carbuccia, qui s'éloignait.

— Bonne chance à ta peau... Si jamais tu passes par Sartène va voir Ange Rudolfi. Dis-lui c'est de la part de Tonio le Mexicain.

IX

Entre l'appareillage et la nuit de l'émeute, une mauvaise fièvre avait stagné, inlassable comme l'air marin et le bruit des vagues, dans les quartiers du roof et du poste.

Elle accompagnait souvent le matelot dans les hauteurs de la voilure, sur l'extrémité des vergues.

Dès lors qu'un homme s'élançait vers le ciel il devenait cependant un autre. Un qui pénètre dans la machinerie du vent ; dans le secret des forces qui commandent à la mer. Il était un montagnard et un athlète, un mécanicien et un acrobate. En palpant la toile, en écoutant le bruit du gréement, il sentait battre le pouls du navire et s'enchantait de cette connivence. Les rancœurs pouvaient glisser de lui comme un vieux sac. Les dangers qu'il courait dans son équilibre instable, de tomber à la mer ou sur le pont, c'était un rite millénaire ; la religion sauvage des moines rapaces des sommets.

N'était-ce pas sur cette exaltation de la vitalité, lors des grandes manœuvres de groupe, que le capitaine André Richebourg avait compté pour rassembler son équipage ? L'alcool avait anéanti le bel espoir. Sur le *Foederis Arca,* tous les charmes étaient détraqués. L'alcool avalé, l'alcool attendu, et toutes les images de révolte qui flottaient aux entours, empêchaient le marin de renaître à la vaste enfance de l'espace ; à l'énorme et coriace ingénuité de l'aventure.

Maintenant qu'ils détruisaient leur navire, leurs gestes retrouvaient une discipline professionnelle. Aucun rechignement. Comme si les chantiers composaient en effet les bâtiments afin qu'un jour, avec non moins de méthode et au beau milieu des mers, ils fussent démolis de main d'homme. Ainsi l'on abat des arbres en pleine force.

Le *Foederis Arca* était de fabrication anglaise. Il avait été lancé à Lynn, à quelque cent cinquante kilomètres dans le nord de Londres, sur une petite baie venteuse, en 1859. De novembre 62 à mars 63, les établissements havrais Grandelle, pour la charpente, et Louvet, pour les pièces mécaniques, l'avaient revu de a à z. Ils avaient changé le pont, un des bordages, la quille, la fausse quille, la carlingue. Quatre-vingt mille francs de réparation en tout. Une révision si magistrale que le bateau avait fait ensuite le voyage Le Havre-Buenos Aires, aller et retour, sans embarquer une goutte d'eau dans ses cales. Au début de 64, inspecté à Marseille avant son départ pour Cette et Veracruz, il n'avait eu besoin que d'un calfatage. Un navire à l'état de neuf, à l'aube de ses courses marines. Eh bien, l'on interromprait sa carrière. Le *Foederis Arca* mourrait en juillet 64, coulé par son équipage, dans les eaux atlantiques subtropicales ou tropicales de l'hémisphère nord. Il ne serait pas massacré. Il disparaîtrait dans l'unité de sa silhouette, voiles ferlées, mâts intacts.

Les mutins s'étaient rendus les propriétaires du navire, le droit de propriété donne le droit de l'abus. L'abus serait cependant un beau travail.

... Cette adresse de la dernière heure ne traduisait-elle pas un étrange regret ? D'un bateau qui aurait dû être le lieu de la cohésion et de la joie... Après avoir supprimé ses officiers, l'équipage supprimait le voyage lui-même ; le navire qui avait été le théâtre de ses mécomptes ou de ses fautes. Alors que voyage et navire auraient pu...

⁂

... Qu'auraient-ils donc pu, voyage et navire ?

A quelles conditions refait-on le passé ?

Une histoire se démolit-elle comme un bâtiment ? Même si l'arme d'un crime et le cadavre disparaissent, le crime qui a eu lieu a eu lieu. Aucun remords, aucune déclaration péremptoire ne peuvent rien là contre... Une écuelle se rince. Pas une mémoire !

L'ordre et la sagesse avec lesquels les préparatifs de destruction s'opéraient sur le *Foederis Arca* (on pouvait lui rendre son nom) étaient une façade. La paix intérieure, personne ne l'avait. Le renoncement à l'alcool ne procurait qu'une hébétude.

Démentie la veille par la rencontre d'un brick anglais, la solitude océanique restait celle d'une route immense. Une route à la taille du monde marin. Mais une route... Entre deux errances, l'homme de mer est un homme de la terre ; il ne prend pas racine dans la vague. Son navire ne tourne pas en rond, cheval de manège aux yeux crevés, sur un espace au centre irréel des mers, loin de toute île. Aucun bateau ne joue les baleines. Dirigé par des hommes, tout bâtiment va d'un mouillage à un autre.

Si les mutins du *Foederis Arca* ne savaient ni lire les cartes, ni conduire leur trois-mâts, ils n'étaient pas des *heimatlos* [1]. Ils demeuraient attachés par mille liens charnels, filiaux ou fraternels, à un clocher natal, à la terre française. L'herbe et la roche ! La terre qui à leur départ de Cette pour Veracruz s'annonçait comme la destination de leur retour. Tout naturellement, ayant cassé leur voyage, ils se reportaient, se repliaient vers elle. Ils voulaient la revoir, être revus par elle. Se mirer dans les glaces de ses magasins, les flaques de ses ruelles.

... Mais comment le pays de France, avec son humeur guillerette, ses arbres et ses villages, mais aussi l'arsenal de ses lois et ses bataillons de police, les accueillerait-il ? Les récifs fictifs d'un naufrage par voie d'eau, qu'ils fignolaient alors même que le navire flottait toujours, pourrait-il y ajouter foi ? Accepterait-il la purification désespérée que des mensonges feraient subir au passé ?

Sous les couches de peinture des belles phrases, la fresque du crime resterait présente.

Aucun des raconteurs ne l'ignorerait.

... Vouloir modifier le passé coûtait un effort rude à leurs têtes. Le sabordage, l'évacuation, représentaient moins de peine. Tant que le trois-mâts bougerait sur l'eau, comment oser décrire sa perte ?

⁂

Lénard l'ordonnateur du sabordage et de la fuite jouait avec le nuage de peur qui flottait bas autour d'eux sur le bateau et sur la mer.

Par ses gestes, ses allées et venues. Ses mots ou son silence.

En les inquiétant, il cherchait à dissimuler sa propre inquiétude. N'en avait-il pas le droit ? Il était le chef. Il s'était assez dévoué pour tous, lui qui avait attisé les envies de révolte.

Personne ne se sentait en sécurité devant le regard gris perle et la démarche rauque. Même pour les meneurs ses proches il offrait, dès avant la terre, une image du bourreau. Il avait fait ranger dans les deux embarcations pour un mois de vivres. Il évoquait en détail les horreurs cannibalesques du *Radeau de la Méduse* et il affirmait que

1. Hommes sans nationalité.

Jean Lénard, le maître d'équipage du *Foederis Arca,* saurait en empêcher le renouvellement. Des semaines avant que les provisions soient épuisées les « naufragés » rencontreraient une île ou un navire... S'il le disait, cela serait sans doute. Mais qui donc eût juré, avec cet homme impitoyable, de faire partie à coup sûr du groupe des « naufragés » ? La mort de Mitler avait eu lieu après la rédaction, en bonne forme, du récit à l'usage des autorités. Elle s'y était insérée dans sa version matelote, avec un calme lugubre. Il avait suffi de compléter la phrase : « Les deux officiers sont restés à bord » par : « Avec le cuisinier. » N'était-il pas naturel que ces Messieurs eussent désiré manger supérieurement jusqu'à la fin ? Mitler ne se suicidait plus. Resté à bord, il passait au rang de disparu pur et simple. La chose allait de soi... La véritable fausse version du naufrage, qu'il fallait apprendre par cœur pour la réciter à la demande, était devenue à peine plus longue, nullement plus ardue.

Si Lénard décidait de nouvelles ponctions dans l'équipage, la même simplicité ne présiderait-elle pas à de nouveaux ajouts dans le récit ? La terre française n'accepterait-elle pas très aisément que les officiers aient gardé près d'eux, en sus du cuisinier, un ou deux ou trois matelots, qui avaient fait par la suite autant de naufragés supplémentaires ?

« Collez-vous dans le crâne, nom de Dieu, votre leçon de naufrage. C'est une question de vie ou de mort », répétait Jean Lénard par intervalles. Cela signifiait, croyait-on : « Si à terre vous vous embrouillez dans vos récits, les autorités vont découvrir le crime. Vous serez zigouillés. » Il reprenait, autrement dit, la menace de Richebourg... Pourquoi pas. Mais l'on croyait entendre, aussi, une deuxième prédiction, plus atroce : « Je supprimerai avant la terre tout type qui sera incapable de retenir sa leçon. »

Pourquoi pas non plus ? Le salut de chacun dépendait de la mémoire et de l'astuce des compagnons. Il fallait mériter sa place dans une embarcation en se montrant bon élève ès mensonges. Mériter de monter à bord, mériter d'y rester. Tant qu'elle n'aurait pas rencontré un navire ou une terre, ses occupants rabâcheraient le catéchisme du naufrage. Lénard et ses hommes de confiance (lesquels ?) opéreraient des contrôles à l'improviste. La lisse du canot ou de la chaloupe était encore plus basse que celle du *Foederis Arca.* Culbuter par-dessus bord un bougre dont la mémoire défaille, opération toute simple. Et très juste. Un membre gangrené, ça se coupe.

⁂

Les gens s'observaient par-dessous. D'heure en heure, les résultats des supputations variaient. Les inflexions de la voix de Lénard et ses maudits regards surtout, obliques ou perçants, fournissaient un champ d'étude infini à leur résignation anxieuse.

Un seul destin paraissait entendu : celui de Dupré. Alors que le maître d'équipage inspectait l'horizon aux jumelles, le mousse lui avait caressé une manche de sa redingote, à l'endroit où le tatouage commençait à être visible :

— Dans combien de temps, monsieur Lénard, est-ce qu'on sera en France ?

— Tu m'emmerdes, sale petite chiure.

L'enfant se rejeta en arrière. Des larmes plein les yeux. La phrase qu'il avait mise au point : « Faut pas se méfier de moi je dirai rien à personne » lui restait dans la gorge.

Lénard le toisa comme un petit crabe vert échappé d'un filet entre les sabots d'un pêcheur.

— ... *On* sera en France, ou *tu* seras en France ?

Pierric, en train de réciter le naufrage à Tessier, un qui le savait par cœur, s'arrêta. Il cligna de l'œil à son examinateur.

Lénard avait lâché un mauvais rire. Il finit d'écraser le mousse.

— ... C'est *tu* seras en France, forcément, qui t'intéresse. Eh bien je te réponds : « Tu verras si ce que tu vois ressemble à la France. »

Il ferma ses jumelles et s'éloigna en grommelant que les mousses de l'année 1864 avaient un culot du diable, mais que ça ne leur porterait pas chance.

Dupré erra sur le pont à la recherche de son seul ami, Chicot le Nantais imberbe et limpide, qui lui avait appris des histoires de marsouins magiques et à jouer au bras de fer. Il le trouva qui vérifiait une fois de plus le compte des provisions... Mais le novice l'avait aperçu. Il lui fit signe de ne pas approcher.

Distraitement, Dupré s'appuya contre la lisse. Tout craquait. Thépaut et Daoulas passaient près de lui en oiseaux ricaneurs. Il bondit avec effroi : c'était là où il s'appuyait que, dans la nuit terrible, les sauvages avaient traîné le capitaine. Maudit bateau. Maudite soit la mer. Bénie la maison où les cheminées fument et où des femmes chantonnent ; bénis les arbres pleins d'oiseaux et de fruits. Il se passa la main sur le front. Il n'arrivait même pas à détester les brutes qui ne voulaient pas de lui dans leurs conciliabules. Il redoutait, mais il admirait aussi leur vigueur, sinon leur grossièreté. Les choses épouvantables qu'ils avaient faites s'étaient déroulées si vite, cauchemar incroyable et où il n'avait pas à s'introduire.

Quand il avait caressé le bras de Lénard, ce n'était pas feintise. La fourberie du maître d'équipage s'exerçait contre des adultes — elle épargnerait peut-être un enfant. Il avait été un enfant, lui aussi, le criminel. Suçant son pouce, et poli avec sa grand-mère.

Sans réfléchir, le petit Dupré s'assit sur des cordages. Qui sentaient bon la mer et le chanvre ensoleillé. Il revit la blancheur du port de Cette. Il bâilla. Comprit qu'il allait dormir. Ce serait le mieux. Jusqu'à ce que le bateau disparaisse. Combien ils avaient raison de le détruire, de l'enfoncer dans la mer avec ses crimes. Il murmura le nom *Foederis Arca* et il revit les joues extasiées de sa grand-mère, couleur de rose et de pêche, tandis qu'elle le prononçait elle-même, litanie fleurant les pénombres d'église. Dormons. Tout était décalé. Les marguerites de la terre attendaient le soir pour se fermer. Dire qu'il existait des marguerites et que des hommes tuaient des hommes ! L'odeur de la redingote de Lénard lui filait sous les narines, monde étrange.

⁂

Chicot avait continué ses vérifications le temps que Dupré se rencogne quelque part et puis il se sauva lui-même.

Sur l'arrière de la dunette.

Au-dessus des jeux du sillage dans la lumière. Ou de la lumière dans le sillage. Imperturbable à l'anxiété des hommes, la mer s'encastrait avec sa justesse bleue et verte, sa houle et ses soleils, entre les horizons. Les sauts des poissons volants se comprenaient ici comme une allégresse. Même s'ils cabriolaient pour se nourrir, ou éviter d'être mangés, les animaux aimaient le monde. Comme les matelots les plus sauvages quand ils tiennent entre les doigts le vent et le navire en serrant un cacatois.

Le novice refoula un sanglot. Il n'était pas un enfant, lui, mais un homme.

Il tambourina contre la lisse.

Il lui fallait se conduire en homme et il n'en prenait guère le chemin. Un lâche, oui ; un traître.

Et les autres, alors, Thépaut, Carbuccia, et surtout ce Lénard, comment trouver qu'ils se conduisaient en hommes, pas en lâches ?

Il avait été porté sur les rôles du *Foederis Arca,* choisi de confiance par Richebourg comme natif du pays de Nantes et comme un gars aux yeux clairs, pour faire son noviciat de matelot de pont. Les brutes avaient tout bousillé. Un noviciat de crime ! Et de lâcheté.

Une heure plus tôt, sous prétexte de lui faire réciter sa leçon de naufrage, Chicot avait interrogé Oillic :

— Dis, Louis-Pierre, tu te rappelles que je vous ai rendu service pour faucher dans la cale ?

La tête d'Oillic s'était redressée comme un masque de la mi-carême, à la fois cynique et secret.

— De quoi tu causes ?

Le jeune avait pataugé.

— Ben oui, je vous ai rendu service... Service.

Il n'osait dire carrément : « Défends-moi aujourd'hui près de Lénard pour qu'il me prenne ! »

... L'autre édicta soudain :

— Cause plus de ça. Ou ça se retourne. Ton alcool nous a fait du tort.

Un comble ! Chicot en eût vomi sur les pieds de l'hypocrite. C'était sous la menace des grands qu'il avait dû se glisser dans la cale pour leur attraper de l'alcool et ils le rendaient maintenant responsable des méfaits de cet alcool ! Ils allaient dire bientôt qu'il avait tué Richebourg !

Le masque n'était pas dupe. Oillic regarda si personne n'écoutait. Il chuchota :

— Chacun sauve sa peau. C'est la règle...

Et Oillic s'éloigna.

⁂

Sauver sa peau : des hommes qui n'avaient montré aucune pitié pour la peau d'un Aubert ni d'un Richebourg, voire d'un Mitler ! Les costauds étaient des trembleurs. Le novice tapa du pied. A mi-voix, il grommela : « Non ! Non ! » à l'adresse de tout et de personne... Et s'il se jetait à l'eau ? Dans le sillage remueur ? Il se promettait de ne pas nager, de se laisser engloutir... L'image de sa mère le retint. Si sa mère apprenait jamais qu'il avait fini de cette manière lamentable, elle deviendrait folle. Il se mordit un doigt jusqu'au sang.

... Un pas qui approche. Lénard. Impossible de fuir.

— Tu ne travailles pas ?

Vus de tout près, les yeux terribles semblaient fragiles. Des stries rougeâtres couraient sur le blanc. Des croûtes encombraient les cils. Un bouton jaunâtre gonflait une paupière.

— Je me récite le naufrage tout seul...

— Et tu le sais bien ?

— Sans faute.

L'homme sauvage pesait l'adolescent aux joues de fillette, aux doigts allongés, aux yeux comme des agates.

— Tu es de Nantes, hein ?

— Oui, monsieur Lénard.

— De Nantes même ?

Chicot se demandait pourquoi ces questions. Le bosco, depuis belle lurette, aurait pu y répondre lui-même !

— Nous habitons, ma mère et moi, en plein dans la vieille ville. Entre le château et...

— Parfait. Est-ce que tu crois que tu retourneras chez toi ?

Les yeux fragiles, et qui cillaient sans cesse, restaient des yeux terribles. Le maître d'équipage respirait fort, comme s'il avait gravi une hauteur. Son haleine sentait mauvais la chique et des relents de nourriture.

— C'est-à-dire...

Chicot fut incapable d'ajouter que la suite dépendait de Lénard.

Un temps s'écoula. L'homme devait prendre sa décision. Il rota. Sa belle barbe semblait fripée. Dire qu'un jour, au soleil de Noirmoutier, ce forban avait été un bébé de six mois innocent comme une aubépine !

Le novice aurait voulu prier la Vierge, il avait trop honte. A travers l'espace, il implora sa mère de le remplacer. Sur la cheminée de la chambre où ils dormaient tous deux, elle sur un lit de camp, lui dans un hamac, il y avait une petite statue blanche, ouvrant les bras.

— Je te garde. Tu seras dans la chaloupe avec moi. Je verrai si tu sais le naufrage. Et puis alors attention. A terre, si tu t'avisais de vouloir raconter autre chose, j'ai des amis, tu recevrais ton coup de surin. N'oublie pas que tu as signé le crime. L'échafaud, il est fait pour ton petit cou de rosière, autant que pour ma grosse tête.

La main de Lénard s'était abattue sur la nuque du novice, fouillant comme un poil à gratter sinistre dans l'encolure de la vareuse.

— Tiens, joli petit saligaud à ta mémère, c'est ici que ça trancherait. Couic. La tête qui se sauve comme un haricot de sa cosse, au revoir et merci, et le sang qui gicle comme une anémone de mer. Ah ah. Des sacrées pissouses, les anémones de mer. Le petit Chicot serait déchicoté. Pour ne pas dire déchiqueté. Ah ah. Tu n'as jamais vu guillotiner un bonhomme ?

Rouge pivoine, le novice était au bord des larmes. Honteux, honteux de sa faiblesse. Il aurait voulu... qu'aurait-il voulu ? Crier son dégoût et sa haine ou intercéder pour le pauvre Dupré ?

Lénard l'avait relâché. Il poursuivait sa tirade :

— Une guillotinade, moi j'en ai vu une. Et très bien ! J'étais grimpé sur un arbre. Pas de doute, c'est beau. Faut seulement se dire une chose : c'est pas beau pour celui qui est tranché ni pour sa famille. Si ta mère te voyait...

L'arrivée de Tessier mit fin au supplice. Le charpentier demandait à Lénard de venir contrôler ses trous de tarière. Il pensait avoir achevé les préparatifs. Tropical ou non, le grand soleil avait séché à merveille le calfat du canot et de la chaloupe.

— Je viens.

Le bosco ricanait.

— Toi, Auguste, évidemment que tu sais le naufrage par cœur, puisque tu sais lire !

Non sans inquiétude, l'autre approuvait.

— Eh bien, Auguste, toi aussi je te garde. Sur la chaloupe avec moi, et cette Marie-Louise de Chicot.

Le charpentier eut le tact de ne pas rire. Il était d'ailleurs tellement soulagé.

⁂

Insulté en plus ! Traité de femmelette !

Tourné vers la magnificence d'un sillage qui vivait ses derniers instants — dans un quart d'heure on ferlerait les voiles —, carnation de cristal bleu-vert irriguée par des risées de houle et secouée de jets d'écume, le novice retrouvait le goût amer du suicide. Personne ne ferait attention à lui. Il se penchait, glissait, finis tous les embarras, tous les mensonges.

De nouveau, l'image de la mère.

Elle aussi, un jour, avait pu se sentir submergée par le dégoût et croire à la pureté de la mort. A cause de son fils elle avait tenu bon.

Il revit la table étroite où elle repassait des chemises. Où elle posait le plat de moules fumantes. Il revit la statuette blanche. Les ponts de la Loire. Les cris d'un vitrier, d'un ramoneur.

Il ne se tuerait donc pas...

Il ne reprendrait plus les chemins du grand large. S'il naviguait encore, ce serait sur le fleuve, en aval de Nantes, avec des mariniers ou des pêcheurs d'aloses.

Il se vengerait peut-être.

Comment le ferait-il ? Avec toutes les menaces que Lénard avait brandies.

En tout cas, il fallait vivre.

Et Dupré ?

Il se mordit de nouveau l'index et il regarda perler le sang. S'il n'était pas une femmelette, il pouvait se traiter de lâche. Le maître d'équipage lui avait donné l'occasion de parler et il ne l'avait pas saisie ! Il aurait dû dire à cette brute : « Ne tuez pas le bateau, ne tuez plus personne. Ayez confiance dans les juges et dans les amiraux. Ne cachez rien de ce qui s'est passé... »

Le sillage traçait gravement ses belles pistes à la vie brève sur les petites dunes bleues de la mer. Il opérait en silence, tel l'oiseau qui se pose au matin et court sur la grande plage lisse. Images d'un cou fragile, de pattes maigres. Pauvre *Foederis Arca.* Pauvres voiles inutiles qui allez vous fermer — descendre dans la mer au lieu de voler dans le ciel.

⁂

En apercevant la mine rassurée du charpentier, auquel Lénard tenait le bras, les gens devinèrent une décision importante. Ils approchèrent. Le maître d'équipage éclata de rire.

— Les commères qui arrivent ! Elles veulent savoir, bien sûr, qui tiendra la bannière de saint Jean-Baptiste pour la fête, et qui la bannière de Notre-Dame. Je m'en vais dire ça.

« Le cortège sera formé comme ceci :

« La chaloupe. C'est moi qui la dirige et dirige le tout. Y aura dessus Lénard donc, Tessier, Carbuccia, Pierric, Chicot, Orsini. Pardon ! Monsieur Orsini.

« Le canot. Oillic le dirige. Il est donc dessus, avec Thépaut, Daoulas, Marnier, Leclerc, ... et Dupré.

Il chercha des yeux le mousse.

— Tu entends le français, avorton ? Tu seras avec Oillic, tu feras ce qu'il commandera. Oillic, hein, tu connais ?

L'enfant s'était glissé avec candeur au premier rang. Quand Lénard, enfin, avait lâché le nom : « Dupré », il s'était cru sauvé ; une gratitude l'envahissait... L'insistance avec laquelle on lui jetait le nom d'Oillic devait cacher un piège... La peur était encore là. Il écarta ses voisins, se mit à courir.

Les meneurs, cependant, se regroupaient autour du chef.

Dès lors qu'ils retrouvaient la confiance du maître d'équipage, ils avaient repris leurs personnages de mutins et de complices, anxieux de défendre par tous les moyens leurs quatre peaux... Le principal moyen demeurait la suppression du mousse.

Avec orgueil, malice, Lénard écoutait. Comme s'il avait eu besoin de ces opinions !

Flatté qu'on eût désigné son compatriote Orsini pour embarquer avec lui sur la chaloupe de Lénard, Carbuccia traitait le mousse de petit monstre. Il faisait exprès, le salaud, de ne pas remarquer les regards ! Moi, Carbuccia, et toi, Jean Lénard, nous l'avons assassiné des yeux suffisamment pour qu'il comprenne ! Mitler lui a-t-il donné l'exemple, oui ou merde ?

Daoulas et Thépaut se tenaient par le cou, heureux de fuir ensemble sur le canot. Ils conseillaient d'empoisonner Dupré séance tenante. C'était un emmerdeur et un zinzin. Il s'imaginait que son tonton Richebourg allait sortir de la flotte et remettre son monde au travail.

Daoulas Double-Meurtre appuyait :

— A onze ans on est un œuf à la coque, un petit chiot. On est bon pour mourir dans une épidémie. On n'empêche pas les grands, qui ont fait leurs preuves de résistance, de se mettre à l'abri. Faut tuer ça.

Oillic s'exprimait le dernier. Promu chef du canot, supérieur direct de Dupré, il se doutait trop qu'il aurait à se signaler encore. Il se sentait prêt. Il le faisait savoir au chef de l'équipage.

— Le premier gendarme, le premier officier de marine qui interrogerait le morpion, il lâcherait tout : « Ils ont tué Aubert, Richebourg ! Mitler ! » Oui, le cuisinier aussi, il nous le mettrait sur le dos. Un mouchard ne regarde pas au détail ! En avant les wagons de chemin de fer pour transporter une veuve à Guillotin. Avec une lame de fine boucherie, hein, capable de couper onze têtes sans déconner. Non non non, monsieur Dupré, nous ne crèverons pas à cause de vous. J'ai été mousse, moi Oillic, j'en ai bavé plus que monsieur Dupré. Je dormais pas dans la dunette avec des tonton Richebourg, des biscuits au beurre de Nantes et du chocolat. Au poste oui que je dormais, avec des matelots deux fois grands comme moi, et trois coups de pied au cul le matin pour me réveiller. Ça sera toute justice d'expédier un profiteur voir derrière les vagues si la mer c'est du solide ou du liquide.

⁂

L'éloquence d'Oillic les impressionnait tous... A commencer par Oillic. Il était sur le point de pleurer.

Lénard tirait sur sa barbe par saccades. Onze exécutions — il n'avait pas réalisé le chiffre jusqu'à présent... Quoi qu'on pût dire contre les officiers de marine, s'en trouverait-il d'assez durs pour prononcer un tel tas de condamnations ? Il se gratta le front, tourna la tête, demanda conseil à la mer. Raccourcir onze hommes pour les punir de trois ou quatre meurtres ? En Russie, peut-être. Ou en Chine. Mais en France ? Les quartiers chauds de Nantes et de Marseille, du Havre et de Bordeaux, se soulèveraient, putains en tête, suivies des cafetiers, des shipchandlers et des conseillers municipaux. Et dans les ports de guerre ce serait pareil, nom de Dieu ! A Brest, la rue de Siam, la Grand'Rue, tout Recouvrance seraient une seule et gigantesque bagarre.

... A supposer qu'un tribunal aille jusqu'à onze, il dépêcherait une lettre — avec cachet rouge dessus — pour l'Empereur. Nous les juges nous avons été sauvages ; c'était pour vous permettre d'adoucir le verdict... Le Napoléon III n'était pas le mauvais bougre. Il fumerait deux ou trois cigarettes et gracierait un bon paquet du lot. On resterait à trois ou quatre pour monter sur l'estrade d'où l'on ne descend pas soi-même.

— Merci de vos conseils, murmura le maître d'équipage. Braquez-vous, mais pas trop, sur la guillotine... Ça pourrait être le bagne. Le bagne c'est pas non plus une partie de plaisir.

Il balaya l'air de ses bras.

— Tout ça n'arrivera pas ! Nous sauverons nos peaux et nos os !... Pour le petit Dupré, la chose se fera dans le canot. Nous comptons sur Oillic. Faire ça proprement.

La phrase tomba dans le silence.

— ... Et pour les autres, interrogea-t-il, est-ce que j'ai eu la main trop molle ?... Orsini, par exemple ?

Carbuccia protesta comme un beau diable. Antonio Orsini était de la race des Bonaparte. Il en avait déjà vu de toutes les couleurs. Putain de la Bonne Mère, il tiendrait sa langue aussi bien qu'un Carbuccia ou un Thépaut.

Oillic intervint.

— Je propose qu'on se méfie de Chicot. Il n'a pas assez de poils.

Se moquait-il ? Nullement. Les freluquets peau-de-pêche prennent la trouille comme une vieille coque l'eau de mer et ils déballent n'importe quoi.

Le chef décréta qu'il aviserait sur la chaloupe.

Il frappa dans ses mains violentes et hurla qu'on ferlait toutes les voiles, brigantine comprise...

La manœuvre achevée, il bloquerait la barre bout-au-vent et il enverrait Chicot tout là-haut avec des jumelles.

— Est-ce qu'on amène le pavillon ? s'enquit Daoulas.

Lénard se plaqua les mains aux hanches.

— Pourquoi, nom de Dieu ? On a fait le crime il était là, il sera là quand le bateau finira sa vie. Le *Foederis Arca* était et restera bateau français. Les couteaux qui ont piqué Aubert et Richebourg étaient français.

X

Avec discipline le canot et la chaloupe furent descendus à la mer. Deux hommes sautèrent dans chacune des embarcations. Du bord, sous la surveillance de Lénard, leurs camarades leur passaient méthodiquement provisions solides et barils d'eau, couvertures, avirons, outils, lampes à pétrole, fourneaux de campagne, agrès de rechange. Il fallait penser aux avaries, aux déchirures dans les misaines.

Comme tout semblait prêt, Marnier fut envoyé découvrir encore l'ouate et la teinture d'iode.

— Dis donc, Jean, et... ?

Il n'osait plus, Oillic, prononcer les mots *rhum, cognac.*

Mais Lénard avait compris. Il cracha, furieusement. Et descendit lui-même dans la cale, où le niveau de l'eau atteignait déjà plusieurs centimètres. Des odeurs de marée, d'abîmes fades, se mêlaient aux remugles de distillerie. Illusion ou non, on entendait la montée de la mer. Elle ne se ruait pas. Entrait à la queue leu leu, sûre de son abondance. C'était lugubre comme une morgue. Les tonneaux défoncés prenaient l'allure de crânes trépanés... Lénard dénicha deux bouteilles de rhum, qu'il dissimula sous son tricot.

Quand il apparut sur le pont, enveloppé de soleil, il semblait hagard. Oillic se demanda s'il n'aurait pas profité de l'occasion pour lamper un coup d'alcool et il le vit, avec inquiétude, se diriger vers la dunette. Il avait beau, croyait-il, connaître son Lénard, il n'excluait rien. Pas même le coup de bambou et le suicide. Il se griffa la joue et il échangea un regard avec Tessier. Les deux hommes se devinaient : passé dix minutes, si l'autre ne revenait pas, ils se précipiteraient à la recherche.

Dupré avait surpris l'échange des regards. Son cœur se serra. La haine et le dégoût qu'il aurait dû nourrir contre le maître d'équipage ne tuaient pas une étrange affection respectueuse. Père indigne, Lénard restait un père. C'était lui qui avait mené les événements. Lui qui donnait encore des ordres. L'enfant détestait l'Aubert-Richebourg de la révolte, mais sa présence lui devenait nécessaire comme un feu.

Lénard avait cédé à une lubie — ou dans cette série de cauchemars tout n'était-il pas fantasme ? Comme le meurtrier qui au lieu de s'enfuir retourne près du cadavre, pour un coup de grâce inutile... L'idée que la pendule aux statues dorées envoyait toujours, comme si de rien n'était, ses petits crissements métalliques dans la salle à manger cérémonieuse, l'obsédait depuis une demi-heure. A moins que Thépaut ou Daoulas ?... Non. Dans le silence elle marchait en effet, imperturbable comme un cadran d'église ou le destin. Ses maîtres étaient morts, le bateau allait mourir, elle n'en voulait rien savoir. Remontée par Richebourg pour une semaine, elle s'acquittait de la tâche avec conscience, elle pointait les instants du navire et du voyage, pitoyable vieille priant pour la santé d'un fils qui vient de mourir.

Personne ne s'était glissé derrière lui dans la pièce. Lénard sortit de sa vareuse la belle montre en or, avec chronomètre, qui avait appartenu au capitaine et il en frotta naïvement le verre contre celui de la pendule. En salut à ce qui allait disparaître. Ce qu'il allait tuer. Le premier assassinat. Il eut un rictus. Le papier du crime, hein, il aurait pu ne pas le signer, car il n'avait frappé personne, lui, jeté personne dans la mer ! Il avait crié, ce n'était pas la même chose. Il rangea la montre. Ouvrit le verre de la pendule et, résolument, tordit et arracha les aiguilles. La petite, la grande. Stupides entre ses doigts tout à coup, inertes, mortes... Il écouta. Le mécanisme s'était tu. Comme un grillon qui s'effraie des pas d'un promeneur. Un grillon tué par le promeneur, zigouillé pour l'exemple. Là-bas, dans la cale, un autre bruit le remplaçait. A la volée, l'homme projeta les aiguilles contre la femme nue dont il ignorait qu'elle représentait Vénus — d'ailleurs Vénus ! —, elle était pour lui toutes les garces détroussant le marin pendant les escales.

Une main quelconque avait posé sur la table une vieille casquette d'Aubert. Celle-là, sans doute, avec laquelle ils avaient joué la nuit de leur bamboche. Et s'il l'emportait ? S'il l'arborait le temps que leurs embarcations erreraient sur la mer ? Elle marquerait sa véritable autorité morale. Aussitôt qu'ils apercevraient au loin île ou bateau, il en ferait cadeau à l'Atlantique... Il l'essaya une dernière fois. Sentit le bon cercle d'usure accompli par un crâne d'homme, et quel homme ! Puis il la piétina. Qu'elle se fasse foutre par les poissons inconnus des grands fonds.

Dehors, pour la dernière fois, il éprouva la stabilité remuante du pont, la vigueur de l'élan des mâts vers le ciel, la justesse de l'équilibre des forces entre bas et haut. Le navire se carrait sur la mer avec la même exactitude que le crâne d'Aubert dans sa casquette. Il se faisait perpétuellement sa souille profonde et chaleureuse dans la nouvelle houle.

... Fini. Soyons le Lénard de la fuite.

Il s'approcha d'Oillic et cligna de l'œil. Puis, en cachette, il lui remit une des bouteilles.

— Pas d'andouilleries avec ça ! Y avait plus de cognac. C'est pas pour jouer, hein ! c'est pour s'il y a un blessé. Maintenant on fait gaffe.

Avant de franchir la lisse, il chercha des yeux Orsini, puis Dupré... Celui qui survivrait. Celui qu'ils ne garderaient pas. Il s'était efforcé à un regard atone. L'enfant, tassé en boule vers l'arrière du canot, crut à un souci de bienveillance : on vérifiait qu'il ne manquait pas, il faisait partie de leur troupe.

***

Ainsi le voulaient déjà leurs récits du faux naufrage, les embarcations étaient amarrées à la lisse du bateau, qui se balançait dans la houle. Même un Orsini le civil et l'homme d'argent, même un mousse de onze ans toujours anxieux pour sa vie, tous ils avaient la gorge serrée lorsque, chaloupe et canot ayant fait leur plein de provisions et d'hommes, ils se dégagèrent du bord. A l'aviron, laissant filer leurs « bouts », ils allèrent se poster, gardant cap au vent, à quelque deux cents mètres.

D'instinct ils contemplaient le *Foederis Arca.* Il était le centre du paysage, tout un paysage à lui seul ; non pas bateau perdu sur l'océan, mais bateau possédant l'océan et le ciel — comme le seigneur qui marche dans un labour le possède.

Jamais leur maison, leur château marin, n'avait mieux mérité qu'en cette journée, l'ultime, sa désignation de trois-mâts. Artimon, grand mât, misaine, chacun se découpait sur le ciel bleu sombre comme un élément indispensable de la trinité d'énergie. Même le mince artimon, rejeton énergique des géants qui portaient franc la charge et l'ornement de leurs vergues. Le navire ne composait plus la silhouette d'un oiseau touffu, cygne de la préhistoire la tête emmitouflée dans les plumes. Il ressemblait à un rang de peupliers, sous l'azur violacé d'un coup de mistral, un jour d'hiver. Le beaupré sur l'avant se penchait comme un tronc abattu retenu dans sa chute.

Par leur expérience marine personnelle ou celle dont les ancêtres avaient nourri la moelle de leurs os, les iris de leurs yeux, ils savaient que des balancements comme celui-là, des mâts et une coque dodelinant en plein accord sur la houle d'une solitude océanique, se voyaient, sans cesse, dans les aventures brumeuses de la Pêche Lointaine. Qui se nomme La Grande. Le *Foederis Arca* aurait pu être le navire mère des morutiers français, espagnols, portugais, canadiens, qui a descendu à l'eau une vingtaine, une quarantaine de doris. Eparpillés parmi le brouillard, il reste à les attendre, à supputer leurs prises. Hélas ! Toute belle qu'elle fût, et d'une beauté unique, la grande image qu'ils avaient sous les yeux leur évoquait une âme en peine plutôt que ces aventures fécondes. Le vieillard farouche, secrètement épuisé, qui compte les heures. Pourquoi pas eux-mêmes, les mutins du *Foederis Arca,* déconcertés par la rapidité, la vanité de leur triomphe... Un instant, ils considéraient le pavillon en berne, ensevelissement de leur espérance, puis ils détournaient la tête et fouillaient leur mémoire. Ils écartaient les séances d'ivrognerie, l'élaboration de la révolte. Ils allaient au plus dru de leur condition marine. Les coups de sifflet, les claquements de toile. Les jurons. Les saluts au ciel dans les cacatois. La bouille d'Aubert qui les cherchait parmi le gréement — il n'était plus, vu de haut, qu'un rikiki... S'ils avaient commis des folies, au moins avaient-ils su comme pas un, dans la fureur de leurs muscles, modifier de mille manières l'habillement de ce fier canevas. Transformer son hiver en printemps chevelu. Donner plaisir de vivre, courir, voguer, à ces poutres, à ces troncs et ces planches. A ces voiles qui s'étaient closes comme des persiennes, ridicules comme des pantalons empaquetés.

Au lieu de cuver des soûleries, pourquoi dans leurs heures de repos n'avaient-ils pas sculpté des maquettes ? Des *Foederis Arca* bleus et blancs, collés sur des socles de mer verte, glissés dans des bouteilles claires et d'une propreté de sou neuf. Pour le matelot appliqué au loin sur l'océan, faire des bateaux c'était faire des hommes, créer des corps.

Rêves dépassés. Ils ne feraient pas de bateaux, ils en assassinaient un. Comme le froid les membres d'un mourant, la mer qu'ils avaient appelée pour complice envahissait peu à peu le beau bâtiment qui semblait remuer toujours dans ses lignes, intact, mais qui avait déjà commencé à s'enfoncer.

Le soleil, bas, tête rouge éclaboussant un horizon orange, regardait lui aussi, déçu de se retirer avant la fin.

L'agonie se déroulerait la nuit, cela valait mieux pour la prudence et pour l'orgueil.

Dans l'ouest Veracruz par-derrière le grouillement des Antilles, dans le nordet les ports de France des trois mers, ignoraient la scène. Elle se déroulait dans des solitudes sans clairons ni tambours, des chaleurs et des houles éloignées de tout câble télégraphique : mort crapuleuse d'un bateau. Il ne figurait peut-être qu'une unité parmi les centaines de mille ou les millions de bateaux de la planète. Bateaux de tout tonnage, de toute forme. Tel quel, grand et beau, il avait été, serait toujours leur bateau à eux. Ils pouvaient répondre de ses vertus comme bateau et comme foyer. Maintenant qu'ils le perdaient, le voyaient du dehors environné seulement par la mer et le ciel, ils découvraient qu'il leur avait servi de famille, de ferme et de palais ; voire de ville et de tout un pays. Quelquefois, dans une secousse du flot, il se montrait par l'arrière : par-dessous le gâchis de leur peinture la mémoire rétablissait la haute formule se détachant contre la proue :

FOEDERIS ARCA
LE HAVRE

Rien de plus, rien de moins. Quatre mots, tout le nécessaire. Un port de France et un nom... Tu pouvais aller au Groenland, au Japon ou défier les Trois Caps, tu étais en compagnie d'un bateau que les tempêtes et les peuples respectaient.

... Le FOEDERIS ARCA, bateau du Havre, se tuait.

Un trois-mâts barque s'arrête, ferle ses voiles, au milieu d'un bel océan, pour se couler tel un poitrinaire qui se fiche par la fenêtre, il était impossible qu'un événement pareil se produise ! Pourtant il se produisait.

Personne ne parlait.

Même Lénard.

... Même lui, qui avait combiné la scène et fixé l'horaire... Il n'avait pas prévu que le départ normal du soleil avec le soir le heurterait comme une insulte. Il méditait. Il n'y avait pas eu d'autre issue que cette fuite, elle sonnait comme une défaite. Il revoyait dans un tripot sicilien le marin allemand blond platine, deux mètres ou plus, anneau d'or à l'oreille droite, qui s'était levé tout à coup. Dégoûté de perdre, l'homme avait déchiré d'une torsion des mains trois jeux de cartes enliassés et il avait jeté les morceaux à la tête de ses adversaires. Aucun n'avait bronché.

Lénard jetait à la tête du destin le *Foederis Arca.* Savoir si le destin, lui, ne broncherait pas. Ce n'était pas un gaillard à se laisser forcer la main.

Il se gratta le menton sous la barbe.

— Thépaut !

— Présent.

La réponse fusait comme pour un appel.

— Il ne s'agit pas de ça, idiot. Il s'agit de...

En tournant le visage il avait reçu dans l'œil la flèche d'un rayon de soleil. Ses prunelles s'étaient mises à envoyer dans l'espace un floconnement de carrés jaunes et rouges.

— ... S'agit de rien.

Il avait eu envie, un instant, d'éblouir à son tour le soleil. Par un beau geste. Thépaut et lui auraient jeté dans la mer à la même seconde les montres qu'ils avaient volées... Il y renonçait.

Rouge pivoine, le soleil américain touchait l'horizon. Il allait glisser dans la mer comme un scaphandrier. Il en resurgirait, soleil africain, par l'autre côté du ciel. La lumière vieil or qui se déployait au couchant dégouttait comme du coaltar sur les crêtes du flot. Si depuis leur départ le bateau s'était enfoncé, il l'avait fait avec ordre. Aucune gîte. Il s'enlisait au droit de la quille.

Pierric avait enlevé sa chemise. Il regardait le soleil sans défaillance, lui offrant la vigueur d'un torse café au lait dont les pointes des seins ressemblaient à des yeux bruns. Lénard en fut saisi. Il songeait à la femme nue de certaine pendule. Et à son tatouage.

— Nous allons faire de l'est et nous éloigner de chez toi, murmura-t-il à l'Antillais. Mais plus tard, quand nous serons rentrés, si le cœur t'en dit...

Pierric se ploya en deux et remplaça la réponse par un rire très long, très doux. Eludait-il ? Lui-même n'en savait rien. Pour capter le soleil il se tournait vers l'est et son île natale, mais toutes les directions de l'espace le sollicitaient. Il devait les nuances de sa peau à des rencontres amoureuses intenses et brèves, étagées sur des siècles, et qui étaient le fait des trois continents : Amérique, Afrique, Europe. Sa véritable patrie ne serait-elle pas devenue la mer ? S'il réchappait, il rembarquerait... Sur un voilier. Son corps réclamait le bruit, le toucher des voiles.

Lénard s'apercevait enfin qu'il avait groupé sur la chaloupe les quatre îliens du *Foederis Arca :* deux Corses, un Antillais, un Noirmoutrin. La chose s'était faite toute seule. Comme si de naître dans une île exerçait un charme.

Il envoya un sale regard à Chicot, qui bougeait sur son banc.

— Rappelle-toi ce que je t'ai dit pour ta leçon de naufrage.

XI

Dans la pièce voisine un mourant est en train de passer. La porte de communication est tenue ouverte. L'on écoute. Mais l'agonie se déroule en silence. Pas une plainte, pas un froissement de drap...

Le crépuscule du soir avait été comme d'habitude depuis Gibraltar une débauche, violente et courte, dans le ciel de l'ouest. Indigo, pourpre, carmin, bleu royal, rose saumon, jaune safran... Un passage exceptionnel de poissons volants avait salué le kaléidoscope. Se dirigeant de l'Amérique vers l'Afrique, ou poursuivant des proies qui cheminaient dans ce sens. La lumière inépuisable rebondissait sur les peaux mouillées en une gloire de vitrail. Fait exprès, aucun ne retomba dans une embarcation.

La foule des étoiles attendait que s'ouvrent les portes de la nuit pour l'envahir... Malgré la circonstance, ils admiraient. Tous les cierges de l'hémisphère Nord avait été allumés, fête silencieuse, en l'honneur de la mort d'un bateau. Sur la pomme des mâts qu'ils distinguaient avec force dans la pénombre, oscillant à la houle dans un flegme chevalin, il arrivait sans cesse qu'une étoile eût l'air de se poser — on aurait dit un feu Saint-Elme ou une luciole.

Chicot connaissait par cœur le naufrage fictif. Il aimait mieux ne pas penser à la menace trop nette qui pesait sur Dupré. Il ne doutait pas que Lénard ne les eût séparés volontairement... Les étoiles étaient là, ici, myriades, féerie, au milieu de quel silence ! Le père de Chicot avait péri en mer — il n'avait jamais su si c'était à la suite d'une maladie, d'un accident ou d'un naufrage car sa mère ne voulait pas encore le lui dire —, et le garçon avait failli ne pas reprendre la route des vagues. Un soir, durant des heures, un matelot baleinier avait célébré pour lui les constellations originales de l'hémisphère Sud. « La Croix du Sud, mon gars, une épée d'archange. Je ne rigole pas. Tout ce que tu peux voir à Nantes dans les bijouteries des richards, ou même à la cathédrale, ça n'est rien du tout auprès. » C'était pour contempler une nuit, des nuits, tout son saoul, cette Croix du Sud, que Chicot était entré dans la marine marchande. Avait eu son premier naufrage. En vivait un second, lamentable, au sortir de quel drame.

Rien ne garantissait cette nuit un retour à Nantes ni l'aveuglement de la justice française. A supposer que le destin lui permît de retrouver sa mère et sa maison, il n'embarquerait plus. Il resterait à terre. La nostalgie d'une Croix du Sud qu'il n'aurait finalement jamais vue se confondrait avec le regret fulgurant d'un approfondissement horrible de la vie de marin.

D'ici là, sans crime, il pouvait contempler l'illumination. Le Noël réservé par l'Atlantique à l'agonie du *Foederis Arca.* Que pouvait donc être la Croix du Sud, pour qu'on la dise tout de suite la constellation la plus belle dans un tel ruissellement de feux ? Quel privilège avait donc reçu l'autre hémisphère ?

⁂

Lénard était sûr que le trois-mâts s'enfonçait, mais il déplorait que ce fût si long, craignait un piège. Il taisait son souci par orgueil. Sur la chaloupe et le canot il était le maître après Dieu — si Dieu existait malgré les crimes des hommes et seul un Dieu paraissait capable de créer, d'entretenir, cette splendeur sans nombre.

... Sur le canot, quelqu'un avait lâché un cri d'admiration. Ce ne pouvait être que Marnier ou Leclerc. Deux étoiles proches avaient filé dans le même instant.

— Taisez-vous, salauds ! hurla Lénard, comme si une exclamation ingénue avait pu ralentir le sabordage.

— Fermez vos gueules, ou je vous les casse, appuya Oillic, zélé pour aboyer après Lénard, comme Lénard jadis pour aboyer après Aubert.

La veillée reprit, aussi fastidieuse que magnifique...

Lénard s'agitait tant et plus, tambourinant sur la lisse, tapant des pieds. La pensée le travaillait que le *Foederis Arca* jouait un tour de sa façon. Le bateau voulait venger les officiers. Faire sentir aux mutins quelles avaient pu être les souffrances du capitaine et du second aux prises avec la lenteur d'une agonie en mer.

Lénard avait à l'oreille la prédiction lancée par Richebourg. Du coup, il n'osait regarder l'heure. La montre était fichue de l'insulter.

... Il n'y tenait plus. Il fallait qu'il parle. Sur le canot, deux types ronflaient légèrement. Il avait laissé faire.

— Auguste, souffla-t-il, écoute-moi un peu.

Le charpentier ne répondait rien : il s'était assoupi. Sa respiration montait et descendait, enfantine. Quelle brute ! Lénard éprouvait l'amertume d'un chef. Il secoua le dormeur.

— Qu'est-ce que c'est ?

... Leur sauvegarde était confiée à des hommes aussi fragiles ? Le maître d'équipage refréna le besoin de frapper.

— Réveille-toi donc, putain. Fais un effort. Est-ce que tu es bien certain, Auguste, que tes trous vont marcher ? Ils ne peuvent pas se boucher avec quelque chose, des ferrailles, du charbon, est-ce que je sais ?

Tessier regardait les étoiles. C'était plus fort que lui. Avec une fébrilité puérile, il jouait à en compter quelques-unes... Il bâilla.

— Question de patience, murmura-t-il. Comme pour tout. Faut une gestation.

Pour créer ciel et mer, songeait-il, il avait fallu une sacrée gestation ! Il en oubliait l'éloignement de l'Europe, la mutinerie sordide. Il était matelot sur l'océan. Charpentier méditant à loisir sur la patience cloutière déployée par Dieu.

Dans la tête de Lénard, la réplique avait été : « Je te fous à l'eau dans une demi-heure, toi et ta gestation, si le *Foederis Arca* flotte encore ! Tu grimperas dessus pour le couler »... Un chef pèse ses mots. Lénard soupira. Il revoyait les apparitions incongrues, épouvantables, d'Aubert jeté par-dessus bord et qui s'obstinait à remonter de la mer. La lenteur du *Foederis Arca* s'apparentait à ces prouesses.

— Eh bien attendons.

⁂

Il n'en eut pas pour longtemps.

N'aurait-il pas reçu lui-même la visite du marchand de sable ? Tellement il fut surpris.

L'amarre avait été rondement secouée par une main énorme et une vague avait cogné sur la chaloupe...

Dans un réflexe il lança un coup de sifflet.

Oillic — un pur celui-là, il ne fermait pas l'œil — avait largué sans délai le « bout » de son canot.

La nuit, qui n'avait jamais été noire, s'éclaircissait encore. Le marché forain des étoiles diminuait ses lumières dans le ciel plus souple. Cela irait vite maintenant. Un flux de grisaille blanche qui envahit l'est, secoue en silence les poussières de l'ombre...

Prudentes, les deux embarcations avançaient.

La lisse du *Foederis Arca* n'était pas loin d'effleurer l'eau. Un récif à marée haute. Un îlot de la Loire, en décembre, pendant les crues. Avec ses peupliers dénudés, ses cabanes muettes, juchés à même le fleuve... Ah ! si des images misérables pouvaient prendre la route profonde que le voilier acceptait pour sienne ! La nuit criminelle s'effacer avec la silhouette d'un trois-mâts ! Et brusquement... il se souleva par l'arrière comme pour se moquer de leur sacrilège et les obliger à se redire qu'il était le *Foederis Arca* armé au Havre. Le pavillon en berne essaya de s'envoler. Tandis que l'avant, déjà, était noyé et que la coque penchait sur tribord sans que le craquement des mâts conduisît à leur rupture, dans un glougloutement et avec l'agilité d'une baleine regagnant ses repaires le navire inclina et il ôta de la surface la pauvre zone qu'il laissait dehors et au-dessus de laquelle, en un nœud coulant, se refermait la mer.

... N'avait-elle pas toujours été là ? Rien ne distinguait un flot parmi d'autres. Pas une tache, pas une bulle irritée. L'océan, hier, aujourd'hui, demain. Quelle houle avait jamais pu jouer dans le coin avec un voilier ?

Selon les consignes établies la veille, et en se déplaçant à l'aviron, ils fouillaient, scrupuleusement... qu'y avait-il à fouiller ? S'ils n'avaient pas su vivre en harmonie avec deux officiers, ni gagner Veracruz sous leurs ordres, ils s'entendaient à saborder tout seuls un bateau. Autant que la mer pour l'engloutir. Un Aubert les eût commandés au lieu d'un Lénard, ils ne se seraient jamais mieux débrouillés. Sauf deux ou trois planchettes banales d'une vingtaine de centimètres sur dix, muettes quant à leur origine, aucune épave. Le canot crevé, les tonneaux défoncés, n'avaient pas séparé leur destin de celui du bateau. Le voilier avait été dégluti tout entier, dans une dernière bouchée, par la mer.

La fraîcheur d'avant l'aube les faisait frissonner. Réveillés en sursaut presque tous, abasourdis par le spectacle, ils éprouvaient une honte orgueilleuse. Ils remuaient, épiaient sans une parole. A la quête inutile d'un signe dans le bouillon verdâtre.

Le levant besognait là-haut, ayant dispersé les étoiles, pour l'arrivée du soleil. Le temps cavalait sans cesse. Mais il n'était pas un errant.

... Inutile de poursuivre la recherche.

Lénard donna un coup de sifflet. Il ne gueulait aucune indication de manœuvre. Simplement :

— Alors, Oillic, tu te rappelles ?

— Sûr que je me rappelle.

Deux étranges rayons roses, les cornes d'un escargot, se détachaient à l'est dans le bas d'une nappe dorée. Le colosse rond se dressait par-derrière, tel un lanceur de cerf-volant à l'horizon, suintement rougeâtre, grand fruit tombé de l'autre côté du monde. Presque tout de suite il aveuglait. Lénard évita de mettre le cap droit dessus. Il choisit suet. Oillic sud. Les misaines se dressèrent. Des gobelets d'eau circulaient. Des paquets de biscuits.

Cinq minutes plus tard, ils n'auraient pu se héler d'une embarcation à l'autre. Un quart d'heure : un mille au moins séparait canot et chaloupe. Oillic redressa un peu. La tactique était convenue. Ne pas se perdre de vue ni naviguer de conserve.

... Lénard, déjà, s'était mis dans la peau d'un officier de police et il soumettait Chicot, Pierric, Orsini, Tessier, à un feu roulant de questions. En Méditerranée, comment ça s'est passé pour la navigation ? Etes-vous jamais descendu dans la cale voir le niveau de l'eau ?... Il imaginait des pièges. Récusait de bonnes réponses pour voir si l'interlocuteur ne broncherait pas...

Il suspendit l'interrogatoire. Aux jumelles, il chercha le canot, distant d'un mille et demi. Longtemps il examina quelque chose. Il jura. Puis, les verres toujours collés aux yeux, interpella Chicot :

— Lorsque l'ordre vous a été donné d'embarquer dans le canot et la chaloupe, qui, exactement, est resté à bord du *Foederis Arca ?*

— Le capitaine, M. Richebourg. Le second, M. Aubert... Et Mitler le cuisinier.

Après un silence, Lénard demanda :

— C'est tout ?

Il avait dirigé les jumelles sur le visage de Chicot, assis à deux mètres de lui.

— Oui, c'est tout.

La pomme d'Adam du novice montait et descendait. Il n'en pouvait plus de sentir les gros verres noirs braqués sur ses yeux, son nez, ses joues.

— C'est tout ? recommençait l'autre.

Chicot hésita. Il ne répondait rien. Le faux examinateur le railla.

— Je vous ai posé une question, je crois ?

Chicot renifla. Changeant de voix, il murmura qu'il récitait les choses comme il les avait apprises sur le bateau. Avec, en plus, le... qui... que... Il s'embrouillait : prononcer : « le suicide de Mitler » lui était impossible.

— Vous souhaitez donc, absolument, être guillotiné ? Qu'à cela ne tienne..., ironisa le maître d'équipage.

Et lui aussi changea de ton. Il avait posé les jumelles.

— Jean-foutre, tu veux que je te flanque à l'eau pour te punir de vouloir nous faire guillotiner ? Dis-le donc, que tu le veux.

Carbuccia était assis près de Lénard. Chicot l'implora des yeux, le Corse regarda les planches. Meneur, il approuvait le chef des meneurs.

— Dis-le que tu le veux !

Le novice tremblait.

— Alors, si tu ne le veux pas, agenouille-toi. Dis-moi : « Monsieur Lénard, je n'ai pas envie du tout de vous faire guillotiner. »

Chicot balançait entre se jeter à l'eau, boxer le maître d'équipage, obéir. La volonté de revoir sa mère et d'être revu par elle l'emporta. Il s'agenouilla. Chuchota la phrase idiote.

— ... Plus fort ! Il faut que tout le monde entende. Hein, Pierric.

Quelle dérision... A tue-tête, Chicot s'exécuta.

Lénard se caressait la barbe.

— Tu gueules pour te moquer de moi : ça prouve que tu en as. Lève-toi. Ecoute-moi. Et les autres, pareil. Quand l'officier de police, ou l'officier de marine, demandera qui est resté à bord, il ne faudra pas dans la réponse oublier le nom du mousse : Dupré. Vous entendez ? Dupré est resté à bord avec M. Richebourg, M. Aubert et Mitler. Ils ont été noyés tous les quatre avec le bateau. Nous n'avons pas pu retrouver un seul corps. Nom de Dieu, c'est comme ça.

Ils baissaient la tête. Lénard, au fond, ne leur apprenait rien — et cependant ! Les mensonges qu'ils ingurgitaient depuis deux jours avaient été cette nuit, ce matin, affrontés au réel et dans cette lumière ils leur apparaissaient plus ou moins comme un paquet de sornettes. Même à Carbuccia. Prétendre que sur le bateau dont ils avaient surveillé l'agonie, vu de près les derniers et tragiques moments, prétendre que sur ce bateau abandonné, coulant peu à peu, trois hommes et un enfant avaient été surpris dans le sommeil, il y fallait un toupet du diable. Comment pouvait-on dire que le mousse était noyé ? N'avait-il pas dormi à dix mètres d'eux, dans le canot, et il était tout réveillé quand le trois-mâts avait fait son trou, de cela une heure à peine, les yeux lui remplissaient le visage.

Qu'était-il arrivé pour que Lénard parle de lui au passé ? Qu'avait-il découvert dans ses jumelles ?...

Lénard perçut le trouble. Il se leva.

— C'est à prendre à laisser. On ment avec effronterie on sauve sa peau ; ou on bafouille on se fait couper la tête. Y a quand même eu assez de morts comme ça, vous ne trouvez pas ? Oui ou merde ?

Carbuccia parla pour tous. Il avait repensé le dilemne... Il s'était signalé au premier rang la nuit du crime. Son couteau avait frappé plus d'une fois.

— Sûr que oui. Chacun dira comme il faut dire. Forcément qu'il restait quatre personnes sur le *Foederis,* puisque c'est comme ça qu'on sauve sa peau.

... Chicot, sombre, regardait dans le vague. Sa mère l'aimait plus que tout, elle lui pardonnerait tout, mais lui jamais n'aurait le courage d'avouer de quels actes des hommes étaient capables. Quelle lâcheté pouvait loger dans un cœur. N'était-ce pas le moment pour un être jeune, sur cette chaloupe incertaine, au milieu de l'Atlantique, de hurler son dégoût ? D'en appeler à l'honneur, à l'humanité ? Une fois au moins ? Et de vérifier si ces marins et cet Orsini n'étaient plus que des chiffes ?

Il s'épongea le front. La chaleur dardait. Il se sentait mou. Mou comme Pierric ou Tessier... Que le pic annonciateur d'une île, un cacatois, ou la fumée d'un vapeur, vînt à égratigner l'horizon, le besoin de se sauver le condamnait à tous les mensonges. Il ne serait pas le dernier à dire, ni à jurer devant Dieu si on l'y invitait, que Richebourg, Aubert, Mitler et Dupré avaient péri noyés tous ensemble dans le naufrage du *Foederis Arca.*

Lénard agitait sa casquette en l'air, puis il inclinait la barre... Le canot manœuvrait aussi, tout là-bas.

⁂

Chicot eut les yeux mouillés de gratitude quand, à la dérobée, il distingua Dupré, assis dans le canot à toucher le mât. Les sauvages avaient dû s'attendrir... Il n'entendait pas ce que se racontaient Oillic et Lénard — en tout cas le maître d'équipage ne manifestait aucune fureur, aucun dépit. Comme il avait annoncé hier qu'il le ferait, et comme il l'avait déjà fait sur le canot, il procédait maintenant à son interrogatoire. Il questionnait de préférence Leclerc et Marnier... Un point noir : il se désintéressait du mousse. Dupré suivait les dialogues avec zèle, ses lèvres remuaient parfois comme s'il eût désiré intervenir. D'autres fois, il avait la mine abattue.

Lénard demanderait-il quels membres de l'équipage Richebourg et Aubert avaient gardés avec eux sur le bateau ? Il s'en abstenait... Chicot aurait voulu comprendre.

Les embarcations se séparèrent.

⁂

Oillic, Daoulas et Thépaut se le répétaient : ils n'étaient pas des hommes à revenir sur une parole. Ils s'étaient engagés à vider Dupré, ils le videraient. Deux formules résumaient le débat : « Quand c'est dit c'est dit » ; « Puisqu'il faut il faut. »

La mer les aiderait bougrement une fois encore. Ce serait elle qui tuerait. Comme pour Richebourg et Aubert. Pas un cadavre n'avait sali le *Foederis Arca.* Hein, la mer.

Sans qu'ils se l'avouent, la volonté de liquider le mousse faiblissait au moment de passer à l'acte. Envoyer un gosse par-dessus bord, cela ne réclamait-il pas auparavant une bonne colère, ou une cuite ? On faisait ça quand on ne savait plus ce qu'on faisait. Oillic se rappelait la bouteille de rhum. L'entamer ?... Non, pas de ça.

Il recourut à son reproche « Les mousses de maintenant ne sont plus ceux d'autrefois », et comme quoi le petit Dupré se l'était coulé douce depuis l'appareillage. Pas comme un oncle de sa défunte mère, non alors. Mousse à douze ans, celui-là s'était gelé les mains, comme ça, dans une saute de vent, alors que perché tout là-haut il recousait de la toile. Même que c'était devant le cap Horn. Comment il avait pu descendre, on se demande. Le maître d'équipage, un Croisicais à la redresse, lui avait ordonné de tremper les mains matin et soir, et pour un quart d'heure à chaque séance ! dans l'huile brûlante d'une poêle. Oui, mes agneaux. Deux semaines plus tard le sang lui revenait courir dans les doigts. Ça, c'était du mousse. Tandis que ce morveux.

Daoulas et Thépaut grognaient un assentiment, tournaient la tête... Oillic partageait leur embarras. L'histoire du tonton restait de la frime ! Rien ne détruisait une évidence : Dupré ne leur avait jamais fait de mal. Il se tenait dans l'ombre du capitaine, mais enfin il se tenait dans l'ombre.

En se colletant avec Aubert, ils se vengeaient. En noyant Dupré ils se conduiraient en assassins. En bourreaux.

Attendre. Une occasion fournirait peut-être un bon grief...

Ils laissèrent dans une complicité tacite passer les heures.

... Trois fois dans la journée, la chaloupe rejoignit le canot. Trois fois Lénard se maîtrisa difficilement aux méchantes explications fournies par Oillic... Tout retard à liquider la tâche augmentait le danger, sapristi. Qu'ils se rappellent le bateau anglais surgissant à l'horizon le lendemain du crime. Le trafic de l'Europe vers les Indes et l'Extrême-Orient, ou simplement vers Le Cap et Madagascar (tous endroits qu'il n'aurait pas situés, mais dont les noms lui agréaient), devait aller et venir dans les parages. Dupré devait disparaître avant qu'un navigateur ait pu dénombrer aux jumelles les équipages du canot et de la chaloupe.

Le soleil baissa dans l'ouest comme la veille et il y eut encore l'enchantement fugace d'un crépuscule du soir, la somptuosité du couchant, la tombée d'une fraîcheur, un défilé de poissons volants, puis l'envahissement vite vite de tout l'herbage noirâtre du ciel par l'immense troupeau de moutons blanc-jaune des étoiles au broutement silencieux.

La prostration sur les mauvais bancs, la chaleur cognant d'aplomb, avaient épuisé les fuyards. Ils soufflaient. Aspiraient la douceur pure d'un air tiède qui avait roulé sur des milliers de milles océaniques. Ils considéraient la Grande Ourse et la Voie Lactée comme des approches de la terre de France. Ils se seraient crus dans le golfe de Gascogne. Dans le golfe du Lion.

Le chef de l'expédition, le maître d'équipage Jean Lénard, n'avait cure de cette faiblesse naturelle. Le sabordage du bateau et l'errance avaient été guidés par une seule idée : échapper à la justice. Qu'ils n'eussent pas liquidé le sale bougre qui ne manquerait pas de les dénoncer, une honte. Il fallait, coûte que coûte, en finir. La nuit était là, gigantesque caverne. Oillic ne disposait d'aucune excuse.

La chaloupe, une nouvelle fois, approcha le canot. Bout-au-vent, les embarcations se mirent à couple. D'une lisse à l'autre Lénard et Oillic tinrent à voix basse un conciliabule qui dura. Plusieurs dormaient. Dupré parmi eux, tout à l'avant du canot, la tête dans les mains. Carbuccia, qui traversait un cauchemar, poussait des jurons corses. Chicot tentait de prier. Une invocation chancelante à la *Foederis Arca,* la Vierge sans souillure.

La chaloupe dégagea, vira de bord. Après deux minutes, elle se rétablit bout-au-vent. Lénard, dans le clair d'étoiles, percevait le canot avec une netteté suffisante. Il siffla et cria : « Il faut délester ! » Un « On y va ! » répondit. Il avait reconnu le timbre d'Oillic.

... Il suffisait d'attendre.

⁂

Thépaut et Daoulas faisaient semblant de dormir.

Oillic faisait semblant de le croire. De ne pas entendre Thépaut rire sous cape au terme cru, bien marin, employé par Lénard.

Il soupira. Lui aussi, bizarrement, ressentait l'amertume du chef. Le chef qui ne peut pas compter sur les siens.

Il grommela pour lui-même : « *Délester !* On ne fait que ça mon amiral. » Avisant Leclerc, les yeux grands ouverts sur les étoiles, qui rêvassait peut-être aux brumes et aux filles du pays cancalais, il le houspilla.

— Rends-toi utile, nom dé Dieu. Remplis-moi une seille, balance-moi toute l'eau sur Dupré. Après, tu lui dis de venir à l'arrière.

Le novice pensa que le mieux était d'obtempérer sans chercher plus loin. Le mot « délester » l'avait inquiété tout à l'heure et il l'avait oublié aussitôt...

Sous l'eau froide qui lui tombait dessus et coulait dans ses vêtements, Dupré sursauta, s'ébroua. Sans protester. Il croyait à une farce idiote. Puisqu'on lui disait de venir à l'arrière, il se leva, se secoua bras et jambes. Il commençait tout de même à se méfier. Lui qui, une minute plus tôt, rêvait si bien. Ne pensait plus aux horribles choses... Il s'efforça de ne pas heurter en passant les sommeils de Thépaut et de Daoulas, qui jouaient les ronfleurs.

... Oillic appuyait des mains colossales contre les épaules de Leclerc.

— Fous-moi Dupré à la baille, murmurait-il avec violence. Lui ou toi, c'est le marché. Dupré, un petit mouchard, on n'en veut pas. Tu as dix-huit ans, la vie devant toi. Alors fais pas le con pour ne pas aller nourrir les crabes.

Le novice entendait grogner les taquets des avirons de la chaloupe. Lénard venait déjà aux nouvelles. Voir comment marchait le délestage. Leclerc était en pleine terreur. Traqué, ficelé. Lénard se reposait sur Oillic, Oillic sur Leclerc. A mon tour d'être lâche, admit-il désespérément. Comment oserai-je jamais regarder ma mère ou parler d'amour ? Des putains, de vieilles putains, je n'aurai plus jamais droit qu'à ça.

Il se rua sur le mousse pour le ceinturer et le soulever — plus vite ce serait fait moins ce serait répugnant — mais Dupré avait comme prévu l'attaque. Chat contre chien. Ses doigts griffèrent dur les joues du novice, qui secoua la tête en ricanant, mais ne put éviter d'être mordu à la main droite. Il lâcha prise. L'enfant hurlait, comme secoué par une crise de nerfs. « Je n'ai eu que ce que je mérite », songeait le novice, mais il fallait agir comme si ce n'était pas le cas. D'autant que Lénard approchait toujours. Il grogna : « Sale petite vache ! » pour s'exciter à la besogne. Il se rua de nouveau. S'arrêta net, incapable de crocher dans le remue-ménage.

Sur l'eau glissait le cri mécontent et gouailleur : « Alors, c'est pas fini ? »

— Tu n'es qu'une pauvre andouille et le fils d'une putain, lança Oillic à Leclerc en appuyant l'injure d'une paire de gifles.

Puisqu'il fallait y aller soi-même et que les sous-ordres se dérobaient, il y alla. Il se pencha, il s'agissait de ne plus penser à rien comme quand on débouche les poulaines, et ce seul geste, cette grande ombre sauvage, fascina la frayeur du pauvre mousse. Le matelot l'empoigna comme il l'aurait fait d'un paquet de linge et d'une bourriche d'huîtres guérandaises, il le projeta dans les viviers de la mer.

Lénard avait eu ce qu'il voulait, non ?

Quelle manœuvre, maintenant, dictait-il ?

... Lénard se taisait car il était dit que toutes les victimes des mutins — à l'exception de Mitler, victime d'abord de lui-même ? — avaient du cœur au ventre. En plein Atlantique, sous les étoiles, un enfant de onze ans faisait honte à la troupe de gaillards, braves pour liquider leurs officiers en se mettant à cinq contre un, bons à se terrer ensuite comme des péteux. Dupré nageait. Il était remonté d'un coup de pied à la surface, avait craché comme un compère, il nageait avec une admirable vigueur. Il aimait la nage et il voulait vivre... Oillic s'était mis aux avirons, Lénard y avait installé Pierric, mais le mousse ne perdait plus, on apercevait tout près sa tête sombre, l'écume de ses brassées. Thépaut et Daoulas avaient cessé de feindre. Accroupis à la lisse, ils regardaient passionnément. Chicot pleurait et priait, heureux au moins que Lénard le négligeât.

Découvrant sans doute qu'il ne rattraperait jamais ses compagnons par ses seules forces, Dupré gémit soudain. Il les implorait. Par leur nom. Pierric. Tessier. Chicot... Chicot... monsieur Lénard. « Ta gueule », répliqua le maître d'équipage à mi-voix ; mais les matelots et le novice interpellés se sentaient au supplice... Alors, comme l'aide traînait, la détresse enfantine sécréta spontanément le cri auquel un mousse, de sang-froid, se serait toujours défendu de recourir : « Maman... Maman ! »

Oillic le défonceur d'Aubert et Pierric l'Antillais eurent sans se concerter la même réaction : leurs mains faiblirent. Les avirons hors de l'eau, ils écoutaient, ils rêvaient. Combien de fois leur avait-on dit que, sur les champs de bataille, à Solferino, à Magenta, les blessés, les mourants, appelaient leurs mères ? Et les pêcheurs de Terre-Neuve et d'Islande qui vont se noyer ? Dupré, ils le savaient, était orphelin ; sa grand-mère maternelle l'élevait. Quand même, il se tournait vers une morte. Pour lui elle vivait toujours, il la découvrait dans ses muscles, il la voyait dans les étoiles. Maman. Maman.

Tessier attrapa sur les planches un *bout* qui traînait et il le serra entre les mains. Jettera ? Jettera pas ? Lors des préparatifs du sabordage, le mousse lui avait posé des questions intelligentes, elles avaient flatté son savoir-faire. Avant tout, il évoquait sa propre mère. Une qu'il n'avait pas connue, elle était morte à l'accouchement. Son père, un ivrogne, mais pas un mauvais homme, lui parlait d'elle matin et soir. Comme elle t'aimait déjà ! C'était un fils qu'elle voulait pour commencer la série ! Elle te surnommait son petit prince !

Et lui, et d'autres, se rappelaient peut-être qu'après leurs crimes et alors qu'ils se saoulaient, ils avaient applaudi à une chanson, *La Goutte de Lait,* glorificatrice d'un amour maternel.

Dans l'ombre, il chercha Lénard.

— Jean... Jean... Ça fait pitié... Faut le tirer de-là.

Le maître d'équipage éclata de rire.

— Tais ta gueule. Quand Mitler, avant de se supprimer, t'appelait son seul ami, c'est tout juste si tu lui as pas craché à la figure. Faudrait savoir ce que tu veux. Un mioche est encore plus dangereux pour nous qu'un ivrogne.

Et, tandis que le charpentier encaissait, il hurla au-dessus de la mer :

— Balancez-lui un coup d'aviron sur le crâne pour qu'il déborde !

L'ordre s'adressait à tous et à chacun.

Chicot scrutait la nuit.

La voix plus faible, Dupré se plaignait encore :

— Maman !... Maman !...

Qu'attendait le bon Dieu pour faire un miracle ?

Se trouverait-il un lâche assez lâche pour frapper la pitoyable victime ?...

Du désordre dans les embarcations. Des jurons, des chutes.

— Maman ! Maman !

La voix devenait lointaine.

Une étoile fila.

Un sanglot roulait dans la gorge de Chicot. Il ne découvrirait jamais l'Amérique ni la Croix du Sud, mais aurait découvert les vasières, les gadoues de la cruauté humaine.

De la faiblesse humaine.

Comme s'il n'aurait pas dû sauter à la mer dès le premier cri du mousse ! Tout ce qu'il arrivait à faire, c'était de tremper la main dans l'eau et de se signer.

La voix s'était tue... Il fallait du moins l'espérer. Car la chaloupe et le canot avaient pris du champ. Plusieurs s'étaient décidés à ramer, pour fuir, pour ne plus entendre. Peut-être personne n'avait-il obéi au monstrueux commandement de Lénard... Il fallait du moins l'espérer.

Le novice décida de s'endormir.

⁂

Tessier ruminait l'affront qu'il avait subi pour avoir été charitable.

Il n'avait pas la mutinerie dans le sang et n'avait jamais orienté ses lectures du côté de l'histoire des révoltes. Par bon sens, il se doutait que la désunion guette les bandes ; qu'il fallait veiller à ne pas lui donner matière. Lénard avait saisi l'autorité ? Qu'il la conserve. Ils avaient trop besoin d'un chef... Mais, dans une nuit pareille, exceptionnelle, peut-être un matelot charpentier — spécialité justement appréciée ! — et qui avait montré son dévouement lors du sabordage, oserait-il, sans bruit, présenter une remontrance.

— Jean, puisque tu dors pas, écoute-moi. Tu es fier, tu as raison, de ta médaille. Tu t'es jeté à l'eau pour en tirer un bonhomme qui se noyait, qui ne t'était rien, et la mer était mauvaise. Alors, pourquoi tout à l'heure m'empêcher de lancer un *bout* à ce pauvre petit ?

La fatigue remplaçait avantageusement l'alcool pour rendre Lénard intraitable.

— Espèce d'idiot, tu mélanges tout.

— Qu'est-ce que je mélange ?

— La bêtise et l'idiotie. Mon sauvetage et ce dont tu causes, ça revient au même. En vidant un morpion qui aurait vendu notre histoire à la gendarmerie pour un paquet de caramels, une barre de chocolat enveloppée dans un papier d'étain, ce n'est plus un bonhomme que je sauve, mais onze. Oui, je sauve onze personnes. Si je suis une des onze, toi aussi. Tu devrais dire merci.

Tessier recula. Allait-on le soumettre au même traitement qu'un novice ? Lui ordonner : « Agenouille-toi » ?

— Oui, onze, reprenait Lénard. Onze que je sauve de la Monte-à-Regret. J'aurais pas cru que tu préférerais la tête de Dupré à la tienne.

Pour en demeurer là, le charpentier envoya un sourire. Il ne discuterait plus avec un roc. Le chiffre onze l'avait douloureusement impressionné. A cause de la plaisanterie dont abusaient les joueurs de cartes : « *Huit*... res d'Ostende, ... *dix*... seur de bonne aventure, *onze*... réunira à la maison mortuaire »...

Lénard avait la décision rapide. La décision juste ? Ça, c'était autre chose. Les étoiles de là-haut savaient peut-être, aucun des hommes du canot ni de la chaloupe ne le savait, n'était-ce pas tout à l'heure, en se montrant si impitoyable à l'égard d'un enfant qui appelait sa mère, que Lénard avait signé onze condamnations à mort ?

⁂

Le maître d'équipage avait boutonné le col de sa vareuse. Arcbouté contre la lisse de tribord, il faisait deux rétablissements pour se réchauffer. Etait-ce l'envie ou le pouvoir de dormir qui lui manquait ?

... Il jura. Le chef qu'il était commettait un oubli.

Les mains en porte-voix, il héla dans la direction du sud.

La réponse vint du nord. Mais Oillic avait entendu sur-le-champ et il était proche.

Une nouvelle fois, les embarcations se rejoignirent.

— Louis-Pierre, murmura Lénard par-dessus la lisse, as-tu pensé que le sac du mousse devait suivre le même chemin ?

— Nom de Dieu non. Je vais m'en occuper.

— Laisse. Passe-le-moi donc.

Oillic fila sur l'avant et, à son retour, grogna que le sac était trempé. Leclerc l'avait aspergé en réveillant... tu vois ce que je veux dire.

... La chaloupe avait dégagé. Lénard s'était assis à l'arrière et il gardait sur les genoux le sac trempé, qu'il caressait, empoignait tour à tour. L'idée d'ouvrir le démangeait. Le nœud marin maladroit venait tout seul... Comme s'il pût y avoir là-dedans autre chose que trois chemises, un gilet de peau, une brosse à dents à l'état de neuf, des chaussettes, une photographie de la grand-mère ! Et le porte-monnaie, avec les sous qu'Aubert et Richebourg donnaient le dimanche ou une fois le temps. Là-dessus le petit homme aurait acheté une babiole à Veracruz, un éventail ou des dentelles, pour son aïeule.

Allez, tant pis. La main plongea dans l'ouverture et retira un mouchoir noué autour... de billes. Des tout ordinaires, à en juger par le frotter. Celles qu'on avait à six ou sept pour un sou et qui perdaient leur peinture sous la pluie. Un flot d'enfance remonta le cœur de Lénard. Il résista, plongea encore. Une paire d'espadrilles, une carte postale...

Assez de faiblesses. Il reficela. Balança le sac, une deux, dans la mer. Ça coulerait, bien sûr. Si dans les parages les poissons de fond avaient l'instinct collectionneur, ils créeraient un musée du *Foederis Arca.* Il avait peut-être eu tort de retirer les aiguilles de la pendule... Une supposition en déclenchait une autre. Les aiguilles étaient tombées sur les planches. Un poisson bricoleur (ils savaient voler en l'air, ils devaient donc bricoler !) réparerait en deux temps trois mouvements.

CINQUIÈME PARTIE

Une même vague par le monde, une même vague depuis Troie.

(SAINT-JOHN-PERSE)

Ce n'est pas leurs balances de précision
Qui diront notre poids quand nous serons pesés.
Ce n'est pas leur sentence et leur décision
Qui diront notre sort quand nous serons dosés...

Et nos yeux chercheront pour l'âme scélérate
Une autre couverture, un autre couvrement.
Et nos yeux chercheront pour ce recouvrement
Le maternel manteau d'une illustre Avocate.

(Charles PÉGUY, *Ève*)

I

Chicot avait fermé les yeux... Il se recueillait. L'administrateur agita une clochette de cuivre. Un commis entra. Il fut prié, discrètement, d'apporter deux tasses de café. Du fort. Sans chicorée.

Dehors, un équipage en goguette, cheminant au pas cadencé, lançait d'une âme sereine :

Margueri-te,
ma peti-te,
Vous avez de jolis yeux — euh !
Mais vous ê-tes
trop coquet-te,
pour avoir des amoureux !

... Sur quoi, un incident. Un quidam protestait d'une fenêtre.

— Les gars, vous déraillez ! Ce n'est pas « *des amoureux* » qu'il faut dire, mais « *des rob' à queue !* »

— Rob' à queue toi-même !

— Andouilles !

— Massacreurs ! Vous voulez un trognon de chou sur vos casquettes ?

— Va te coucher !

... Le novice n'entendait pas la vie nantaise, il était dans le rissolement du soleil sur l'Atlantique, à mi-chemin entre Gibraltar et Veracruz, guettant à l'horizon une voile ou une fumée. Il hésitait sur le nom que méritaient ses compagnons de misère vautrés à l'ombre des misaines dans le canot et la chaloupe, et leur chef impassible fouillant lui aussi la mer. Naufragés ou criminels ?

— Est-ce que cela vaut la peine que je continue ? demanda-t-il d'une voix sourde. Avec les gros écarts de température nous avons peiné, plusieurs étaient malades, M. Lénard nous a remontés en nous engueulant. Mais il me semble que l'histoire du *Foederis Arca* est achevée.

M. Dufresne demeura silencieux une minute. Répondre du tac au tac : « L'histoire n'est pas achevée, elle commence », eût été victoire facile et blessante... Il se sentait accablé. Depuis qu'il s'était mis à fouiller le dossier du *Foederis Arca,* jamais dans ses pires suppositions il n'avait approché une telle horreur. Il s'en était tenu à imaginer une désertion collective.

— Mon pauvre petit, murmura-t-il enfin.

Puis :

— Quand tu m'as raconté la mort affreuse de ce petit mousse, ta mémoire n'a rien noirci ? Ça s'est vraiment, vraiment, passé comme ça ?

— Oui, monsieur.

— Tu as vraiment entendu... Lénard... hum... ordonner un coup d'aviron... pour qu'on fasse... hum... déborder le mousse ?

— ... Malheureusement oui, monsieur. *Déborder,* c'était le mot. Je ne l'aurais pas inventé. Il y a des choses, comme ça, qui restent dans les oreilles.

— Et tu as vraiment entendu le pauvre gamin appeler sa mère ?...

Chicot avait rouvert les yeux, il les fermait aussitôt. Il battait avec fureur des paupières contre les larmes. De la main, il faisait signe qu'il lui était impossible de parler.

— Oui, je réveille des souvenirs atroces. Pardonne-moi.

... On tapait à la porte. Le commis, sur un plateau, apportait une cafetière, des tasses, des cuillers, des morceaux de sucre... Toutes choses paisibles. Provoquant les chocs enfantins de la vie domestique.

L'administrateur avait servi lui-même le novice. Il le laissait remuer sa cuiller et boire. Chicot avait triomphé des pleurs, mais il gardait l'air absent. Le sifflet d'une locomotive, une sirène de bateau, un « Hue Cocotte » se déployaient dans un autre monde que le sien. « Il s'inquiète si je vais le faire emprisonner, songeait l'administrateur. Comment lui donner tort ? Il déclare tout le premier qu'il a trompé la Marine. Sept mois ont passé avant qu'il se décide à parler — mois pendant lesquels des gens que lui-même appelle criminels ont pu, enhardis par l'impunité, commettre d'autres crimes. Je pense un grand bien de lui et de sa mère ; par devoir, je me méfie cependant.

Qui me dit qu'il n'arrange pas le tableau ? Qu'il n'a pas joué un rôle plus actif dans la mutinerie ? »

Le novice plantait son regard dans celui de l'administrateur et il lançait :

— Vous ne vous doutiez de rien ?

Question déconcertante. L'homme qui la recevait opta pour la franchise.

— ... Rien ? C'est beaucoup dire. C'est trop dire. Dans mon métier, je rencontre tant de choses. Disons que, certainement, je ne voyais pas les faits comme ça.

Chicot baissa la tête afin de dissimuler un sourire triste. Le soulagement qu'il éprouvait à vider son cœur, livrer toute la vérité au sujet de la fin du *Foederis Arca,* luttait, quoiqu'il s'en défendît de toutes ses forces, avec la honte de briser un lien. D'enfreindre les lois non écrites, mais essentielles, du peuple des bateaux, des ports et de la mer. En France et ailleurs. Les Caraïbes, les Maldives, Coromandel, Java, le canal de Bristol, le Kattegat.

Il détestait Lénard, une brute, un hypocrite. Le coupable numéro un, qui avait sur la conscience la mort ignoble du petit Dupré. Pourtant ce Lénard n'était pas n'importe quel forban : puisque, des mois durant, il avait roulé ainsi Marine et Justice en obtenant le silence d'hommes indociles.

Oillic, le crapulard, avait tout de même donné au monde l'image d'un enthousiasme marin innocent comme une aurore deux heures après le départ de Cette.

Et Thépaut, Daoulas, Carbuccia, Pierric, Marnier, tous matelots dont il avait méprisé la violence ou la veulerie, ne laissaient pas seulement non plus des images nauséabondes. Il avait apprécié leur habileté juvénile dans le maniement des voiles, leur intrépidité sur les vergues, leur esprit de joie...

Et puis quoi ! Malgré tous leurs vices et forfaits, ils avaient été pour lui les compagnons du voyage et de l'aventure. Les marins avec lesquels il rêvait de contempler la Croix du Sud, les extrémités de la terre. Rien ne leur enlèverait ce titre. Il avait passé des heures, des jours, des nuits, près d'eux, mêlé à leurs mouvements, à leurs odeurs, à leurs haleines... Il revoyait les hamacs tendus sous l'épaisseur des corps. Le coude à coude pendant les tablées du roof, sur le bois travaillé d'initiales et de dessins bizarres. Il entendait le rire distinct de chacun, ses plaisanteries indéracinables. Il sentait le délice du changement d'air, quand il abandonnait la bande et sa tabagie pour le quart sous les étoiles.

Il avait ce matin livré la vérité à la Marine. Il lui avait aussi livré des hommes. Des camarades sinistres. Des camarades.

⁂

M. Dufresne s'était mis debout, mains aux poches. Il se concentrait... Essayait de se concentrer. Le dehors chantait de nouveau :

Les matelots
pan pan pan pan !
De La Belle Eugénie
pan pan pan pan !
Ont pavoisé
pan pan pan pan !
D'leurs plus belles couleurs...

« Taisez-vous, les gars, songeait-il. Par la faute de types de votre genre, j'ai une affaire trop grave à régler. »

... Un drame pareil. Et qui éclaboussait la Marine. Le ministère de la Marine et le procureur impérial de Nantes auraient évidemment à en connaître, mais que dictait la hiérarchie ? Qu'est-ce qui était le plus urgent ?

Pour se donner le temps de réfléchir, il interrogeait sans conviction.

— Que vient faire un Orsini dans ton histoire ? Le juges-tu, finalement, comme un des vôtres ?

Chicot s'aperçut qu'il pensait à tout et à tous, mais non à Orsini. Après deux minutes, il avoua son embarras. Orsini gueulait contre les officiers, il avait poussé à la révolte. Apparemment, il était un mutin, lui aussi. Pendant l'errance, toutes les fois qu'il le fallait, il avait donné un coup de main... N'empêche qu'on ne cernait pas son rôle. Pas du tout.

Il évitait de dire qu'il abhorrait le personnage. Cela ne regardait pas l'interlocuteur. Et comment, sans tricher, eût-il débiné un homme qui, après tout, n'était pas un traître ? A son débarquement, Orsini avait respecté la loi du silence. C'était Julien-Pierre Chicot, le novice nantais, qui l'avait violée. Qui n'avait pas joué le jeu des hommes de la mer.

L'administrateur avait oublié le Corse mystérieux. Sa décision était prise : conférer immédiatement avec son supérieur hiérarchique, le commissaire général de la Marine impériale de Nantes. Celui-ci alerterait lui-même, à coup sûr, Palais de Justice et Rue Royale. Il donnerait des ordres au sujet de Chicot et de Lénard. M. Dufresne pourrait regagner son bureau pour la rédaction d'un très long rapport.

— Tu vas m'attendre chez les commis, dit-il. Je vais prendre un fiacre. Je serai là dans trois quarts d'heure.

Ils passèrent dans le local où le public avait accès — pour l'heure les employés étaient seuls.

— Messieurs, je vous confie M. Chicot. Il ne doit sous aucun prétexte s'en aller d'ici. Enfermez-vous à clef après mon départ, n'ouvrez à personne. Attendez-moi. C'est grave.

Les trois commis s'étaient levés automatiquement sur le mot « grave » et leurs visages bonhommes s'étaient chargés de sévérité. Leur chef indiquait une chaise bancale au novice... Mais celui-ci avait saisi le bras de l'administrateur.

— Faites ce que vous croyez bon, murmurait-il. Simplement, je vous en supplie pour ma mère... Aussi un peu pour moi. Empêchez qu'un gendarme à cheval me promène dans la rue attaché à son poignet. Qu'on me tue s'il le faut, mais pas ça.

— Calme-toi, mon petit. On ne va pas te tuer. Je te promets de faire de mon mieux pour ce que tu me dis. Garde courage... Rappelle-toi ce qui s'est passé.

— Oh pour ça vous n'avez pas besoin de me demander !

Il s'asseyait, rouge, les yeux fixes...

La porte s'ouvrait sur le père Jérôme, un manchot qui venait pour les arrérages d'une vieille pension. Il fut poliment éconduit. On lui expliquerait plus tard !

L'administrateur disparut. De façon ostentatoire, la porte fut fermée à clef. Le local sentait la paperasse, les sabots et la mer. Des dossiers encombraient les tables. D'énormes classeurs, les étagères... Des milliers et des milliers de destins maritimes aboutissaient donc à un de ces numéros noirs. Les vies individuelles fanfaronnaient à jongler avec leurs péripéties sur toutes les mers du monde, et puis, un jour, tôt ou tard, l'aventure et la routine se résumaient sur des feuilles ; elles disparaissaient mêlées à toute une foule dans une liasse.

« Lénard a pris les devants, songeait le malheureux, mais les autres ! Avant de parler combien j'aurais dû *les* prévenir ! A la Marine, on a sûrement les noms de leurs bateaux, de leurs escales. On m'aurait renseigné. J'aurais fait le même télégramme pour chacun : « Cache-toi je vais tout dire ! »

Triple imbécile ! C'était là le meilleur moyen d'attirer l'attention sur eux ; de les faire cuisiner, arrêter !

Tu arrivais au bout d'une impasse.

... Encore une chanson dehors :

Non, jamais l'on n'a vu et l'on ne verra
Une petite bonne femme avec un cul comme ça...

Les commis avaient ri sous cape. Le moyen de résister ? Il y en avait toujours, à Nantes, qui ne s'embêtaient pas ! Tout de suite, ils se reprirent. La mine de Chicot interdisait la plaisanterie. Cela sentait la mort.

Chicot revoyait en effet le petit Dupré, seul dans la nuit et la houle, dont ils s'éloignaient comme d'une peste. Pourquoi n'avait-il pas sauté près de lui, pour mourir avec lui ?

II

La carrière du trois-mâts le *Foederis Arca* s'était achevée dans l'océan par un naufrage.

Dans le port de Nantes, le 14 mars 1865, appareille l'affaire qui reprend le nom liturgique.

En libérant son cœur le novice a déclenché, dragon assoupi toujours vivant, la machine judiciaire. A peine le procureur impérial a-t-il entendu, de la bouche du commissaire général de la Marine impériale, un résumé de faits pas du tout impériaux, qu'il mandate un juge d'instruction aux fins de convoquer Julien-Pierre Chicot. Une heure plus tard, dans le cabinet dudit magistrat, tout le récit va être repris point par point : il pourra dès lors mériter pour un journal le titre, officiel, d'« aveux » ou de « déposition ».

Le procureur impérial met les bouchées doubles. Pour les motifs d'« *assassinats, destruction de navire, rébellion et complot* », il ouvre une information, en bloc, contre l'équipage du trois-mâts naufragé, le *Foederis Arca.* Cet équipage s'est dispersé. Il apparaît à l'Inscription Maritime que la plupart de ses membres naviguent au long cours. Le procureur télégraphie dans les ports, français comme étrangers, où les bateaux de ces marins sont attendus pour escale, des mandats d'amener nominatifs aux autorités compétentes. Lénard est recherché comme en fuite. Il n'y a pas de mandat d'amener contre Chicot, laissé en liberté provisoire.

La puissance publique a été abusée, bafouée une fois. Elle ne le sera pas deux. Contre l'opiniâtreté dans le secret déployée par une bande, elle fait donner l'arsenal de ses voies et moyens.

Patience. Impossible d'alerter un bateau en pleine mer. De prévoir ses déroutements. D'oublier que, dans tous les cas, il marche tellement moins vite que la pensée humaine, voire un télégramme.

Grâce à des indiscrétions plus ou moins volontaires, des noms circulent, magie étrange, précise. Riga. Tornea. Fort-de-France. Port-au-Prince. Dantzig. Obock. Curepipe. Chandernagor... Comme la terre est grande. Combien de lieux attendent les navigateurs après combien d'espaces de flot ! Le Nantais Jules Verne envisage de prouver que les inventions techniques ont singulièrement rapetissé les distances et qu'un homme audacieux, suffisamment riche, peut accomplir un tour du monde en moins de cent jours, mais les chiffres sont une chose, l'attente en est une autre. Le bateau parti de Bordeaux ou du Havre pour Fort-de-France ou Curepipe n'arrivera pas plus tôt à destination parce que le chemin de fer a réduit à neuf heures la durée du trajet entre Paris et Bordeaux.

Attendre. L'opinion, sur la côte et dans les ports de France, n'en est que plus à l'aise pour se trémousser. Dans « l'affaire » qui surgit pour elle comme un météore, le coupable qui navigue laisse désormais l'avantage aux honnêtes gens. Il ne sait pas ; eux, ils savent. Il s'illusionne sur son impunité alors que des millions de Français et de Françaises imaginent à loisir l'arrestation spectaculaire dont il pourrait être l'objet, par les soins de gendarmes étrangers aux uniformes sonores, à n'importe quelle heure du jour et de la nuit, dès que son bateau touche le lieu d'escale et jette l'ancre.

C'est ainsi que le nommé Joseph Daoulas, né à Paimbœuf, signalé par Chicot comme un des meneurs, aurait tort de se réjouir outre mesure. Il était de passage au Havre avec son bateau quand le procureur impérial de Nantes a lancé des mandats d'arrêt dans tous les azimuts. Descendu se distraire dans les bouges du quartier breton, il a eu la bonne fortune d'entendre les vendeurs de journaux crier le nom du *Foederis Arca.* PIRATERIE SUR LE « FOEDERIS ARCA » BATEAU DU HAVRE ! LE CAPITAINE AUBERT TIENT LA VENGEANCE DE SON FRÈRE !... Il n'a fait ni une ni deux. Il a sauté à bord du *Guesclin,* trois-mâts français, appareillant pour Montevideo. Le capitaine, à court d'équipage, ne l'a pas refoulé, mais la scène a eu des témoins... Daoulas va s'offrir un peu de bon temps : quand le voilier franchira la Ligne et qu'un Neptune-pour-rire s'installera sur le pont. De dix à quinze nuits il pourra contempler la Croix du Sud. Et puis ? L'Uruguay n'est pas une terre sauvage ni Montevideo un port à l'abandon. Tôt ou tard tombera l'heure où, requis par le consul de France, des gendarmes qui ne seront pas pour rire guetteront l'amarrage à quai du bâtiment et monteront cueillir le misérable. *EL SENOR JOSE DAOULAS.*

⁂

Quinze jours plus tard, première cueillette : Oillic, en mer Baltique. Un premier avril, il aura trouvé la chose encore plus amère. Il ne l'a pas volé ! Le temps qu'il arrive, il donnera un compagnon au chef de bande, Jean Lénard, que Nantes a enfin mis sous les verrous. Celui-là, c'est au Havre que les gendarmes l'ont attrapé, juste avant qu'il s'évade. Sur ce monstre, tel l'homme de base dans les exercices d'infanterie, les complices viendront de tous les horizons se serrer un par un. Il a reconnu les faits dans l'ensemble. Comment eût-il nié ? Lors de son arrestation il portait en poche la montre d'Alfred Richebourg. Un tel cynisme émerveille plus d'un mauvais garçon, plus d'une catin. Drôle de corps, c'est sûr. Médaillé pour un acte de sauvetage accompli au mépris de la mort ! Et on l'accuse d'avoir noyé un petit mousse comme un chiot ? S'il monte sur l'échafaud, ce qui semble des plus probables, il faudrait peut-être lui retirer sa médaille ? Les connaisseurs rassurent les bonnes âmes. Quand Lénard avancera le cou dans la lunette, il ne demeurera aucun ornement sur sa chemise de chanvre.

Un sur dix... Dépêche-toi, Oillic. Dépêchez-vous, bateaux, d'atteindre vos escales. D'autant qu'il se chuchote une rumeur très désagréable à l'âme populaire : le juge d'instruction estime qu'il doit mettre hors de cause le sieur Orsini. Pas un des motifs d'inculpation retenus contre l'équipage ne devrait jouer dans son cas. Rébellion ? Complot ? Cela ne peut s'entendre d'un passager payant. Assassinat ? Destruction de navire ? Aux dires de Chicot, qui restent l'Evangile des enquêteurs, Orsini n'a jamais frappé. S'il a aidé au sabordage, il y a tenu un rôle très secondaire ; encore était-ce sous la contrainte : les meneurs l'auraient tué sinon.

Vous y croyez, à des raisonnements pareils ? Des soupçons rôdent. Le juge exécuterait des consignes. Elles proviennent forcément « des hautes sphères ». On ignore ce qu'une telle image représente au juste, alors on n'exclut rien : intervention de l'Angleterre, du pape, des Tuileries. Oui, pourquoi pas des Tuileries. Quelque parenté inavouée doit se cacher là-dessous. Au nom de la solidarité corse.

Quel dommage. Un agent secret faisait si bien dans le tableau.

⁂

N'importe. Les milliers de kilomètres de la côte française, ses centaines de ports grands et petits, les îles du Ponant et du Levant, tiennent les éléments d'un drame exemplaire et qui intéresse toutes les marines.

Il a été payé le prix d'un beau voilier et de quatre vies humaines... Débours provisoire. Qui attendra verra.

Pour la satisfaction de Brest et de Bayonne, du Havre et de Cette, de Dunkerque et de La Ciotat, de l'état-major des vaisseaux de guerre et des paquebots, des shipshandlers, des pilotes, des courtiers maritimes et de toutes les rues chaudes, entre le 1er avril et le 7 octobre les télégrammes se succèdent venant d'ici et de là, savant comptegouttes, pour annoncer l'arrestation et l'acheminement de mutins du *Foederis Arca.* Dans le port hanséatique où les voiliers mouillent à quai en pleine ville, beaupré tendu comme un doigt vers les graves maisons patriciennes ; dans la rade foraine antillaise où les chaloupes colorées des riverains assaillent le bâtiment qui jette l'ancre tel un vol de mouettes la barque sardinière ; dans la crique de l'océan Indien où le navigateur se juge mieux à l'abri pour trafiquer sa pacotille avec la terre ; partout même jeu de scène, même résultat.

Tessier arrive le dernier. Il s'est fait ramasser dans le port de Mayotte, aux Comores...

Ce n'est, certainement, pas très honorable pour le pavillon français. Mais comme c'est bon pour la morale et pour le besoin d'événements ! Un homme jeune et solide, hâlé par l'air du large, l'aventure lui riant dans les yeux et les cheveux, qu'une troupe armée, costumée, dissimulant son malaise derrière la morgue, retire du milieu de ses compagnons. Jean Matelot, Jean-Le-Luron-des-Houles, suis-nous s'il te plaît... Toi qui d'ailleurs peux te prénommer François, Auguste, ou Joseph, te voilà enfermé, enchaîné, privé de ciel et d'océan tant qu'un navire ne sera pas à même de te reconduire, sous bonne garde, vers la mère patrie... Ne te fais pas d'illusions : l'accueil que celle-ci te ménage ne reproduit pas le Retour de l'Enfant Prodigue. Les paraboles se démodent. A l'époque des télégraphes et des chemins de fer, et des transatlantiques Le Havre-New York, on ne peut saluer les Enfants Perdus comme au temps des Ecritures. Les servantes qui te laveront et te parfumeront ? Des gardiens munis de chicotes. La belle chambre aux boiseries en cèdre du Liban ? Une cellule pisseuse, où rats et punaises distraient la solitude. Le Veau Gras ? Un baquet de soupe claire.

Oui, Jean Matelot.

... Montevideo. Olé ! Tout là-bas là-bas, dans le sud, l'entrée du Rio de la Plata, sur la droite quand tu viens de France. Pile dans l'ouest, sur la rive gauche, tu as Buenos Aires. Une autre paire de manches ! Montevideo, c'est plus petit, c'est admirable. Le soleil de midi ferme la rade. Si tu veux cuire sur le pont, te dorer la poitrine, tu peux.

... L'enchantement du soleil au repos de la terre uruguayenne,

Joseph Daoulas n'aura pas le loisir de l'exploiter. Il est cravaté avant la fin des manœuvres d'arrivée à terre, jeté dans un canot, ficelé sur un cheval, embastillé. Signalé dangereux, jour et nuit un factionnaire armé d'un long fusil et d'un sabre surveille son cachot... Le 15 juin 1865, le capitaine Bourdon, en partance pour Le Havre sur son voilier Le *Chincha,* le fait sortir du trou. Après une discussion des plus serrées avec les autorités consulaires françaises, il a consenti à embarquer cette cargaison spéciale. Il répond, sur l'honneur des capitaines, de la livraison en France. Le mutin du *Foederis Arca* fera le voyage, retenu par les fers à une barre de justice, devant la porte de sa cabine.

En cette mi-juin, Pierric, arrêté aux Antilles, et Carbuccia et Leclerc, arrêtés à Marseille, ont rejoint Lénard et Oillic dans la prison de Nantes. La gendarmerie guette l'arrivée en métropole — ce n'est pas pour tout de suite — de Thépaut et de Marnier. Tessier est toujours dans l'océan Indien, attendant un bateau.

Le capitaine Bourdon ne commande pas aux vents. Il ira aussi vite que possible mais, en ce qui concerne Daoulas, pourquoi se presserait-il ?

Daoulas est jeune, vigoureux. La mort ne risque guère de lui fournir un alibi pour esquiver la guillotine. Bourlingueur rompu aux balancements des mâtures, il possède une avance de souplesse.

Deux mois et demi plus tard, soit déjà un an et un mois après les crimes, patatras. Un matin de la fin août, le *Chincha* pénètre dans les bassins du Havre. Aux jumelles, du quai, les gendarmes et les journalistes avisés d'urgence lisent la contrariété sur le visage du gros capitaine. Il y a de quoi. Le voilier eût mis son pavillon en berne qu'on l'eût trouvé normal. Car il a perdu le vilain oiseau jalousement confié à sa garde. Bourdon s'arrache les cheveux, tempête, la gendarmerie tempête encore plus. Elle fulmine, alerte les autorités judiciaires supérieures.

Ce qui s'est passé ? Bourdon, un être jovial, n'a pas supporté une semaine de passer à tout bout de champ, libre dans ses mouvements, près de son criminel avachi. Il l'a questionné. A découvert un marin malheureux, anxieux de se rendre utile. Dès lors, quitte à le reboucler le soir sur sa barre de justice, il n'a pas craint de l'employer à des corvées, sinon à la manœuvre. Jusqu'à cette nuit du 23 au 24 août, dans la boucaille de la Manche, entre île de Wight et Cotentin, alors que l'arrivée devenait imminente. Se réveillant pour son quart, Bourdon a trouvé au pied de son lit un billet signé Joseph :

Capitaine,

Je vous remercie de m'avoir laissé libre une partie de la traversée ; mais, comme je me suis promis, plutôt que d'aller au bagne je me noie. Mais seulement, si vous aviez la bonté de dire que je suis tombé par accident, vous m'auriez fait plaisir.

Pour qu'il soit établi qu'il s'est détaché lui-même de ses fers, Daoulas a glissé d'ailleurs sous le même lit, sans les cacher vraiment, une épissoire, un couteau, une lime, des tenailles.

... Dans l'instant de ces révélations, un scandale éclate. Bourdon le bonhomme se transforme pour l'opinion du Havre et de toutes les côtes françaises en un personnage trouble, dangereux. Comme Daoulas ne peut contredire et que la solitude océanique prête aux hypothèses, on avance, on insinue, des accusations sauvages. Bourdon ne se contentait pas de faire travailler Daoulas, il se saoulait avec lui ! Il le sodomisait. Les magistrats ont beau résister à cette haine subite, ils admettent que le capitaine a ridiculisé la Justice. Ils le font casser de son grade, mettre aux arrêts. Sur l'affaire du *Foederis Arca* une seconde affaire, du *Chincha,* se greffe.

L'opinion, en principe, ne décolère pas. Les honnêtes gens, les honnêtes navigateurs, ne sont pas défendus ! Après avoir effacé Orsini, les salauds laissent filer Daoulas ! Une crapule poussant l'effronterie jusqu'à sembler croire que ses crimes sont passibles du bagne ! Assassiner des officiers ? La guillotine, mon cochon !

L'épisode a enrichi, en fait, le drame principal. L'imagination d'un chacun, d'une chacune, saisit la nuit du 23 au 24 août pour en tirer un chapitre supplémentaire. Deux doctrines se heurtent. Daoulas a pu se suicider ; il a pu jouer le suicide. Une enquête a établi qu'il avait fabriqué la veille de sa disparition, avec des tonneaux vides, un radeau sommaire et que ce radeau lui aussi a disparu. La côte anglaise était proche. La circulation maritime, intense. Les recherches de la police près des capitaineries des ports n'ont rien donné, qu'est-ce que cela prouve ?...

⁂

Après avoir rendu en faveur d'Orsini une ordonnance de non-lieu, basée entre autres raisons principales sur l'impossibilité de retenir contre lui rébellion et complot, le juge d'instruction de Nantes, approfondissant le dossier, arrête soudain qu'il doit se dessaisir. La nuit où les mutins ont jeté à la mer Aubert et Richebourg, ils ont pris possession du bateau. Situation qu'ils avaient mûrie dans leurs conciliabules. En droit français, cela s'appelle piraterie. Le Code maritime ne réserve nullement la piraterie à l'attaque et à la prise d'un bord par un équipage étranger. Un équipage, sur son propre bord, peut s'en rendre coupable. C'est ici le cas. Donc, l'affaire est du ressort des tribunaux maritimes.

Encore une mine somptueuse de perplexité pour l'opinion. Ahurie qu'un magistrat se dérobe à la chance providentielle d'instruire un drame si humain. Flattée que des mains françaises, autant que des étrangères, puissent commettre le fameux délit de piraterie. Heureuse que la Marine plonge enfin dans le dossier. Et, en se vengeant, venge les hommes.

Dans l'immédiat, une source de retard.

Tandis que l'affaire du *Foederis Arca* piétine en attendant son mutin de l'océan Indien et la juridiction qui aura compétence pour l'instruire, le tribunal du Havre hâte le procès Bourdon.

Au soulagement honteux de la marine marchande, le capitaine, après avoir failli écoper de dix-huit mois de prison, est acquitté. Le défenseur, par une remarque de bon sens, a démontré l'insuffisance des charges. Daoulas ne sachant pas écrire, le billet signé Joseph ne pouvait pas être de sa main. Comme il n'est pas non plus de la main du capitaine, il a fallu qu'il existe des complicités dans l'équipage... Grands Dieux ! Où allons-nous ? Les matelots du *Chincha* ont en effet repris la mer. La Justice devrait-elle délivrer contre chacun d'eux un mandat d'arrêt pour que sur l'affaire du *Chincha* un nouveau scandale se greffe ? Suffit. Que Bourdon reprenne sa liberté. Il a commis des imprudences. Un magistrat vivant dans le fond des terres peut l'en blâmer. Un magistrat dont la ville baigne dans l'océan — la Manche est une portion de l'Atlantique — le comprend et l'absout.

Le capitaine Aubert ronge son frein. Que d'atermoiements. Les mutins ont liquidé leurs deux officiers en une heure.

C'était un événement hors série. La Justice épouse la sérénité des grands rythmes terrestres. Les marées, les battements de cœur. Le trot d'un cheval. L'allure d'un trois-mâts barque par moyenne brise.

III

Lénard s'était donné le plaisir dérisoire, le premier jour, de brailler dans sa cellule :

Dans une tour de Nantes
Y avait qu'un prisonnier...

... Ils n'en étaient plus là. L'essentiel de l'équipage du *Foederis Arca* se trouvait réuni. Seul, Daoulas manquait vraiment. Orsini était toujours demeuré un étranger. Dupré (paix à son âme !) habitait dans la dunette. Quant à Chicot... réservons un cas pareil.

Au fur et à mesure des arrivées, attendues avec passion, les clivages se reproduisaient systématiquement : le chef, les meneurs, les suiveurs (auxquels se rattachait le novice Leclerc).

Dans ce bassin de radoub des consciences égarées qu'on appelait une prison, bâtisses enfermées derrière de hauts murs et qui tenaient à la fois de casernes, d'hôpitaux, de séminaires, Chicot venait une fois la semaine, apportant à ceux qui restaient en dépit de tout les compagnons d'une aventure tabac et beurre salé, sans avoir fait l'objet d'une seule imprécation haineuse. Lénard, Carbuccia, Thépaut, Oillic — surtout Oillic et Lénard — l'avaient engueulé avec tristesse. A part eux-mêmes, les meneurs ne lui en voulaient pas. Ils lui étaient plutôt reconnaissants, car enfin il avait tenu bon six mois. Six mois, pour eux, de belle cavale océane ou nantaise. Il n'appartenait pas à leur espèce. Il n'avait ni leur teint, ni leurs biceps, ni leurs yeux. Il avait suivi la pente de sa nature : il ne supportait pas le remords. Et pourtant ! Lui n'était guère coupable ! Le destin exigeait sans doute cette confession, par une fin d'hiver, dans un bureau de la Marine, à même l'agitation salace d'un grand port. De leurs cellules ils entendaient retentir le cuivre des sirènes, gronder un fond de rumeurs d'où grimpaient les chansons et les cris. La nuit, des cloches rythmaient le silence. Ils écoutaient, ils appréciaient. Chicot, évidemment, n'avait pu résister à l'océan ni à cette ville maritime qui réclamaient vengeance pour un capitaine, un second et un mousse, aussi pour un bateau, coupés tous quatre dans leur fleur de vivre et de courir la mer.

Les meneurs n'avaient-ils pas appris non plus avec quelle finesse le capitaine Justinien-Napoléon Aubert, frère du second, avait percé à jour, dès le premier moment, leur paquet de mensonges ? Il avait attaché le grelot séance tenante. Empêché le dossier de moisir, le ministère de la Marine de dormir dessus. Chicot se serait-il contenu encore, l'affaire éclatait avant deux ou trois mois ! La Marine et la Justice les gardaient à l'œil par leurs livrets matricules en quelque extrémité du monde qu'ils se rendissent. Telles les heures de nuit aux clochers des églises de Nantes, le destin eût sonné, tôt ou tard, leur défaite.

Ils s'avouaient, entre eux, une admiration rieuse pour ce roublard de capitaine marchand beaucoup moins élégant de personne et de langage que les officiers de marine de guerre mais qu'ils n'avaient pas réussi, lui, à « mener en bateau ». C'était quelque chose, la marine de commerce. Le long cours. On y connaissait la pâte humaine autant que les vents et les voiles... Rétrospectivement, ils en arrivaient à respecter, à aimer Théodore Aubert. Il gueulait trop, bien sûr, maniait les mots comme une trique. Mais c'était un officier. Il savait la manœuvre d'un bateau, et c'était un homme. La lettre qu'il avait postée juste avant l'appareillage et qui était devenue pour la Justice la plus implacable des pièces à conviction, il avait eu la clairvoyance de l'écrire. Il les avait traités de *fatras*. Eux-mêmes à l'époque l'appelaient une brute. La conduite qu'ils avaient tenue au milieu de l'Atlantique lui donnait combien raison ! Ah ! ils s'en souviendraient, de ce mâle, de ce chef.

⁂

Humiliés par la disparition de Daoulas dans la Manche, et se demandant si Tessier n'allait pas disparaître à son tour quelque part devant les côtes d'Afrique, les gardiens avaient tu la nouvelle. Mais Chicot, lors de sa première visite, n'eut rien de plus pressé que d'en informer les camarades.

Sachant qu'ils savaient, le directeur les fit entreprendre par des moutons. Croyaient-ils à l'évasion ou au suicide ? Sans s'être concertés, ils répondirent par le ricanement. Ils ne s'estimaient pas supérieurs aux autres détenus, mais ils s'en jugeaient différents. Ils ne devaient la confidence qu'aux anciens du *Foederis Arca.*

Leur conviction, quant à eux, était formelle : Daoulas avait une nouvelle fois couru sa chance. Il nageait bien et d'ailleurs il n'y avait pas mauvaise mer : le radeau improvisé aurait rempli son office. Les pêcheurs grouillaient dans le coin. Sauf déveine incroyable, Daoulas était aujourd'hui vivant, à l'abri d'une identité de pacotille, quelque part dans l'ouest de l'Europe. Jersey, Londres, les Pays-Bas.

Quand ils pouvaient s'en entretenir, ils se félicitaient d'un pied de nez à la Justice. Entre le sabordage et l'arrestation, chacun n'avait-il pas eu pour ambition principale de sauver sa peau ? C'était même pour l'atteindre que, d'instinct, ils s'étaient égaillés : se retrouvant dans le même équipage, ils auraient risqué de s'exciter la mémoire ; de lâcher des allusions dangereuses... N'empêche que, dans le secret, ils subissaient le geste de Daoulas comme un lâchage. De mauvais augure. Joseph avait manifesté au grand jour la peur de leurs os, de leur sang. L'ombre de la guillotine était sur eux. Thépaut ne laissait pas de frissonner. Joseph avait été son frère ! Ce frère l'abandonnait sur la route. Il demandait à François de payer pour deux... Thépaut se tâtait la nuque. Il fallait en profiter tant que la tête et le tronc n'étaient pas désunis.

***

Daoulas s'était sauvé. Bon. Tessier arriverait peut-être. Bon. Leur « affaire » pendant ce temps, la grande histoire du *Foederis Arca* pour laquelle la Société avait interrompu leur liberté marine et les avait jetés en prison pour y attendre le jugement, que devenait-elle ? Un gardien, un infirmier, l'aumônier, glissaient parfois des phrases. Comme : « La Justice suit son cours. » Ou seulement : « Ça suit son cours. » *Long* cours, c'était le cas de le dire, sinueux comme la Loire. Tailler des chaussons de lisière valait mieux que de se faire raccourcir, tout de même ils s'impatientaient. Chicot avouait que la situation le dépassait. Ahuris et flattés qu'on les appelle des pirates, ils s'estimaient traités plutôt comme de simples voleurs de grand chemin. Eux les grimpeurs de mâts. Quelle loufoquerie. La magistrature, comme l'océan, avait sa longue houle. Ils allaient d'une crête à une crête en passant par un creux. L'onde finirait-elle jamais ? Mourraient-ils en prison avant qu'un tribunal les interroge ?

La mauvaise blague finit par échoir dans le début de l'hiver, alors que Tessier le retardataire était là depuis des mois, à Joseph Marnier, un qui n'avait jamais tenu dans la révolte et la nuit fatale qu'une place falote de brailleur et de buveur. Un rêveur, un timide heureux parmi les effrontés. Natif du beau pays indécis — entre ciel, terre et eau, et entre Bretagne et Vendée — de Saint-Aignan-de-Grandlieu. Il n'avait été ramassé que le 31 juillet et son dernier bateau avait longtemps couru les Caraïbes. S'était-il alangui encore dans les Antilles ? Il prit froid banalement dans sa cellule, contractant une angine qui empira. Et il mourut. La nouvelle ne fut pas portée aux journaux. Amérique, Mexique, Garibaldi, l'effort militaire prussien et *tutti quanti,* agrandissement de Nantes, aménagement de la Loire, etc., les rédacteurs avaient trop de pain sur la planche.

Le corps fut mis en bière dans l'infirmerie. Ils avaient obtenu l'autorisation de dire au revoir. Un vague cousin de Marnier, maréchal-ferrant bourré de tics, hésita, puis leur serra la main. Le prêtre récita des prières latines. En regardant le visage blanchâtre à la barbe sale qui émergeait du linceul comme celui d'un moine, ils songeaient que leur compagnon s'était laissé mourir. Il ne s'en était même pas rendu compte. Un suicide tranquille... Maintenant, ils restaient à sept emprisonnés. Une sirène ulula. Des milliers de bateaux couraient les mers. Des millions de marins grimpaient dans les voiles, apercevaient des îles et le jet de vapeur des baleines. Se colletaient avec le gros temps ; des vagues hirsutes, ocellées comme des léopards. Et le vent, le vent des espaces leur courait sur tout le corps, leur dégoulinait dans les yeux, leur envahissait la gorge, les narines.

Même si, selon le mauvais jeu de mots de Lénard, celui-là était mort « avec toute sa tête », Marnier ne leur donnait pas un exemple à suivre. Mais pourquoi la Justice lambinait-elle ? Ils n'y avaient pas mis tant de formes pour balancer leur Richebourg par-dessus bord ! Etait-ce la peine de les avoir arrachés, avec le concours d'autorités étrangères, à la liberté océane ? Une rallonge de six mois sur les voiliers, comme elle eût été la bienvenue !

... L'hiver s'enfuyait, le printemps installait un ciel bleu clair à mi-chemin des ciels atlantiques et des ciels de Loire et ses chants d'oiseaux. Printemps comme hiver, ils ignoraient quel tribunal voulait d'eux.

... La France avait changé quinze fois de régime politique depuis 1789. Le maquis de sa procédure demeurait intact. Aussi dru et noueux. Avec son vocabulaire à dormir debout.

Le juge qui avait suspendu l'écriteau « Piraterie » à la porte de l'affaire, M. Crucy, avait eu le désagrément que son ordonnance de dessaisissement fût frappée d'opposition. Relisez les alinéas du Code !

La série commençait. Lanterne magique de points de vue judiciaires. Le juge en appelle à la Cour de Rennes. Elle casse l'opposition, revalide le dessaisissement. La Chambre Criminelle est saisie. Elle casse la décision de Rennes : l'affaire relève du civil, non du militaire. Comme le *Foederis Arca* était immatriculé au Havre et que Le Havre est du ressort de la juridiction de Caen, elle dit que l'affaire doit aller à la Cour de cette ville. Les prisonniers seront-ils tranférés en Normandie ? Caen étudie le dossier. Réserve son opinion.

⁂

La nuit, parfois, le capitaine Justinien-Napoléon Aubert était sur le point de regretter ses lettres au ministre de la Marine.

Lois, ordonnances, arrêts, s'opposaient à la vie.

Mutinerie, ivrognerie, ne valaient-elles pas des chipotages juridiques ?

C'était au prix d'un gros effort qu'il reprenait espoir dans le châtiment juste. Pas plus que les lois, les choses et la vie n'étaient simples. Sa Normandie natale, qu'il aimait tant, pratiquait du même cœur les gestes de violence et la paperasserie procédurière. L'homme qui avait magnifié l'emploi du mot merde, le général Cambronne, n'était nullement un Viking, mais un Nantais.

⁂

Si elle avait gaspillé le temps, du moins la Justice aboutissait-elle à une heureuse décision : l'affaire irait sur Brest. Elle serait confiée au tribunal maritime, non permanent, mais parfaitement défini par la loi, que le vice-amiral préfet du 2e Arrondissement maritime convoquait à sa discrétion. Il en désignait lui-même les membres en se référant aux critères fixés par les textes.

La corvette à vapeur *Le Monge,* qui avait rapatrié en France les survivants du *Foederis Arca,* les avait débarqués à Brest. C'était à Brest qu'une commission d'enquête présidée par un officier de la marine de guerre, les avait interrogés sur les circonstances de leur naufrage. A Brest qu'ils avaient menti ; que leur fable n'avait pas été éventée. S'il existait une affaire du *Foederis Arca* passablement embrouillée, et si les matelots Daoulas et Marnier étaient aujourd'hui défaillants, on pouvait en rendre Brest responsable.

Ainsi raisonnaient Le Havre et Cette, Bordeaux et Nantes, Marseille et La Rochelle.

Brest devait aux gens de mer une revanche éclatante. La marine de guerre, à la marine de commerce.

Justinien-Napoléon Aubert offrit à ses camarades une tournée de calvados. La Manche était bleu de lin, d'un calme de prairie. Les quatre cheminées d'un transatlantique lançaient quatre piliers de fumée bleu-noir pour soutenir un ciel myosotis... Enfin. Le capitaine de l'*Hiram* avait tellement redouté que le dossier échoie à un tribunal civil. Pour l'honneur de toutes les marines justice devait être rendue, essentiellement, par des marins. La marine de guerre rattraperait sa bévue. En silence, les capitaines et les seconds levèrent leurs tasses. A la santé de la vengeance et de la mer.

IV

Salut ! O guillotine, expiation sublime,
Dernier article de la loi,
Qui ravit l'homme à l'homme et le rend pur du crime,
Dans la nuit du néant mon espoir et ma foi.

Ah ! Je vous connais bien, dalles qui faites place
Aux quatre pieds de l'échaufaud,
Dalles de pierre blanche où ne reste plus trace
Du sang versé par le bourreau.

(Lacenaire, exécuté en 1834)

⁂

Brest ressentait à honneur le choix que la Justice avait fait de lui et de son tribunal maritime.

La commission d'enquête brestoise de 1864 avait commis une erreur grave. *Errare humanum est.* Elle avait péché par noblesse d'âme. Elle répugnait à mettre en doute les déclarations que des hommes de mer lui faisaient sous la foi du serment. Pourquoi un officier de marine se conduirait-il, *ipso facto,* en policier qui cherche la noirceur ?

Le mensonge, on le voyait d'ailleurs, n'avait guère profité aux criminels. A l'exception d'un qui avait disparu — il s'était peut-être noyé — et d'un qui était mort aussi sûrement qu'on peut l'être, ils revenaient dans la ville qu'ils avaient trompée. Elle les connaissait maintenant pour ce qu'ils étaient. Son verdict serait sûr.

A Nantes, au Havre, à Cette, la naissance d'une des victimes dans la ville ou ses environs eût contribué à enfiévrer le public. Brest jugerait de haut. Il s'agissait d'une rébellion sur un trois-mâts avec ses suites : destruction de vies humaines, destruction d'un navire. Grande cité française, grand port maritime, Brest veillerait, sans dissimuler l'horreur du drame, à lui conserver la simplicité océane. La dignité mystérieuse qui s'attache aux malheurs de mer comme elle s'attache à un débris de coquillage, à l'ourlet d'une vague.

On était à la pointe de Bretagne, à la pointe de l'Europe. En un lieu de rencontre privilégié pour les navigateurs, mais connu, répertorié par eux tous avec ses dangers et ses charmes.

Les fêtes prodigieuses des 25 et 26 avril 1865 avaient marqué pour toujours la mémoire brestoise. Des cérémonies à la Marco Polo, à la Haroun al-Rachid, magnifiés par le progrès technique.

L'Empereur, l'Impératrice et leur suite chamarrée — tous les ministres plénipotentiaires des pays européens accrédités à Paris avec leurs bicornes et leurs plaques de brillants, avaient tenu à en être — étaient arrivés par un train doublement spécial — locomotive surchargée de drapeaux et de fleurs, sifflant à écorcher le ciel. Car il transportait des voyageurs illustres et inaugurait le dernier tronçon du chemin de fer Paris-Brest. Ah quelle liesse. La ville rendait hommage autant qu'elle était saluée. Arcs de triomphe, défilé de cavalerie et de calèches dans la rue de Siam, défilé naval sur la Penfeld, avec l'Empereur dans un canot doré à réveiller de jalousie feu les doges vénitiens. Promenade en rade sur le vaisseau *Louis-XIV* parmi les canonnades, les grands pavois, les reflets d'acier, le bonheur printanier des lignes de la côte... Le port de commerce arraché au flot droit sous les remparts, bassins à l'équerre, et le cours d'Ajot lui faisait là-haut un chemin de ronde ou une dunette, avait bénéficié de son inauguration originale. Brest grand port transatlantique, pourquoi pas ? Sur la ligne Southampton-New York, des paquebots y escalaient.

« *L'Europe sait aujourd'hui qu'on peut monter dans un wagon à Saint-Pétersbourg, Vienne, Berlin et Francfort, et arriver à Brest directement, en suivant une ligne droite...* »

Le laudateur sous-entendait : « et de Brest gagner New York... ». La guerre de Sécession prenait fin par la victoire du Nord. Le grand trafic maritime avec les Etats-Unis allait renaître. Brest avançait la main.

L'agglomération urbaine brestoise n'avait pas l'ancienneté de

Saint-Malo ni de Rennes, et alors ? L'agglomération havraise non plus. Le site de la rade et le château qui le dominait avaient transféré leurs lettres de noblesse à une ville. Ce n'était pas une petite cité qui allait recevoir pour la seconde fois les mutins du *Foederis Arca* pour que ses représentants décident de leur sort.

⁂

D'instructions officielles en recommandations locales, de méditations personnelles en rapports écrits de ses collaborateurs, le vice-amiral préfet du 2e Arrondissement maritime aboutit à une composition de tribunal qui, sur le papier, satisfaisait la loi, le ministère de la Marine et Brest.

Lorsqu'il la lut pour la première fois, noms et justifications, l'idée l'envahit qu'il parcourait une liste d'artistes, sélectionnés pour une représentation exceptionnelle.

Fichue pièce : elle ne comprenait que des rôles d'hommes.

Cela se passait comme sur les bateaux. Ici non plus l'exclusive n'était qu'une apparence. Les hommes portaient les femmes dans leurs cœurs. Elles étaient plus de la moitié du monde. Les réactions des dames brestoises pèseraient plus que les articles du Code. Il eût aimé à savoir quelles femmes avaient compté le plus dans la vie de tous ces enfants perdus, un Oillic, un Thépaut, un Carbuccia, dont les patronymes, sûrement chargés de sens, sonnaient une poésie barbare... Mais personne ne poserait la question. Jamais on ne saurait la réponse. Il se souvint de ses campagnes lointaines. Des nostalgies qui traînaient dans le regard des matelots après les mois de mer sans escale...

Que Dieu aide ces Messieurs à juger loyalement. Il eût détesté siéger parmi eux. Aucun nom de la marine marchande ne figurait dans le tableau puisque ainsi l'exigeait la loi — étrange cadeau, ce bouquet de malheureux égarés par l'alcool ! Des pirates ? Il remua les pieds sous sa chaise. Foutus pirates, patriotes dans la tripe et dans le crime. Enfin, la justice des juges l'avait dit, donc ils étaient pirates ! Ils l'avaient été trente-six heures, donc ils l'étaient. Tant mieux après tout. Cela mettait la marine de guerre sur la sellette. Elle aurait peut-être la chance de juger plus sereinement.

Ah ! Si les imbéciles s'étaient satisfaits de tuer deux adultes ! Il leur avait fallu, de sang-froid, tuer un mousse de onze ans ! Il cogna du poing sur la feuille de papier. Les salauds.

Il relut :

Capitaine de vaisseau PICHON, président.

Assesseurs civils du président :

LE GUILLOU PENANROS, juge au tribunal de première instance de Brest.

Me CLÉREC, avocat.

Assesseurs militaires :

RIOU, commissaire adjoint.

PIOT, lieutenant de vaisseau.

BIENAYMÉ, sous-ingénieur de première classe de la marine.

BRINDEJONC DE BERMENGHAM, lieutenant de vaisseau.

Commissaire spécial rapporteur : SEGONDAT.

Greffier : ERNEST LESCOP.

... Il appela son officier d'ordonnance.

— Mes respects, amiral.

— Merci, mon ami.

Le vice-amiral regardait le lieutenant de vaisseau avec une ironie paternelle.

— Savez-vous à quoi cette feuille me fait penser ?

— Non, amiral.

— A ceci. Retenez. Les matelots ont des corvées de poulaines. Les officiers, des corvées de tribunal. Croyez-moi, les premières sont les moins désagréables.

Le jeune officier ni n'approuvait ni ne désapprouvait. Il regardait. Il écoutait. Son supérieur lui sut gré de ce calme.

— Vous pouvez disposer, mon ami. Nous nous reverrons tout à l'heure.

L'officier d'ordonnance salua, toujours impassible...

Ah ! Cette histoire ! Quel temps elle faisait perdre ! Mais impossible de l'éluder. Maintenir la discipline importait autant que de moderniser la flotte. Les juges militaires feraient leur devoir.

Brest, songeait-il, vivait le même dilemme. Enthousiaste pour héberger l'affaire du *Foederis Arca,* peu chaud pour garnir le tribunal. Aucun des deux assesseurs civils n'avait fait de courbettes. Le Guillou Penanros, désigné par son président, avait accepté la place de mauvais gré. Clérec [1], appelé par son bâtonnier selon l'ordre hiérarchique, faisait courir le bruit qu'il trouverait un empêchement.

... Naviguer, c'était autre chose ! Il plia la feuille, la rangea dans une chemise, posa sur la chemise un petit bouddha en bronze troqué à Canton pour deux paquets de cartouches et qui avait failli couler devant Sébastopol.

---

1. Il devait être remplacé par Maître Kernévez et assurer la défense d'un des meneurs.

⁂

Privés des vents, des voiles, des vaisseaux et des vagues, les mutins du *Foederis Arca* fabriquaient désormais des chaussons de lisière aussi habilement que les professionnels, mais ils ignoraient toujours la visite grandiose que leur empereur avait faite à Brest un an plus tôt ; comme ils ignoraient le remue-ménage que leur visite prochaine, à eux mutins, commençait de déclencher dans la ville océane.

Ils avaient accueilli la nouvelle du départ avec joie. Ils imaginaient s'en cacher par des plaisanteries macabres. Tant pis pour la conclusion à venir, ils tiraient là un bon numéro. Le large, le plein ouest, la suprématie affichée de la marine dans la rue de Siam comme dans les lupanars. La prison occidentale ne ressemblerait à aucune. Elle aurait des rats, probable ; des rats qui parleraient breton, se raconteraient leurs odyssées maritimes. Après que la Commission d'Enquête, vingt-deux mois plus tôt, les avait blanchis, émerveillés ils n'avaient pas fait long feu dans la ville ; ils avaient quand même pris le temps de s'offrir une poignée de bonheur.

L'administration leur avait fait miroiter un voyage par train, avec une halte à Rennes. Puis un voyage par bateau, ce qui eût été encore plus plaisant. Finalement, les mains attachées dans le dos, mais sans fers aux pieds, elle les entassa dans deux lourdes voitures noires avec de forts attelages, une escorte de gendarmes à cheval. C'était long, cahoteux, mais ils pouvaient parler. Ils comparaient leur répartition entre les voitures, imposée par les gardiens, à celle qu'ils avaient respectée après le sabordage, entre le canot et la chaloupe. « C'était le bon temps », lâchait Oillic. Carbuccia l'approuvait. Ni l'un ni l'autre ne songeaient que le meurtre du mousse marquait ce bon temps d'une tache indélébile et que la justice brestoise le leur ferait savoir.

Lénard nourrissait l'espoir déraisonnable que les officiers joués vingt-deux mois plus tôt siégeraient encore dans le tribunal. Ils seraient apparemment tout bardés d'une sévérité nouvelle ; pourtant, « il y aurait moyen de moyenner avec eux ». Il marmonnait perpétuellement le nom des deux principaux : Rouxel, Jayet de Gercourt. Ah ! si seulement...

Il appela Chicot. Brusquement invité par la Justice à retrouver sa place dans leur bande, mais qui faisait le voyage les mains libres.

— Toi le calotin, prie donc, nom d'un chien. Pour qu'on ait encore ce Jayet de Gercourt à nous demander ce qu'on a fait.

— On ne prie pas comme ça, monsieur Lénard. Vaudrait mieux, je crois, prier pour demander pardon.

— A qui ? C'est pas moi qui ai commandé de fourrer ces alcools dans la cale histoire de nous faire envie ! Tu devrais avoir honte. Tu nous as jetés dans un merdier et tu ne pries pas. Sans compter que, si on avait voulu, on t'aurait cisaillé toi aussi.

Thépaut et Pierric gardaient le silence.

Par des trous dans les toiles, ils découvraient des haies, des champs, des troupeaux, des fermes, la vivante dissémination de la campagne. Jamais depuis l'enfance ils n'en avaient tant vu. A la longue, les conversations tombèrent. Les meneurs s'étaient figuré qu'ils mettraient au point, à défaut d'une évasion pendant le trajet, un plan de défense devant le tribunal, cette envie tombait elle-même. Faire voyager des marins comme des bestiaux. Les grimpeurs de vergues accroupis dans la vieille paille. Les vogueurs de houles encaissant les cailloux et les fondrières.

Un arrêt enfin. On reposait les chevaux. On les fit descendre. « Soulagez vos vessies », ordonna un brigadier. Ils avaient gardé leurs menottes, mais les gendarmes étaient rompus à manœuvrer les braguettes de prisonniers. Ils purent ensuite se dégourdir les jambes. Oillic et Tessier reconnaissaient le paysage. Guérande était à des lieues et des lieues mais, en humant très fort, ils capteraient l'âcreté inimitable de ses salines. Au milieu d'une jachère un menhir pointait, incongru — il avait l'air de les insulter en douce, petits bonshommes menottés, périssables.

Se dire qu'à la même heure, en Hollande ou au Wurtemberg, Daoulas fumait le cigare. Que les vers rongeaient les dernières chairs de Marnier. Qu'Orsini traitait des marchés de n'importe quoi. Des messieurs graves, à tout hasard, étudiaient le procédé le plus économique — tout en étant le plus rapide — pour transporter de Caen à Brest des bois de justice. Le sable avait couvert les revolvers de Richebourg... Le monde tournait, tournait sans cesse.

— Les gars, on sera mieux quand on sera au bout.

... Dans la traversée au pas d'un village, Lénard aperçut une vieille qui se signait. Il ne laissa pas que d'en être ébloui. L'instant d'après, il vit qu'elle tendait le poing. Il sauta en arrière.

... La partie qu'ils joueraient serait très dure. Même en présence d'un Jayet de Gercourt. Pourquoi avoir annoncé qu'ils « seraient mieux » au terme du voyage ? Au terme de tout le délai qui depuis le crime leur avait été accordé par le destin et les hommes, peut-être un matin se lèverait-il sur Brest, aigu, décisif — et beaucoup d'entre eux regretteraient le lent voyage breton, alors que les cahots d'une mauvaise route, non une angoisse, faisaient branler leur tête.

Puis Lénard éclata de rire. Il évita de s'en expliquer.

... Chicot priait, de toutes ses forces. L'administrateur de Nantes avait promis pour lui un acquittement. Il n'avait soufflé mot des compagnons. En son âme et conscience, le novice pensait que Lénard méritait la mort. Il croyait aussi que le tribunal déciderait avec sagesse. Quoi qu'il pût arriver, et malgré les images épouvantables qui sautaient dans la mémoire telles des lames de fond, il y aurait eu l'équipage du *Foederis Arca,* le beau trois-mâts confié à leurs jeunes muscles.

V

Lénard ne reconnaissait pas le petit matin qu'il avait appréhendé. Il ne faisait pas jour. Le cachot donnait à l'ouest. Que de visages. La bâtisse granitique, taillée pour étouffer les cris, bruissait d'un mouvement profond. Le branlebas d'un grand départ.

— Jean Lénard, soyez courageux.

Il acquiesça de la tête. Il pouvait encore s'en servir ! On allait lui dire, il s'en doutait, que l'Empereur avait refusé sa grâce. L'Empereur ! Ils avaient dérangé l'Empereur à son propos ! A propos d'une histoire, loin sur l'océan, qui avait déjà deux années... Comme le temps passe. Et à certaines heures il passait doublement vite ! De toutes ses forces, il aspira l'air usé.

La cohue des gens graves se retirait. Elle allait réveiller Thépaut. Elle l'abandonnait pour la dernière toilette. Coiffeur à domicile. Guillotin demande qu'on lui mâche la besogne.

... Des lèvres, gênées par les poils de barbe, lui effleuraient la joue droite : son avocat, Maître Agie... Car il aurait eu un avocat. Il recula pour examiner une dernière fois l'homme dévoué auquel il était redevable d'une dernière satisfaction d'amour-propre. Il avait été maître d'équipage. Mourrait en maître d'équipage. Comme le *Foederis Arca* était mort en bateau de haute mer. Il revoyait la silhouette basculer sur l'avant, entendait le craquement des mâts — ils avaient exécuté un voilier. Il sourit encore.

— Merci, maître.

... La première, la dernière fois, qu'il disait « maître » à un civil.

Il abominait cet abus des chicanous. Avocat, notaire, ne commandent pas à des hommes !... Désormais, le langage importait moins. Un maître se retirait du monde ; il saluait un successeur.

L'avocat s'essuyait le front contre une manche. Il avait passé la robe noire flottante. Il levait une dernière fois les bras pour un geste d'impuissance, d'adieu.

Vivement, que le jour se lève. Que le matin ressemble à un matin. Le début de l'automne au début de l'automne... Qu'une dernière fois, sur les bâtiments endormis dans la Penfeld, un clairon sonne le chant du coq des équipages, la diane éternelle qui arrache au sommeil la vigueur des corps. Jour, tu es jour, je confierai des actes à chacune de tes heures.

***

Le tribunal siégeait à un premier étage. Dans une grande salle grise. Conduits sous bonne escorte, ils y accédaient par l'entrée minable des artistes du crime. Admis comme s'ils sortaient d'un trou par une porte qui se confondait avec le mur, après avoir franchi un dédale de cours anonymes et de ténèbres, gravi un escalier poisseux, compté les minutes dans un réduit.

Aussitôt terminé le brouhaha de leur installation face aux juges, ils entendaient l'ampleur de la marée humaine qui entourait l'affaire du *Foederis Arca.* Dehors, quelques mètres plus bas, des centaines ou des milliers de gens, piétinant depuis des heures, vociféraient, gémissaient, hurlaient. Affamés du pain de la justice. Assoiffés du vin de la vengeance. Des marins en armes gardaient le porche. Du moment que la furie se grisait de son tapage, le président Pichon laissait crier. Un ordre de dispersion eût déclenché une mauvaise bagarre.

Séance après séance, les mutins avaient ainsi mesuré à quel point leur crime et le verdict attendu bouleversaient le Brest populaire. Toutes les ruelles et les impasses entre la place Médisance et l'arsenal, l'église Saint-Louis et la rue Suffren. Tout le quartier des Carmes. Tout Recouvrance... Dans la cité que les fortifications de Vauban enserraient d'un corset trop farouche, tout ce qui travaillait de la mer, de ses bateaux ou de ses hommes, accourait vers le drame pour y découvrir un exutoire à ses rêves de mers inconnues et de passions dangereuses.

Lénard ne se doutait quand même pas que c'était la ville entière qui vibrait, toutes classes sociales confondues dans l'attente. Avec les communes et la paysannerie d'alentour.

Ce matin-là, il ignore que dans une ferme du Chemin Creux, en Lambézellec, à toucher Kérinou, la traite des vaches a été avancée d'une heure. Afin de livrer le lait à Brest une heure plus tôt. L'on craint des encombrements près de la porte Fautras, par le pont-levis de laquelle la petite voiture à cheval pénètre en ville d'habitude.

Une vieille demoiselle professeur de piano et de solfège a convoqué ses élèves à dix heures du matin au lieu de neuf, pour leur classe de gammes et d'exercices. Elle a perdu son frère, Etienne, enseigne de vaisseau, dans l'océan Indien. Un de ses neveux, le Père Amaury, est missionnaire en Haïti. Elle veut voir au moins le passage de la voiture. Voir à quoi ressemblent des tueurs de petit mousse et d'officiers... Et comparer ses impressions à celles de deux amies.

Un prêtre se propose de gagner dix minutes sur sa messe. Un beau-frère lui a prêté un costume civil et un chapeau de paille. Personne ne le reconnaîtra dans la foule. N'apercevra le chapelet qu'il serre entre les doigts.

⁂

— I... i... i... ici.

Le coiffeur était bègue. Lénard tique.

— Laisse-moi pisser d'abord. J'ai le droit, non ?

Un baquet, sous un couvercle. Pour la première fois, le prisonnier le regarde avec une affection familière.

— Je suis à toi.

Il s'assied dans la chaise qu'un deuxième personnage a posée sous la lumière d'une lanterne.

— ... Pen... penche-toi.

— Je te défends de me tutoyer.

— Et... et... et toi, tu me tu tu tu, tu me tutoies ?

— Oui, je te tutututoie, car tu es un valet. Mois je suis un condamné à mort. J'ai droit au respect, comme les femmes enceintes.

Le coiffeur regarde son acolyte, hoche la tête. Rétorquer, au prix d'un effort de gorge : « Tu es surtout un criminel », n'en vaut pas la peine. Tout à l'heure, cette tête-là ne fera plus la fière.

Sans un mot, il penche lui-même le crâne de Lénard...

Le maître d'équipage savoure le froid des ciseaux sur la nuque et il se retrouve dans la salle du tribunal, alors que, la séance ayant repris sans les accusés, après une interruption de deux heures on vient de les réintroduire ; que la garde présente les armes avec une sauvagerie nouvelle ; que juges et public sont debout ; qu'un silence extraordinaire pèse sur la foule du dehors et que le président Pichon lit à haute voix monocorde, sur sa feuille blanche, le résumé de la délibération.

Une lecture qui est une relecture. Le public l'entend pour la deuxième fois. Les mutins n'ont jamais senti avec cette violence, derrière eux, tous ces regards coupants épier leur attitude.

***

Lénard s'attendait au pire. Le petit Dupré n'avait obtenu en sa faveur aucun miracle du ciel. Il n'y aurait aucun miracle pour un Jean Lénard. Si le tribunal ne s'était jamais départi à son égard, dans les plus cruels reproches, d'une correction formelle, il ne s'y trompait pas : dès le premier moment ces deux civils, ces cinq militaires, l'avaient jugé ; ce serait la mort.

Le président Pichon, avec la même simplicité que pour un jeu de cartes, avait fixé les règles au début : il avait rappelé à ses collègues que le tribunal disposait de deux types de décision : la condamnation à mort, l'acquittement. Rien entre les deux.

Et maintenant, pour les mutins, puisque eux seuls ne savaient pas encore, il lisait le résultat de la réunion secrète.

Il apprenait que les juges avaient divisé leur tâche. Ils s'étaient posé à eux-mêmes, concernant chacun des accusés présents, quatre questions.

Est-il coupable du crime de piraterie ?

A-t-il participé à l'assassinat du capitaine Alfred Richebourg ?

A-t-il participé à l'assassinat du second Théodore Aubert ?

A-t-il participé à l'assassinat du mousse Dupré ?

... Attention. Les réponses allaient tomber — en attendant les têtes. Derrière les mutins, la salle était un bloc de silence. On aurait pu croire qu'elle ne savait rien.

Le crime de piraterie. Lénard, premier sur la liste, était reconnu coupable par cinq oui contre deux non. Carbuccia, Oillic et Thépaut recueillaient sept oui. Pierre, dit Pierric, cinq non, deux oui. Tessier, six non, un oui. Leclerc, Chicot, sept non.

Lénard refoula une poussée d'hilarité. Voilà un tribunal de jugement sain ! Il avait distingué entre un Oillic, un Carbuccia, un Thépaut, comploteurs de bas étage, et un Jean Lénard. Deux de ces Messieurs, des types savants et intègres, l'avaient absous de piraterie.

... Unanimité sans faille pour les trois autres questions. Le chef, puis les meneurs, écopaient de sept oui ; les mous et les novices obtenaient sept non.

Evidemment... Ni plus ni moins que les meneurs, Lénard pouvait se dire frappé au total de quatre condamnations à mort. Face à des bougres qui héritaient de quatre acquittements. Tessier, Pierric, Leclerc, Chicot allaient ce soir dormir en prison ; ils s'élanceraient dès demain matin sur les routes de la terre et de la mer.

N'empêche que deux voix avaient absous de piraterie le maître d'équipage.

... Pas fini. Le président lisait, relisait encore. La garde présentait toujours les armes. Dehors, la foule qui ne savait rien retenait sa respiration...

— *Article 239 du Code de Justice Maritime :*

« *Tout individu condamné à la peine de mort par le tribunal maritime sera fusillé ; les forçats et les pirates auront la tête tranchée.* »

« Conformément à la loi le maître d'équipage Jean Lénard, les matelots Louis-Pierre Oillic, François Thépaut et Antonio Carbuccia, seront guillotinés à Brest, en un lieu et à une date qu'il appartiendra de fixer à la Justice.

« Le tribunal requiert le lieutenant de vaisseau de Brindejonc de Bermengham pour assister à l'exécution.

... Et sans transition, pour prévenir les remous prématurés, le président interrogeait encore :

— Lénard, Oillic, Thépaut, Carbuccia, vous avez entendu la sentence. La loi vous accorde vingt-quatre heures, à vous et à vos défenseurs, pour vous pourvoir en cassation. Avez-vous une déclaration à faire ?

Pas une ride sur le silence. Un bassin de port de commerce par temps d'orage... Lénard hésita. Il aurait voulu dire :

— Pourrais-je connaître, pour les remercier, les noms des juges qui n'ont pas vu dans Jean Lénard un pirate ?

Il regardait les meneurs comme s'ils détenaient la décision. Il bougea la main droite. Parlerait-il ? La clameur qui explosait dehors, allégresse et haine se soudant du premier coup en un alliage triomphal, le déconcerta. Ses lèvres tremblaient. C'était mille fois plus terrible que le chahut d'ivrognes et d'apprentis criminels servi à Aubert et à Richebourg...

La salle n'avait pas bronché. Elle regardait les dos des condamnés que les gardes conduisaient vers la porte honteuse, les juges qui remettaient leurs sabres ou ramassaient des papiers, elle écoutait dans les rues trépigner, hurler la populace... Approuvant le résultat, la salle ressentait comme une tromperie. Un tel spectacle, si dru, pouvait donc finir ! Journalistes, officiers de marine, notables brestois et les quelques femmes qui avaient réussi à franchir tous les barrages, réfléchissaient. Il fallait donc quitter ces murs gris, ce crucifix anxieux, ces grandes fenêtres, cette longue table brune, ces bancs dérisoires, ce portrait de l'Empereur ? Une solidarité invisible s'était nouée au long des débats entre le public et les mutins, également attentifs, également soucieux de vaincre le temps et l'espace pour retrouver, intacte ou bariolée, une histoire océane. Plonger dans la connaissance des hommes et de la mer.

Les officiers réclamaient la tête de Lénard : ils l'avaient. Les femmes, la tête d'Oillic : elles l'avaient.

Deux autres têtes étaient accordées. La marine marchande ne se plaindrait pas que son rôle fût mésestimé par la marine de guerre.

Mais cela suffisait-il ? Le tribunal se bornerait-il à châtier ?

Hélas ! L'on ne saurait plus jamais, sans doute, si un de la bande avait donné au mousse le coup d'aviron monstrueux.

... Oillic, le géant rouquin, le lutteur de foire, avait paru admettre le forfait. Il répétait qu'il y avait accord général entre les mutins pour tuer Dupré. Oui, monsieur le président.

Le pauvre président essayait de comprendre. De se mettre dans la peau d'un Oillic et d'un Lénard affolés par leurs meurtres et combinant le sabordage.

— Vous couliez le bateau. Ne pouviez-vous pas, au moins, laisser le mousse « partir » avec ?

A une question pareille un Oillic prudent se devait de ne pas répondre. Le barbare préférait s'enfoncer.

— On avait peur qu'il se sauve. Les mousses ont la vie dure.

Oubliant les consignes, indifférente aux coups de sonnette et aux menaces d'évacuation, la salle avait hué, hurlé « A mort » tout comme un rassemblement populaire. Abasourdi, le dehors, étrangement, s'était tu.

Désespéré par la bêtise de l'homme qu'il avait demandé à défendre, l'avocat parisien d'Oillic, une célébrité, Maître Pruneau, écumait, enlevait et remettait ses lunettes, mais son « client » toisait le public.

Le président avait tenté de rappeler le colosse à l'humanité. Le tribunal continuait de débattre sur la mort du mousse. S'adressant à Oillic l'enfant perdu comme il se fût adressé à un adolescent menteur, le président Pichon, avec une solennité bienveillante, le prie de regarder Lénard. On verrait si l'un des deux, au nom de Dupré, ne baissait pas la tête.

Oillic n'avait pas hésité à pouffer.

— Vous voulez que je regarde Lénard, je regarde Lénard. Ça m'est bien égal. Ça ne changera rien à rien...

C'était indéniable : pendant ces journées le public avait entendu des paroles très rudes. Mais séance après séance il avait appris à discerner, chez des individus peu reluisants, sûrement criminels, des êtres qui s'étaient fourvoyés dans le mal sans volonté de vice particulière et qui jouaient les bravaches.

Des hommes de mer. Troubles comme elle, qui pourtant était la pureté.

⁂

— C'est... C'est fini.

A la houppette, le bègue enlevait un débris de poil. A la main, il vérifiait sur la peau la qualité du travail.

Des oiseaux piaillaient. Si l'on éteignait les lanternes, peut-être verrait-on que le ciel blanchissait.

... Un marin armé derrière lui, un autre devant, Lénard, par un dédale où ses guides se trompèrent deux fois — avec des *gast* [1] mal étouffés, — gagnait la chapelle... Ils avaient droit à une messe rien que pour eux. Oillic, Carbuccia, Thépaut, arrivaient, le pas tout neuf, vigoureux et propres.

On les avait débarrasés des menottes. La garde s'était retirée dans le couloir, laissant la porte ouverte. Des prêtres s'avançaient, ils étaient quatre, un pour chacun. Personne ne lésinait pour des condamnés à mort. Le jour se levait derrière les vitraux en verre dépoli. Cela sentait l'encens et le tabac de troupe.

Se confesser ? Bien sûr. Chacun dans un coin, sur sa chaise de paille, à côté d'un prêtre. Assis tête-bêche. Ils se sentaient autrement mieux que dans le bahut à rideau vert. Dommage que la séance ne pût se prolonger. Enfin. Puisque le voisin était un homme qui ne répétait rien et que demain on ne le reverrait pas, chacun disait tout. Faisait place nette dans le noir de la conscience.

Au moment où les prêtres sortaient en file de la petite sacristie, trois servant d'enfants de chœur, la clameur agile d'une diane éclata, vivace, magnifique. Le clairon était le plus riche oiseau du ciel et un équipage courait à ses besognes. Le soleil souriait. Un prêtre agita une clochette. Ils se levèrent. Ils pleuraient à moitié. L'officiant luimême, l'aumônier de la prison, un dur à cuire, sa voix chevrota quand les confrères lui envoyèrent le répons : *Ad Deum qui laetificat juventutem meam* [2].

... Une jeunesse qui ne chanterait plus, ne cavalerait plus dans les voiles... Fallait-il que l'autre vie fût belle pour qu'on supprime ces hommes !

Ils ne comprenaient pas les prières. Ils reconnaissaient des mots,

1. Putain (breton).
2. A Dieu qui réjouit ma jeunesse.

revoyaient leur enfance. Ils aimaient ces allées et venues de livres, génuflexions, chuchotements et appels. Les deux cierges qui brûlaient, factionnaires au grand sabre flexible, de part et d'autre du tabernacle. Et la statue blanche, la Vierge, perdue dans son rêve.

Ce déploiement, ces salamalecs, rien que pour eux, quatre vauriens de la mer.

Ils avaient même droit à un sermon. Par l'aumônier du port, le confesseur d'Oillic, l'abbé Lucas.

... Très bref. Bien sûr.

« Soyez courageux. Dans l'*Agnus Dei* que le prêtre récitera tout à l'heure, il y a un mot que vous avez entendu autrefois, un mot latin : « Qui *tollis* peccata mundi. ». *Tollis*. Eh bien, ce « *tollis* », ce n'est pas rien. On traduit : « Qui enlèves le péché du monde », moi ça ne m'enchante pas. Ça veut dire plutôt : « qui portes sur la tête, qui portes à bout de bras » le péché du monde. Le Christ n'aime pas le péché, mais il aime l'homme.

« Il est ton ami à toi Louis-Pierre, à toi François, à toi Antoine, à toi Jean. Quand il vient vers un homme pour le débarrasser des bêtises et des saletés que cet homme a commises, il n'a pas honte de crocher dedans et de les porter en l'air avant d'aller les jeter. Oui, il y a un moment où le péché de l'homme, c'est son affaire. Alors, n'ayez pas peur. Ce matin le Christ va dresser en l'air... les vilaines choses que vous n'auriez pas dû faire. C'est un costaud, le Christ. Il n'a pas peur des choses lourdes... Très lourdes.

« Quand vous le verrez, dites-lui donc simplement : « Pardon pour le *Foederis Arca.* » Inutile d'en dire plus long, c'est le nom de sa mère. Il sait déjà il vous attend pour vous pardonner. Voilà. C'est tout. Bon courage, frères.

Ils pleuraient. La messe reprit. Ils frissonnèrent aux clochettes de l'Elévation et plus tard ils reconnurent le *tollis* que l'officiant détachait avec un soin complice.

Lénard, Oillic et Thépaut communièrent.

***

Un marin à tablier blanc les accueillait dans la petite salle où l'on avait dressé pour eux un véritable couvert. Il ne manquait même pas le bouquet de fleurs : des roses, qu'une vieille demoiselle avait déposées la veille au soir avec une lettre. Carbuccia fit la lecture : « C'est affreux ce que vous avez fait. Si vous êtes courageux, le bon Dieu vous pardonnera. Berthe. »

— Elle aurait dû entrer curé, plaisanta Oillic.

— Tais-toi, grand imbécile. — Thépaut, cette fois, n'était pas content. — On sait bien que toi aussi, ça te remue. Laisse-toi aller.

— C'est vrai, François.

— Qu'est-ce que vous voulez manger et boire ? demandait le marin.

— C'est vrai qu'on a le choix ?

— Ça oui. Dans la limite des approvisionnements de la Marine.

Ils se concertèrent. La cérémonie qui les attendait n'excitait pas l'appétit. Une occasion pareille, tout de même.

— Que dit le maître d'équipage ? s'enquit le marin non sans respect.

— Je propose que tu apportes du vin rouge. J'avais juré de ne plus en boire, j'ai tenu parole, aujourd'hui c'est spécial. Moi, j'ai pas faim... Si, un morceau de pain. Un fort croûton... avec une échalote.

Carbuccia aurait voulu du fromage de chèvre, le marin était incapable de le satisfaire.

— Alors, une pomme. Une belle. Jaune et rouge.

Thépaut et Oillic s'apercevaient qu'ils avaient faim. Ils réclamèrent de la viande. Rouge, naturellement.

... La marine, généreuse, offrait du bordeaux. Ils flairèrent le bouchon. En silence. Des souvenirs piteux s'attachaient à ces odeurs ! N'importe, ils reconnurent le *Foederis Arca* et la mer.

Le jeune matelot qui les servait, un engagé, tournait autour de la table. Il avait entendu dire, cent fois, que les condamnés à mort, pour se donner du courage, boivent un verre de rhum ou de cognac. Le boujaron de la dernière heure. Ces hommes-ci — des durs cependant ! — ne respectaient pas l'usage. Vin, café au lait... Il ne pouvait pas comprendre.

Lénard versa le bordeaux avec componction.

— A quoi trinquons-nous ?

— A Joseph. Forcément, lança Oillic. Pour qu'il ne tombe pas entre leurs pattes.

— T'inquiète pas pour ce démerdard. — Une rancune s'éveillait chez Carbuccia. — Trinquons à nous. A nos familles.

— Sûr.

Depuis le jugement, Thépaut avait reçu la visite des siens : des gens de la montagne bretonne, le pays des loups, l'Arrez. Il avait passé la demi-heure réglementaire à pleurer avec eux. Quel gâchis... La ferme au toit croulant prenait sans vergogne dans la mémoire l'allure d'un palais.

... Mais le Finistérien nourrissait une idée.

— Je propose... on trinque en plus à ceux que nous avons laissés en route.

Lénard s'inquiéta.

— Tu veux pas dire le charpentier, l'Américain, les novices ?

— Au point où nous en sommes ? Je pensais à... à Théodore et Alfred.

— Alfred d'abord, s'il te plaît, rectifia le maître d'équipage.

— Oh ! si tu veux. Quoique ça, Théodore a montré plus de nerf.

— Au point où nous en sommes, comme tu dis, je trouve pas ton idée idiote... C'est vrai qu'ils sont passés par le même chemin que nous.

Il baissa encore la voix.

— Et puis Dupré. Bien sûr. Et sa grand-mère.

Il tremblotait soudain. Non par peur. Il se retrouvait dans la chaloupe, tâtant le sac trempé du mousse, imaginant le chétif contenu. La foule des étoiles était là, des milliers, des milliers ; ne hurlant pas comme la populace brestoise, n'en songeant pas moins. Les cris de Dupré avaient disparu sur la mer.

Comme un automate, il attrapa son verre, puis il demeura immobile, regard perdu.

Il voyait Dupré, debout dans le fond de la mer, qui avançait d'un pas ferme. Dupré se dirigeait vers le *Foederis Arca,* posé tout droit, intact sur sa belle quille.

Ils trinquèrent.

Le vin avait l'odeur des navires, de la terre et du sang.

VI

Le tilbury usagé, il fait encore son office ! a été prêt une heure plus tôt. Bidons, louche, filtre, entonnoir, rien n'est oublié. Ni le paquet de sous, dans un mouchoir, pour rendre la monnaie aux clientes... Maria peut partir. Le cheval connaît l'itinéraire. De lui-même, il tourne sur la route qui grimpe vers Karabécam et les Glacis. Il va faire une belle journée de bel automne... déjà que de monde. Presque autant que cet après-midi où la grande calèche vernie de l'Empereur et de l'Impératrice montait la côte, c'était l'année dernière. Tous les enfants Bloas, assis ou debout sur les talus, avaient acclamé. L'Empereur avait soulevé son chapeau, la belle Impératrice envoyé un petit bonjour.

... C'est vrai, l'affluence a une raison. Tout de même ! Aller voir tuer des hommes ! Tuer des hommes qui ont tué. Leur capitaine, la femme du capitaine, plusieurs marins... C'est le mousse, ils lui avaient laissé la vie, qui sans le vouloir les a dénoncés aux gendarmes. Quels vilains. Des criminels, quoi... Tout de même, leur voir couper la tête n'est pas un spectacle pour honnêtes gens.

Le tilbury arrive sur le plat, le cheval prend le trot tout seul. Mais ce matin il faut le calmer. Par-devant, une file sans fin de voitures marche au pas. La route longe à distance le petit Bois de Boulogne où viennent jouer les enfants de Brest et par où s'engagent ce matin les grappes de piétons — un raccourci de deux cents mètres pour la porte Fautras. Maria regrette de ne pouvoir les suivre : deux bornes de granit se dressent en travers de l'allée, les roues ne passeraient pas.

Elle se distrait à réciter des prières, à compter et recompter les bidons du tilbury qui la précède — la ferme Lannuzel. Ou à deviner ce qu'elle ferait, femme d'un capitaine de bateau, si elle voyait l'équipage se soulever contre son mari. Jusqu'où irait son courage ?

Maria est dans sa seizième année. Elle porte les coiffes de Lambézellec.

... A coup de patience, on arrive. La petite descente pavée qui conduit en lacet porte Fautras ouvre sur la droite. Si l'allure de la file de voitures a ralenti encore, on bouge, on gagne, mètre après mètre. Voici le pont-levis au-dessus des douves. Les remparts énormes de la ville-forteresse, avec leurs échauguettes et leurs lilas sauvages. Chaque nuit, comme toutes les portes de Brest, la porte Fautras est fermée. La garde n'ouvre, paraît-il, que si l'on prononce un mot de passe, il change tout le temps. Mieux vaut, d'ailleurs, ne pas traîner la nuit par ici.

Arrêté par deux fois sous la voûte, le tilbury de Maria met deux minutes à entrer en ville. Un gendarme surgit devant le cheval.

— Ma petite dame, rangez-vous à droite. Espérez la fin.

— S'il vous plaît, monsieur, je peux pas tourner par là-bas ? Je livre mon lait dans le quartier des Carmes.

— Vous ferez comme les autres, ma petite dame ou demoiselle. Aveugle ? Vous ne remarquez rien ? La première fois que vous venez en ville ? Ouste, rangez-vous. Vous plaignez pas : vous serez placée pour les voir.

Il ricane. Le tilbury de Maria s'est rangé derrière un break, lui-même rangé derrière un tombereau, lui-même collé à un fiacre de louage. Une journée inouïe. Des hommes, des femmes, des enfants, des centaines et des centaines, arrivent comme une houle, beaucoup avec des jumelles, et s'agglutinent en gesticulant. Les mouvements, les regards, se dirigent sur la droite. Vers la longue place en pente qui a hérité du même nom que la porte. Et que la caserne d'en face : Fautras... Place Fautras. Maria se rappelle brusquement : les autorités ont affecté la place aux exécutions de ce matin. Une horreur. Elle ne pouvait pas plus mal tomber... Pourvu que le lait ne tourne pas dans les bidons.

— Alors, brunette aux yeux noirs, on aime le théâtre ? Y aurait pas une place là-haut à côté de toi ?

C'est un ouvrier peintre, un homme tout blanc, qui la hèle. En clignant de l'œil.

— Allez-vous en, mal élevé ! malotru !

— Ouh la ! ouh la !

L'homme fait un pied de nez et il plonge dans la foule.

... Maria ronchonne encore de l'incident que des voix montent :

— On les entend ! Taisez-vous ! Ecoutez !...

Le silence. Loin, très loin, des tambours résonnent, sec et grave, battus en marche. Nostalgiques, des chevaux hennissent derrière les murs de la caserne. Les chevaux de ferme des laitières se hâtent de les imiter.

... Le silence revient.

— Y a erreur, crie un type à casquette, c'est pas encore eux ! Les tambours vont les chercher !

Les mains jointes sur les genoux, la jeune fille s'abandonne à interpréter les clameurs, à grappiller des commentaires. *Eux,* ce sont les condamnés à mort. Ils ont dû monter dans leur voiture, elle attend les tambours pour s'ébranler derrière eux. Quel cortège cela fera. Un peloton de gendarmes à cheval dégage la chaussée. Suit au pas cadencé, arme sur l'épaule, une compagnie d'infanterie de marine, les marsouins. Puis les tambours, quarante ou soixante, en rangs par quatre. Puis la grande voiture. Tous les condamnés sont dedans et les exécuteurs l'accompagnent, dans leurs pèlerines noires, à droite et à gauche, tels des employés de cirque. Et puis, symétrie exige ! une deuxième compagnie de marsouins précède un deuxième et dernier peloton de gendarmes à cheval.

... Maria ignore un détail qui rafraîchirait la piété de son cœur. Tout à l'heure ses yeux contempleront. La voiture des condamnés à mort est aussi une voiture de prêtres. Chaque mutin a son confesseur près de lui, contre lui : Lénard, l'aumônier de la prison, l'abbé Surieux. Thépaut, l'aumônier du *Borda,* l'abbé Silliau. Carbuccia, l'aumônier de l'*Inflexible,* l'abbé Rougerot. Oillic, l'aumônier du port, l'abbé Lucas... Ces quatre hommes eux aussi debout et tête nue, et qui transpirent et cahotent, une main appuyée sur le rebord, autant que leurs compagnons, ne se trouvent pas là par souci de pittoresque ni l'édification d'une foule, mais pour parfaire des amitiés.

... Une ruée à gauche. Un martèlement de pas. Une compagnie des équipages de la flotte sous les armes, et que précède un capitaine sabre au clair, derrière un chien errant ; un tout noir, incarnation du diable, s'en vient prendre position sur la place maléfique.

⁂

Les bagnards, dont le *tonnerre de Brest* annonçait l'évasion, tuaient parfois avant qu'on les rattrape. Etranglant un gendarme, poignardant une fermière. Ils étaient alors, quasi automatiquement, condamnés à la peine capitale. Leur exécution avait lieu à Brest, sur une place publique. Elle ne faisait pas trop recette. Encore qu'il y eût toujours, dans les quartiers chauds, une clientèle pour ce théâtre où l'on ne débourse rien.

Ces criminels-là étaient des gens ternes. Ils n'échauffaient pas l'imagination de la grande cité maritime.

Le drame du *Foederis Arca,* surgi en trésor sanglant des sables d'une affaire classée et que les tribunaux se renvoyaient pour des raisons spécieuses comme la honte du siècle, avait au contraire secoué Brest dans sa profondeur... Des pirates. Des marins massacrant leurs officiers. Sabordant leur bateau en plein Atlantique. Noyant un mousse qui naviguait pour la première fois ; un petit enfant qui dans l'eau appelait sa mère.

Très peu de civils brestois, encore moins de Brestoises, avaient été admis à suivre les séances du tribunal, mais la presse en livrait le compte rendu abondant et précis. Et le racontar de bouche à oreille fonctionnait avec une ardeur enthousiaste... D'autant que les murailles de la prison, extrêmement efficaces pour enfermer les personnes, se révélaient poreuses pour le passage des nouvelles. Les noms des condamnés à mort devenaient aussi familiers que ceux des bateaux de guerre ou des villages de la rade.

Et tout le monde savait à la fin que Thépaut ne voulait plus que ses parents viennent le voir. Oui, madame. Il leur a même dit : « Le jour où on me coupera le cou, j'aurai ce que je mérite. » Et moi, madame, Oillic, le roux comme des fougères, celui qui a éclaté de rire dans la figure de monsieur Pichon. Eh bien il est moins fier à l'heure qu'il est ! Il a dit hier à l'aumônier de la prison : « Un de ces quatre matins, vous allez me réveiller pour mon dernier quart. » Comme j'ai l'honneur de vous le dire. Je sais ça par un cousin vétéran à l'arsenal. C'est son beau-frère Gaby qui fait la chambre de l'aumônier.

L'opinion, dans la ville et en chacun des habitants, avait oscillé. L'horreur des crimes ne désarmait pas. L'on se surprenait à une mansuétude relative envers les criminels... La même qui avait d'abord dit : « Je rougirais de leur avoir donné mon lait à sucer », déclarait : « C'était pas forcément de la mauvaise graine. Ils ont eu de mauvais exemples. » Elle sous-entendait qu'ils n'auraient pas fini chenapans s'ils avaient été élevés dans son entourage.

Et puis attendre une exécution trois mois et demi, quelle épreuve. Avec ses ennuis de vessie, l'Empereur, qui n'avait jamais été un sanguinaire et avait épousé une femme très douce, inclinait encore à l'indulgence — tout de même il ne gracierait jamais. Il devait se dire : « Si j'en sauvais deux ? Quatre, c'est énorme ! », mais les quatre formaient une bande. Ils avaient commis trois crimes, dont l'un comptait pour plusieurs... Alors toute cette attente dans une prison ne leur servirait à rien. Elle jouait le rôle d'un lent supplice.

Le bruit cadencé des tambours allant chercher la voiture funèbre fascinait. Les fenêtres s'ouvraient à cent maisons. Les criminels étaient ce matin dans la peau de victimes. On ne songeait plus qu'ils allaient « payer », mais mourir. Le médecin de marine en retraite qui la veille avait secoué sa femme de ménage quand elle avait parlé des condamnés à mort : « Pauvre idiote, nous sommes tous des condamnés à mort. Qu'est-ce que vous croyez ? Vos quatre voyous je m'en contrefous », ses jambes lui flageolaient soudain ; et il avait décroché les jumelles de ses campagnes extrême-orientales pour regarder vers Recouvrance.

La première séance du tribunal, telle que la presse l'avait relatée, avait fait choc. Parisiens, Brestois, les journalistes avouaient leur stupéfaction. Sur le banc d'infamie, à quelques mètres d'eux, ils rencontraient des hommes qui en imposaient par la stature, l'énergie des traits et du geste, la bonne santé, voire l'élégance du costume et du maintien. Car la plupart portaient une redingote, et ils la portaient avec aisance, ils n'étaient pas des bedonnants ni des sclérosés.

Carbuccia le Corse était le symbole clair de cette surprise générale : on attendait un brun aux yeux noirs et l'on découvrait un beau blond avec des gestes à la Fersen. Lénard avait de la dignité. Thépaut une certaine gentillesse triste. Sorti de ses incartades, Oillic lui-même ne manquait pas de prestance. De colosses tels que lui une grande marine, un grand pays avaient sûrement besoin !

... Les tambours étaient privés de la richesse cuivrée des clairons, des trompettes. Les sons ne filaient jamais. C'était monotone. Un tapage plutôt qu'une musique. Cela ressemblait aux instruments de pacotille que les marins apportaient d'Afrique et qu'ils appelaient des tam-tams. Là-bas, disaient-ils, ces choses servaient à répandre les nouvelles.

... N'empêche : le corps et l'âme ne pouvaient plus résister. Ils savaient le sens mortel de ces coups de baguette. Les coups de baguette du dernier matin pour quatre jeunes hommes. Des gaillards qui ne verraient pas le soleil de midi piquer sur la rade. Ne chanteraient plus et n'entendraient plus chanter les mouettes ni les femmes, ululer des sirènes de bateaux, prometteuses d'aventure et d'espace.

Les hommes grands et clairs répondant aux noms de Thépaut, Oillic, Lénard, Carbuccia, étaient-ce d'autres hommes que les brutes du milieu de l'Atlantique ? Ou n'étaient-ils pas les véritables Thépaut, Oillic, Lénard et Carbuccia, ayant dépouillé une défroque accidentelle ?

Les débats n'avaient pas résolu la question. Les regards et les propos des criminels avaient trahi plus d'une fois quand même fourberie et cruauté. Les grosses mains qui sortaient des redingotes pesaient toujours leur poids de violence.

La nuit où le petit mousse avait été noyé comme un chien, une nuit pareille rien ne nettoyait son image. La pouffiasse des lupanars de la rue Saint-Yves la plus indulgente aux bêtises des mâles ou aux infanticides commis par les filles-mères, se sentait l'envie de tuer quand elle l'évoquait.

... Les tueurs de petit mousse allaient mourir. Ils ne seraient pas noyés comme des chiens, mais n'obtiendraient pas pour le dernier passage une mort moins scélérate. Un homme payé par la société les traiterait comme des morceaux de bois. Il les trancherait à la machine. Le chuintement de l'acier précipitant sa chute sur la nuque de sa proie passait pour le sifflement le plus épouvantable de la terre. Les oiseaux s'écartaient des lieux où l'on dressait une guillotine.

⁂

Le cortège était en marche.

Les gens s'écrasaient sur les trottoirs. La brutalité sauvage du cérémonial attirait par milliers les hommes et les femmes qui répugnaient à suivre l'exécution. Cela tenait du défilé militaire, du grand enterrement, de la procession religieuse, d'une parade de cirque. Un événement pareil ne se reproduirait jamais. Il n'y avait pas deux *Foederis Arca* par siècle. La Justice et la Marine avaient honoré Brest en lui offrant le pouvoir de juger et condamner des criminels dont un seul était né dans le Finistère. La ville témoignait de sa gratitude et s'offrait du même coup une grande fête funèbre.

Il avait été impossible de tourner la loi. Les pirates, il leur fallait la guillotine. Ils n'avaient pas droit au peloton d'exécution ni au défilé des troupes, musique en tête envoyant la *Sambre-et-Meuse* et le *Chant des Girondins,* devant les cadavres. Alors Brest avait imaginé ce spectacle où l'on conduisait à la mort, tels des empereurs du Crime, des enfants perdus qui auraient pu être la joie des bateaux et l'honneur de la mer.

Debout dans la grande voiture cahotante dont les rebords leur arrivaient à mi-poitrine, les condamnés tournés vers l'avant, les prêtres vers l'arrière, les personnages essentiels ne semblaient guère apercevoir la foule que leur passage et le bruit des tambours électrisaient. Pas un cri, pas un geste violent ne sautait de l'assistance. On ne hurle plus « A mort ! » quand le châtiment se prépare et que les tambours battent le glas des rues. Les gens avaient suffisamment de besogne à repérer les quatre visages criminels, chacun avec son caractère, et à envoyer un coup d'œil sur les autres.

Les personnages parlaient. Leurs lèvres remuaient, si l'on ne pouvait rien entendre. Quatre face à face. De quoi pouvaient-ils dialoguer dans une telle circonstance ? Quelle mission confiait Oillic à son abbé Lucas, quel conseil Carbuccia recevait-il de son abbé Rougerot ? Les condamnés avaient les mains garrottées dans le dos et ils portaient des fers aux pieds. Marins habitués à subir le tangage, ils ne bronchaient pas dans les secousses alors que les doigts sacerdotaux se crispaient sur les rebords de la voiture. Les huit hommes transpiraient. Les condamnés ne portaient qu'un mauvais pantalon et leur chemise échancrée ; en suant ils payaient leur trouble.

Oillic fit signe à son prêtre qu'il voulait parler à Lénard et le prêtre appelait celui-ci, combien l'on eût aimé à deviner le propos qui allait suivre ! Une phrase historique, bien sûr. Pouvait-il en être autrement dans la voiture de pirates condamnés à la peine capitale ? D'ailleurs, un sourire éclairait les yeux de Lénard. Il lançait un groupe de mots avec fièvre.

Oillic avait dit :

— Heureusement qu'on nous a appris à monter des échelles les bras encombrés. Tout à l'heure on fera pareil.

Et Lénard avait répondu :

— Moi je te verrai pas. Puisque c'est moi qui monterai le premier. Je te donnerai pas matière à un reproche.

Sans qu'il leur fût besoin de considérer à droite ni à gauche, les mutins distinguaient les maisons, les rues, les enseignes, les carrefours, et tout en poursuivant le dialogue avec leurs confesseurs se donnaient l'impression d'un voyage solennel. Quelle accumulation de biens, une ville. Et quelle différence avec la nudité de la mer, cette mer en retrait de laquelle on les conduisait par une petitesse inutile. Pourquoi ne pas avoir dressé la guillotine sur un quai de la Penfeld ou du port de commerce ? Face à des bateaux chargés de mâts et dans l'odeur de la marée. Avec des miroitements de flot pour charmer le dernier regard.

⁂

Une heure et demie que Maria et son tilbury sont bloqués près de la porte Fautras. Le bruit des tambours se rapproche, grandit. En fermant les yeux on pourrait dire le nombre des baguettes qui roulent sur les peaux. La jeune fille prierait volontiers. Elle doit supporter le bavardage de la chaisière d'église aux coiffes de Lesneven qui a grimpé d'office s'installer près d'elle, une pauvre femme dont le frère, un marin, a fait des bêtises dans un café de Toulon et il ne lui envoie aucune nouvelle.

D'après un gendarme à cheval, trente mille personnes au moins assiègent la place Fautras. Dans le secteur où a été refoulée Maria, passé l'enchevêtrement des voitures les piétons ont envahi tout l'espace. Ils se tassent épaule contre épaule, bougeant le moins possible, silencieux. Et cela doit continuer ainsi, par devant l'Hôtel du Chapeau Rouge, jusqu'à la rue de Siam.

N'est-ce pas de la folie ?

La chaisière affirme que c'est très raisonnable. Les exécutions, le gouvernement veut qu'on y assiste. Ou alors il arrangerait ça dans une cour de prison... Après un regard professionnel sur la foule, elle émet toutefois le regret que les gens ne paient rien. A la messe, ils donnent deux trois liards pour avoir une chaise. Ici, c'est vrai, ils restent debout ; on pourrait au moins faire circuler des plateaux de quête.

— Une quête ? Pour qui donc ?

— ... On pourrait partager par moitié. Entre les bourreaux et les familles des victimes.

... Un grand cliquètement de sabots arrête ces sottises. *Ils* ne peuvent plus être loin... Les premiers cavaliers débouchent. La foule doit retenir son *ah* d'admiration. Les tambours affirment trop violemment la gravité de l'heure. Mais quels gaillards. Quelles bêtes. Hommes et montures tout fringants. La maréchaussée qui se donne en spectacle. En quelques secondes la masse de la foule s'est miraculeusement ouverte. Le peloton avance, aérien, tout-puissant, le soleil flattant les étoffes, caressant la souplesse des robes noires. Les cavaliers de droite passent à serrer la voiture. Maria respire l'odeur de cuir chaud et d'écurie. Elle contemple les étriers, les éperons, les longues bottes où s'enfoncent les pantalons bleus, la gaieté des queues de cheval tressées et enrubannées que la tambourinade excite — la vie défile, la vie ne s'arrête pas, voici la compagnie d'infanterie de marine, Seigneur quel déploiement ces hommes-là sont aussi alertes que les cavaliers, tous ces yeux toutes ces têtes et le ruissellement du bruit de pas que c'est beau...

... Attention donc ! Il s'agit de tout autre chose. Le potin rythmé des tambours a envahi l'air, envahi le corps, il bat dans les tempes, il fracasse les instants et l'image d'Epinal de tous les fantassins martiaux et tonitruants ne s'est pas effacée que les chevaux de tête de *la* voiture, du chariot de la mort, poussent là-bas leurs naseaux qui fument.

Les ordonnateurs de la cérémonie possèdent leur métier. La marche vers la mort suit son chemin sans une hésitation. Les tambours ont piétiné le crottin laissé par la cavalerie comme ils eussent marché sur du sable.

Maria se sent toute moite. Elle comprend que *leur* voiture longera le tilbury. Elle ne verra pas la guillotine, et tant mieux, mais elle *les* verra. Ces hommes qui ont tué et que l'on tue. La foule tourne sur elle-même dans une confusion de tempête. Beaucoup n'auraient-ils pas voulu s'agenouiller, on se le demande tant les visages reflètent une curiosité anxieuse, quelque chose comme une extase. Les huit silhouettes debout dans la voiture, mutins et prêtres, ne se distinguent guère à cette distance : elles représentent huit condamnés à mort. La ville assiste à de l'extraordinaire. Faudrait-il s'étonner si dans un tel climat les aumôniers voulaient monter à l'échafaud comme les criminels, en souvenir du Christ ? ou de leurs confrères les prêtres insermentés, guillotinés à Brest par la Révolution française.

— Les putains du *Foederis Arca,* murmure la chaisière.

Elle connaît mieux le breton que le français.

Maria ne songe pas à sourire. *Les* voilà.

VII

— Portez... armes !

Toute la troupe a obéi comme un seul homme. Dans un cliquetis et un chatoiement de reflets...

A quoi donc les militaires rendent-ils les honneurs ?

Ne serait-ce pas à la mort ?

La grande voiture s'est arrêtée. Le cocher serre le frein. Un cheval hennit, un autre crottine. Un coq chante. Il fait un ciel bleu clair... Pour cette exécution pas comme les autres, des pirates que la Marine prie la société civile de tuer elle-même, mais qu'elle accompagne jusqu'au lieu de la mort et salue à la dernière seconde, la Justice a vu grandement les choses. Toute exécution capitale doit être rapide, celle-ci ne dérogera pas à la règle. Mais il y a les exécutions à la sauvette et les magistrales. Faites pour cogner sur la mémoire des foules qui les regardent, des foules qui en connaîtront le renom.

Monsieur de Caen — M. Grinheiser — l'exécuteur des arrêts criminels désigné par le ministre, a obtenu l'assistance de Monsieur d'Angers et de Monsieur de Rennes. Il dispose de nombreux aides et d'un matériel qui a fait ses preuves.

Deux valets dressent un escabeau contre l'arrière de la voiture, qu'ils ouvrent et, Lénard le premier, les condamnés descendent d'abord, lourdement, à la file indienne.

Qui se dresse devant eux ? Le lieutenant de vaisseau Brindejonc de Bermengham, en grande tenue, le sabre au côté, et qui claque les talons. Dirigeant successivement le regard sur chacun d'entre eux, un regard qui ne biaise pas, qui cherche à rencontrer l'homme, il salue le geste large avec autant de soin que s'il reconduisait à la coupée d'un vaisseau les invités de l'amiral.

Ils serrent les mâchoires. Ils n'avaient pas prévu cet honneur. L'officier est un de leurs juges. Un de ceux qui les ont condamnés. Il est venu par discipline. Mais il leur apporte à sa manière le pardon de la marine et des bateaux.

Les tambours ont cessé de battre.

Un coq chante dans un jardin lointain, deux chiens aboient, mais le silence de la foule est terrible.

Les aumôniers sont descendus. Monsieur de Caen chuchote avec eux. Il regarde sa montre. Le salut de l'officier, c'était beau. Mais vingt secondes ont été perdues.

— Je crois qu'on largue les amarres, bougonne Thépaut.

— Ouais, approuve Lénard. On peut hisser les voiles, pas de gêneur d'ici la digue.

— Bon voyage.

— Même chose.

Vite vite...

Chaque aumônier donne l'accolade à son mutin. Murmure un encouragement. Un au revoir dans les pays bleus. Rappelle-toi le mot de passe : *Foederis Arca.* J'écrirai à ta mère que tu as été solide.

... Aucun des huit hommes n'a voulu regarder, sur la haute estrade en bois lourd près de laquelle ils s'entretiennent, la machine-à-tuer qui découpe son ombre sur la place avant de tailler dans les corps.

Jusqu'à présent, tout ressemble à un jeu. A une pièce dont les acteurs discutent avant que l'on frappe les trois coups...

Monsieur de Caen sort de nouveau sa montre. Cligne de l'œil à Monsieur de Rennes, qui lève l'index en direction d'un aide.

En silence deux valets poussent Lénard, qui ne résiste pas, vers une petite échelle. Tout seul, la démarche preste malgré les fers, le maître d'équipage monte les barreaux. Les tambours roulent sans discontinuer. Dès qu'il a posé le pied sur la plate-forme l'homme-qu'on-tue se trouve saisi sous les bras, entraîné, projeté. Il n'a pas eu le temps de jauger la machine, à peine s'il a eu celui de songer à Aubert... L'officier assailli par quatre brutes sur le pont du *Foederis Arca.*

Les tambours ont roulé encore plus fort pour dissimuler le chuintement atroce.

La tête saute dans le panier. Comme à l'exercice.

Des aides lancent du sable à boire à une flaque rouge. D'autres entraînent le grand morceau du cadavre. Les tambours se sont arrêtés.

⁂

Monsieur de Caen hoche deux fois le menton en regardant Monsieur de Rennes. Ce qui signifie : « Aucune anicroche. Continuons. »

... Les tambours ont recommencé leur roulement sauvage.

C'est le tour de Thépaut. Il a demandé, en qualité de Finistérien, à passer le premier des matelots. Ses parents comprendront qu'il n'a pas eu peur.

Comment aurait-il peur alors que Lénard a montré l'exemple ?

Il précède la poussée des gardes. On dirait qu'il escamote les barreaux de l'échelle...

Les trois Messieurs réfléchiront plus tard sur cette ardeur à mourir. Pour le moment, elle simplifie la tâche.

La machine va tuer pour la seconde fois.

⁂

A Carbuccia. Lui et Oillic avaient joué la troisième place à la courte paille. Le Corse agite la tête. Il a entendu, de près, avec le chuintement, l'éclair du craquement des vertèbres. Il demande pardon à celle qui va en passer par-là. « On va te couper, bougonne-t-il. Quelle misère. Tu étais une si belle petite. »

... Et de trois. Le couperet a fait son office, les tambours ont cessé de battre. Au lieu de hocher le menton vers Monsieur de Rennes, Monsieur de Caen a eu un froncement des sourcils. Un instant plus tôt, il a failli se précipiter. Il s'est souvenu que son titre exigeait le calme... Une maladresse a été commise. On étudiera cela dans une heure. La tête du beau blond vénitien n'a pas sauté dans le panier, elle a glissé contre les planches.

En soi, le malheur n'est pas considérable. Le condamné a eu dans tous les cas la tête tranchée. Deux aides l'ont ramassée à toute vitesse... Oui, mais : un journaliste ne va-t-il pas dénoncer la chose comme un scandale. Un attentat à la dignité humaine. Et pour peu que M. Victor Hugo, dans son Guernesey d'où il défie l'Empereur, se mette à gueuler contre la peine de mort... Contre l'assassinat légal...

En attendant, lançons le quatrième.

⁂

Avec encore plus de vivacité que ses camarades, Oillic a monté la petite échelle.

Devant la taille du colosse, le bourreau a hésité. Il fait un signe aux trois aides. Vérifiez donc une nouvelle fois l'emplacement du panier à son.

Tandis que les tambours roulent, et puisque personne ne l'agrippe, Oillic tourne la tête afin de ne pas voir la guillotine. Mais le spectacle de cette foule qui s'en va d'un seul tenant jusqu'aux remparts, là-bas, où les gens s'étagent — et pas un arbre, pas un réverbère qui ne porte sa charge humaine — l'indigne. Et le tribunal a malmené des malheureux au sujet de la disparition d'un simple mousse ! Que font ces milliers d'imbéciles qui déjeuneront bientôt du meilleur appétit, sinon participer à un meurtre ? Toutes ces gueules qui regardent vers l'échafaud, une seule préoccupation les tend : tuez cet Oillic, tuez-le donc, tuez-le vite et bien... Où a-t-il déjà contemplé ce grouillement stupide ? A Noirmoutiers, bien sûr. Dans l'étang où il pêchait les grenouilles. Il a devant lui des milliers de grenouilles qui réclament un cadavre.

— Elle est belle la société, crie-t-il en tapant du pied sur les planches.

Et à ce moment, alors qu'il se croit sur un pont de bateau, les valets le tirent en arrière, ils le font pirouetter et basculer pour que la machine puisse décoller selon les formes sa grande tête rousse barbare — elle saute, langue pendante, yeux exorbités, dans le panier à son.

Monsieur de Caen consulte sa montre et la range. Le raté de Carbuccia ne s'est pas reproduit. Raccourcir quatre hommes, pas une sinécure. Il regarde sa machine avec gratitude.

VIII

Chicot ne peut plus dormir — une force incontrôlable l'arrache au hamac. Après le second quart de nuit ? ... Il se soumet. Il faut qu'il grimpe sur le pont ? Il grimpe.

Le trois-mâts *La Belle de Mai* cingle toutes voiles dehors sur la mer verte et blanche. La brise chantonne dans les toiles ses délectables rengaines. Une odeur d'illimité, d'énorme franchise, emplit les poumons. Chicot ouvre les bras. Dans le nord, le sud, l'ouest et l'est, il loue le capitaine Aubert. C'est par lui — il attendait le novice devant la prison — que ce recrutement inespéré a été décroché... Une mouette se dandine sur les méandres d'un courant d'air chaud.

Est-ce à Lisbonne, à Rio de Janeiro, en Ecosse ou à Smyrne, que l'on doit aboutir ? N'y songeons plus. La terre et ses murailles ont été repoussées. Cueillons l'espace, mordons à pleines dents sa pulpe profonde.

... Ce voyage n'est quand même pas une fuite. La jeunesse a disparu. La vie se dessine. Rien ne sera plus comme avant.

Il ferme les yeux. Il revoit les prisonniers abandonnés à Brest. Pas un ne l'a maudit. Thépaut l'a embrassé... Qu'a-t-on fait d'eux ? Ne lui ont-ils jamais envoyé un signe ? L'automne a commencé en France.

Il regarde autour de lui et il ne voit rien... Il notera le jour et l'heure. Quelque chose a forcément eu lieu. Il reporte les yeux vers l'horizon de l'est. Il dormait quand le monstre du soleil a jailli de là-bas dans sa tunique rouge.

*
**

Tamard massacre cent mots d'allemand. Impossible pour lui de faire entendre raison aux gendarmes qui l'ont interpellé uniquement parce qu'il se promène sur la neige mal vêtu, mal chaussé. Et maintenant, comme ils soupçonnent ses papiers d'être des faux, ils gueulent. Ils n'y ont aucune peine : ils appartiennent au pays.

Tamard doit suivre ses hurleurs au poste, où un poêle ronfle.

Se faire arrêter à Trèves, la ville que tous les joueurs de dominos surnomment « Trêve de plaisanterie », mauvaise blague.

S'évader ?

Comment ? Au poste, ils lui ont immédiatement passé les menottes. Le brigadier a haussé les épaules devant les papiers. Ouste, *Frankreich, rahaus.* On va te reconduire à ta frontière. Pas de mendiants, pas de tire-laine étrangers en Rhénanie. C'est à ton pays de t'héberger.

Tamard n'a pas demandé à voir son consul de France : Tamard, c'est Joseph Daoulas.

Près des gendarmes alsaciens auxquels il a été remis contre décharge par leurs collègues rhénans, il fait feu de son charme pittoresque ; mais les bougres ne s'en laissent pas conter. Forbach se révèle aussi intraitable que Trèves.

— Tu ne t'appelles pas Tamard. On a l'accent alsacien, toi tu as l'accent breton quand tu cries. Et nous ne sommes pas des imbéciles. Tu caches ton vrai nom et il y a une raison pénible à ça. Crache donc. Tu pourras boire de la bière.

Depuis ses deux années d'errance, Daoulas en a vu des vertes et des pas mûres, il est dur à la peine. Ce matin, ouf, il laisse tomber le fardeau.

— Je m'appelle Joseph Daoulas. Je suis un mutin du *Foederis Arca.*

Les gendarmes ouvrent des yeux ronds. *Foederis Arca,* cependant, ça leur titille la mémoire. Est-ce que ?...

L'homme leur facilite la tâche.

— Recherché pour crime, piraterie, etc. Un mandat d'amener a été lancé contre moi, et tout le saint-frusquin. Mon compte est bon. Donnez-moi de la bière, mettez-moi au chaud, et puis tâchez de savoir par-là ce qui est arrivé à mes camarades. Eux, ils s'étaient fait ramasser. Depuis le temps...

Il ébauche un signe de croix.

— ... je serais pas étonné qu'il y en ait plusieurs de raccourcis.

⁂

La Justice traînera moins pour le solitaire qui se présente à retardement.

Arrêté à Forbach le 14 mars 1867, Joseph Daoulas est condamné à mort le 28 mai par un tribunal maritime qui ne tiendra qu'une séance.

L'avocat, sans conviction, a introduit un recours en grâce. Il est grand pêcheur à la ligne vers Sainte-Anne-du-Portzic. Dans tous les cas, il faut essayer.

Les ennuis de santé qui assombrissent l'Empereur le rendent aussi de plus en plus indulgent. Le *Foederis Arca ?* Plusieurs marins ont déjà été guillotinés. Au Mexique, la politique française a fait fiasco. Le corps expéditionnaire auquel étaient destinés les alcools du trois-mâts a été rapatrié en catastrophe. Le regard rêveur vilipendé comme traître par Victor Hugo se perd vers la grande fenêtre et le parc... Napoléon III, farouchement, signe. Il a renoncé, avec tristesse, à gracier Thépaut et Carbuccia, mais celui-ci, foi de Badinguet, la machine-à-tuer ne l'aura pas.

Après tout, si le criminel échappe à la guillotine, la société ne lui offre pas non plus une saison à Houlgate ni à Dax. Il va partir pour Nouméa. Le premier convoi. Il sera bagnard. Il aura l'épaule droite marquée au fer rouge.

Adieu, Joseph Daoulas. Tâche de résister.

POSTFACE

Les mutins formosans évoqués dans l'introït de ce livre n'ont-ils pas eu leur Joseph Daoulas ?

Un d'entre eux n'aurait-il pas joué les filles de l'air en Indonésie ou en Océanie pour se faire prendre des années plus tard ? Bénéficiant d'une certaine clémence.

Peut-être.

La comparaison entre le drame du chalutier formosan et celui du *Foederis Arca* fait dans tous les cas ressortir une certitude. L'une et l'autre histoire, parmi leurs éléments essentiels, possèdent une bouteille à la mer.

Car la lettre que le second du trois-mâts, Théodore Aubert, poste sur un quai de Cette pour son frère Justinien-Napoléon capitaine de l'*Hiram,* tient exactement le rôle.

⁂

Nous avons découvert, préparant cet ouvrage, que Jacques Perret s'était passionné pour le *Foederis Arca* et ses personnages au point de leur consacrer tout une volume [1]. Avant *le Caporal Epinglé,* les « Mutins épinglés ». Cet enthousiasme a été pour nous le plus beau

1. Jacques Perret : *Mutinerie à bord* (Amiot-Dumont).

des encouragements, si d'autre part nous n'avons rien emprunté au livre.

D'avance, Perret, dans une boutade, a béni cette indépendance.

« Il y a toujours trente-six mille versions authentiques de la réalité, qu'il s'agisse du vase de Soissons, de Trafalgar ou du " Foederis Arca ". »

Le roman-récit auquel nous avons abouti et que nous pensons respectueux de l'histoire du *Foederis Arca* et de ses personnages n'est pas une juxtaposition, à fortes coutures, de pièces d'archives. L'esprit de liberté de la haute mer, cher à un navigateur, a soufflé. Le récit, autrement, ne vivrait pas. Ces hommes et ces paysages ne furent pas inertes.

⁂

Un drame qui a ébranlé la sensibilité de toute la côte française, durant près d'un siècle, n'aurait-il donc jamais été porté en complaintes ? Cela semble impossible. Le fait que nous n'ayons pas retrouvé la trace d'une seule n'entre pas en ligne de compte. Avec quelle ferveur, après une grande « affaire », l'âme populaire demande-t-elle qu'on lui offre de ces poèmes à mélodie rustique et verbe maladroit pour qu'elle libère sa pitié ! La mort de Richebourg, d'Aubert et du petit mousse, tout comme celle des mutins, se sont évidemment chantées dans les carrefours de ville ; dans les foires ; dans les veillées ; dans les gaillards d'avant.

Petit garçon, devant le théâtre de Brest, j'ai entendu chanter sous la pluie la complainte d'un facteur de village finistérien

... Qui fut condamné... à cinq ans de prison
Par une erreur-re judiciaire-re...

Et tous les couplets avaient cette chute :

Mes amis, ayez pitié
Du pauvre facteur Herriquet.

Le naufrage du *Pourquoi Pas ?* en 1936, devant Reykjavik, a inspiré au moins trois complaintes, deux en breton, l'une en français, dont j'ai eu le texte entre les mains.

Ne désespérons pas de connaître un jour une complainte, haute en couleur, sur les malheurs du *Foederis Arca.*

⁂

Dans une étude percutante, le médecin général de la Marine Charles Laurent a fait état de rumeurs bizarres qui circulaient à Brest entre la condamnation et l'exécution de Lénard, Oillic, Carbuccia et Thépaut. Des « gens bien informés » l'avaient dit : les autorités les plus hautes préparaient de savante et secrète manière l'évasion d'un des criminels. L'exécution ne mit pas fin aux rumeurs. Tellement les imaginations, dans tous les milieux sociaux, travaillaient sur le drame et ses personnages complexes. Faire remplacer, pour la guillotine, un mutin par un condamné à mort tenu en réserve, ne semblait pas aux plus déchaînés un problème insoluble. Dans les nombreux bagnards dont Brest disposait, on devait trouver ça !

L'histoire à la Joseph Conrad glissait en histoire à l'Alexandre Dumas.

... J'ai déjà noté à quel point la version qui a nourri mon enfance s'écartait aussi du réel. On aura deviné tout à l'heure que la jeune laitière bloquée le matin de l'exécution près de la porte Fautras était ma grand-mère maternelle. Trente, cinquante fois, elle m'a raconté le drame. J'ai recueilli chaque fois sa version à elle : le récit dont elle s'était satisfaite jadis et qui reproduisait, bien sûr, une tradition ayant eu cours dans la campagne bretonne.

Pas un mot sur l'alcool dont regorgaient les cales. La mutinerie éclatait par méchanceté, paresse, action mystérieuse de meneurs. L'équipage, c'était certain, comportait aussi de bons éléments, et ils voulaient protéger le capitaine et sa femme. Mais ils n'avaient que leurs poings, face à des brutes armées de fusils. Alors, un massacre : le capitaine, sa femme, cinq ou six matelots, tous tués, balancés à la mer.

Le petit mousse avait vu. Les brutes voulaient le tuer lui aussi, il s'était jeté à leurs genoux en pleurant, en jurant qu'il ne dirait rien... Ils avaient eu pitié. Si tu parles, hein, on te coupe en morceaux !

Le petit mousse n'avait rien dit aux gendarmes. Il habitait chez sa mère. Quelques nuits plus tard, elle entend que des cauchemars le visitent. Il crie des choses comme : « Ne me tuez pas ! Ne tuez pas le capitaine ! ». Elle était allée le secouer dans son lit, le questionner, mais il riait, il déclarait que tout ça, c'étaient des bêtises. La nuit suivante, quand même, il recommence ; et la nuit après. Alors la mère a des soupçons et s'en ouvre aux gendarmes. Un gendarme se cache pour la nuit dans la chambre du mousse. Il va être horrifié par ce qu'il entend. Le matin, après avoir beaucoup pleuré, le mousse raconte.

De là, sans transition, ma grand-mère passait à sa propre aventure de petite jeune fille mêlée malgré elle à la foule qui veut voir l'exécution des mutins. Elle n'avait pas vu l'exécution, elle s'en félicitait, mais, de tout près, elle avait vu les mutins. Quelle que fût son horreur de leurs crimes, elle les avait regardés sans haine. Plus de cinquante ans, parlant à un petit-fils et se souvenant qu'une conteuse « élève » son public, elle ne laissait pas, une fois leur vilenie flétrie en une rude formule, de reconnaître : « C'étaient de beaux hommes » avec une espèce de fierté. Pour conclure sur un mot pitoyable : « Quelle peine de penser qu'ils allaient mourir. »

Une omission grand-maternelle est remarquable : Dieu sait si ma grand-mère aimait, respectait l'Eglise ! Un oncle prêtre, recteur sur la côte léonarde, l'avait hébergée petite fille dans son presbytère au long d'années qu'elle célébrait comme « les plus belles de ma vie ». Maintenant, elle souffrait d'une maladie de cœur : une fissure à l'aorte. Elle en remerciait Dieu, car la même affection frappait l'évêque de Quimper... Or, jamais cette toute-pieuse n'a pensé à me dire que la voiture des condamnés à mort, qui avait frôlé son tilbury, était chargée de quatre prêtres, C'était comme si elle n'avait vu que les criminels... Comme si, ce matin-là, par exception, Dieu lui avait demandé en grâce de ne pas regarder ailleurs. D'oublier les hommes de bien qui le représentaient.

Naïvement, pour s'impressionner elle-même, je crois, un peu plus que pour m'instruire, elle cherchait à imiter le bruit de la guillotine que cependant elle n'avait pas entendu. Je frémissais, bien sûr. Quand je retrouve dans la mémoire les onomatopées simplistes dont elle usait alors, j'ai envie de sourire malgré ce qu'elles étaient censées évoquer : car d'autres soirs, pour traduire la nage d'un poisson rapide, la vieille femme employait les mêmes sons.

***

La version du *Foederis Arca* transmise par mon aïeule révèle avec vigueur les déformations que les événements de ce monde subissent, sur-le-champ, de la « renommée ».

Il y a les « faux bruits », lancés volontairement. Il y a surtout la mise en marche naturelle d'un mécanisme tout-puissant qui, sans effort, recompose une histoire. La démonte et remonte à toute vitesse, ayant supprimé ou ajouté des détails, veillant d'instinct à défendre tel personnage, à mieux exciter ou éclairer la curiosité passionnelle.

Dans le *Foederis-Arca-selon-la-campagne-bretonne,* le mousse n'est pas noyé. Le mousse et le novice ne font qu'un personnage. L'explosion de remords qui aboutit à la déposition de Chicot est remplacée par des cauchemars.

Je laisse à chaque lecteur le loisir de déterminer les violents mobiles sentimentaux qui, dans l'inconscient, ont exigé ces mutations. Comme ils ont exigé un personnage féminin, l'épouse du capitaine... Elle apparaît surtout, la pauvre, pour être tuée. Cependant, ma grand-mère y insistait, elle aurait existé d'abord dans la grâce de sa nature, elle était « très belle et très bonne » et le mousse la vénérait comme une seconde mère.

Ces bouleversements tranquilles infligés aux faits rappellent les transformations accomplies en toute bonne foi par les nouveaux occupants d'un local. Sous le Second Empire, devant l'histoire du *Foederis Arca,* l'âme populaire éprouvait à coup sûr, outre des tressaillements d'horreur, une anxiété intellectuelle : comment un secret peut-il demeurer secret ? Au milieu de quels drames inconnus vivons-nous ?

L'âme populaire, l'opinion publique, n'ont pas changé depuis le Second Empire.

Au revoir, *Foederis Arca.* Au revoir, les hommes. Salut, Joseph Conrad.

ACHEVÉ D'IMPRIMER
LE 15 AVRIL 1980
SUR LES PRESSES DE
LA SIMPED A EVREUX
POUR LES PRESSES
DE LA CITE, ÉDITEUR
A PARIS.

Numéro d'éditeur : 4 222.
Numéro d'impression : 6 716.
Dépôt légal : 2e trimestre 1980.